W0251296

Sur l'auteur

Auteur à succès aux Pays-Bas, Simone van der Vlugt a publié plusieurs romans historiques, dont *Bleu de Delft* (Philippe Rey, 2018), *Neige rouge* (Philippe Rey, 2019), *La Maîtresse du peintre* (Philippe Rey, 2020) et *La Fabrique* (Philippe Rey, 2021). Elle a reçu de nombreuses récompenses, notamment le prestigieux Prix du Livre de l'année.

Du même auteur
aux Éditions 10/18

BLEU DE DELFT, n° 5433
NEIGE ROUGE, n° 5620
LA MAÎTRESSE DU PEINTRE, n° 5671

SIMONE VAN DER VLUGT

LA MAÎTRESSE DU PEINTRE

Traduit du néerlandais (Pays-Bas)
par Guillaume Deneufbourg

10/18

PHILIPPE REY

L'éditeur remercie la Fondation néerlandaise pour la littérature pour son soutien à cet ouvrage.

Nederlands letterenfonds
dutch foundation
for literature

Titre original :
Schilderslief

© Simone van der Vlugt, 2019.
© Éditions Philippe Rey, 2020,
pour la traduction française.
ISBN 978-2-264-07806-3
Dépôt légal : mai 2021

1

5 juillet 1650

Le coche roule à toute allure sur les chemins de terre. Bringuebalée en tous sens, pieds et poings liés, je cogne sans arrêt contre la paroi de l'habitacle ; mon corps doit être couvert de bleus. Le village est déjà loin, mais je ne comprends toujours pas ce qu'il m'est arrivé.

Tout a basculé en l'espace d'une seconde. Tandis que je marchais tranquillement le long du chemin, mon panier au bras, j'ai soudain entendu un tonnerre de sabots martelant le sol sablonneux. Je me suis retournée et j'ai vu le véhicule foncer sur moi. D'un bond, j'ai sauté sur le bas-côté en espérant sauver ma peau. La voiture a ralenti et s'est arrêtée à ma hauteur.

J'ai retroussé l'ourlet de ma cotte et me suis dirigée, furieuse, vers le cocher pour lui faire connaître ma façon de penser. Je n'en ai pas eu le temps : les portières se sont ouvertes et deux hommes ont surgi. Aux couleurs de leur costume et aux plumes de leur chapeau, rouge et noir, j'ai tôt compris que j'avais affaire à des sergents de justice d'Amsterdam.

« Geertje Dircx ? » m'a demandé l'un d'eux.

J'ai deviné ce qui se préparait et j'ai voulu courir pour leur échapper, mais je n'avais aucune chance. Les deux sergents m'ont rattrapée et m'ont entraînée *manu militari*.

« Vous êtes en état d'arrestation. Au nom de la magistrature d'Amsterdam, nous avons l'ordre de vous conduire à la maison de correction de Gouda. »

J'ai résisté de toutes mes forces, mais je ne faisais pas le poids face à ces deux hommes. Ils m'ont passé les menottes, m'ont contrainte à entrer dans le coche avant d'y monter à leur tour, tandis que je hurlais en donnant des coups de pied.

Le véhicule s'est mis en branle avec un demi-tour si brusque que je me suis violemment cogné la tête. Comme j'étais sonnée par le choc, ils m'ont attaché les chevilles. Je ne pouvais plus bouger. Je me suis remise à crier, et l'un des hommes m'a fourré un bâillon dans la bouche.

Vêtue d'une cotte grise et d'une coiffe blanche, une femme était assise en face de moi, les mains jointes posées sur les genoux. Elle ne semblait pas impressionnée outre mesure par mon apparition.

Je me suis débattue pour me libérer, mais c'était peine perdue. Je me faisais mal inutilement. J'ai fini par me calmer, à bout de forces. Le chiffon m'empêchait de demander ce que diable on me voulait. J'ai bien tenté de le cracher, en vain.

Je suis à présent recroquevillée dans un coin, immobile, résignée, luttant contre l'angoisse et la peur.

La femme, qui ne me quitte pas des yeux, finit par parler :

« Si tu promets de te tenir tranquille, je t'enlève ton bâillon. Mais je te le remets au moindre cri. Tu as compris ? »

Loin d'être rassurée, je hoche la tête, prête à coopérer. La femme fait signe à l'un des deux sergents, qui me libère. Je happe une bouffée d'air.

« Je m'appelle Cornelia Jans. Je travaille pour la Justice et j'ai reçu l'ordre de t'emmener à la maison de correction de Gouda, m'explique-t-elle.

— Mais pourquoi ? »

Je bafouille, la bouche pleine de lambeaux de tissu.

« Tu n'en as vraiment aucune idée ? »

J'en ai une, bien sûr, mais j'ai besoin de l'entendre. Il n'existe qu'une seule personne sur terre capable d'une chose pareille. Même si je sais à quoi m'en tenir avec lui, jamais je n'aurais cru qu'il pourrait aller si loin. Je murmure d'une voix rauque :

« Je veux vous l'entendre dire. »

Un semblant de compassion passe sur son visage, mais elle reprend d'un ton neutre :

« Très bien. Tu t'es rendue coupable de rupture de contrat, de vol et de fornication. L'affaire a été soumise à l'avis des régents Cornelis Bicker, Nicolas Corver et Anthony Oetgens van Waveren, qui ont prononcé leur jugement. Le quatrième régent, Wouter Valckenier, étant mourant, n'a pas pu prendre connaissance du dossier. Mais les trois autres ont été unanimes. »

Je m'efforce de maîtriser ma respiration. La maison de correction ! J'en ai si souvent entendu parler… La seule pensée d'y être enfermée probablement pendant plusieurs semaines me glace le sang.

« Mais pour quel motif ? Qu'ai-je fait de mal ? Vous parlez de fornication. Je ne comprends pas.

— Ah non ? Il semblerait pourtant que tu menais une vie de pécheresse. Nous avons obtenu des renseignements sur tes habitudes. Plusieurs personnes ont témoigné à charge contre toi.

— Qui ?

— Le propriétaire d'une auberge pour le moins douteuse, dont le nom m'échappe. »

Elle consulte ses documents.

« Le Rafiot noir. L'endroit est réputé malfamé. Les hommes viennent y chercher des filles de joie. Il se trouve que tu y as séjourné plusieurs semaines.

— Mais je ne suis pas une putain ! Je louais seulement une chambre ! »

Cornelia lève la main.

« Il ne me revient pas de formuler un jugement. Je ne fais que t'énoncer les faits qui te sont reprochés. »

Abasourdie par ce que j'entends, je commence à prendre la mesure de la situation. Il l'a fait ! Il m'a fait passer pour une criminelle et arrêter.

Les yeux remplis d'effroi, je me tourne vers Cornelia.

« Combien de semaines vais-je devoir rester là-bas ?

— De semaines ? Tu as été condamnée à douze ans de prison. »

Je me remets à hurler et les gardes me fourrent de nouveau le bâillon dans la bouche.

À mi-chemin, nous nous arrêtons dans une auberge. La nuit commence à tomber, nous ne serons pas à Gouda avant la fermeture des portes. Cette halte me donne une lueur d'espoir : peut-être arriverai-je à m'échapper ? On m'a retiré le bâillon, mais j'ai toujours les mains et les pieds attachés : inutile de rêver.

S'ensuit une longue nuit blanche. Je suis presque soulagée quand je vois l'aube poindre à travers les volets et que l'on m'ordonne de me lever. Après un petit déjeuner frugal, que mes cerbères me font avaler bouchée par bouchée, nous poursuivons notre route.

En chemin, le coche ne connaît pas un moment de silence : les sergents de justice et Cornelia bavardent continuellement. Sans jamais me prêter attention.

Au long du trajet, je laisse courir mon regard sur les prés, les canaux et les villages qui défilent derrière la vitre. Douze ans ! Il y a sûrement un malentendu, même les voleurs ne se voient pas infliger des peines aussi lourdes. J'essaie de me convaincre qu'ils se rendront compte de leur erreur à notre arrivée, que ma condamnation sera ramenée à douze semaines. C'est déjà plus qu'assez. Comment vais-je traverser cette épreuve ?

Les remparts de Gouda se profilent à l'horizon peu après midi. Une demi-heure plus tard, nous pénétrons dans l'enceinte de la ville.

L'œil sombre, je regarde dehors. Les rues, les habitants, le marché, les canaux : tout me semble si familier. Encore quelque temps et le monde ordinaire me sera interdit. Douze semaines à passer au milieu des voleuses et des prostituées. Je suis en plein cauchemar, tout cela ne peut être vrai.

Le coche s'arrête bientôt. La peur me saisit. À ma droite se dresse un grand édifice peint en blanc, rattaché au monastère. Est-ce la maison de correction ? Cornelia ouvre la porte et descend du véhicule.

Les sergents de justice enlèvent les liens qui enserrent mes chevilles et m'aident à sortir de l'habitacle. Mes genoux tremblent, je tiens à peine debout.

Dans la rue, des badauds s'arrêtent pour m'observer. Un garçon d'environ quatorze ans s'écrie : « En voilà encore une ! » Un passant plus âgé renchérit : « Elle n'a pas l'air d'une fille de joie. C'est certainement une voleuse ! »

Un groupe de jeunes se met à me lancer des insultes

et des projectiles, mais l'un des sergents de justice leur fait signe de déguerpir et ils prennent la fuite.

La porte d'entrée de la maison de correction est imposante. Sur la pierre de pignon, on distingue trois femmes qui filent, cousent et tricotent, tandis que trois hommes scient du bois. L'énorme porte est munie d'une garniture en fer forgé.

Cornelia s'annonce, la porte s'ouvre. Un homme vêtu de noir la salue et me lance un regard furtif.

« Les régentes sont en réunion. Faites-la patienter dans une cellule », dit-il.

Nous passons le vestibule, puis un couloir, et traversons une cour intérieure rectangulaire. De l'autre côté, une porte donne sur un escalier. Une forte odeur de terre m'envahit les narines, les voûtes me renvoient l'écho de mes pas.

Un geôlier, trousseau de clés à la main, nous précède. Quelques pas plus loin, il ouvre la porte d'une cellule : « Celle-ci est libre. »

Les sergents de justice me poussent à l'intérieur, détachent mes menottes et quittent la pièce sans prononcer un mot. Cornelia s'arrête un instant devant moi : « Au revoir, Geertje. Bonne chance. »

Les deux lourds battants de bois se referment.

Je m'écroule sur la banquette, anéantie. Je ne peux pas croire que l'homme que j'ai tant aimé et qui – j'en suis convaincue – m'a aimée lui aussi, puisse me faire une chose pareille.

Je suis toujours prostrée lorsqu'on vient me sortir de la cellule pour me conduire dans le bureau des gouvernantes, où l'on me fait la lecture du règlement d'ordre intérieur. En balbutiant, je demande si ma peine n'est pas plutôt de douze semaines, s'il ne s'agit pas d'une erreur. On me confirme qu'il n'y en a aucune.

Même si je perçois une pointe de compassion, elle ne m'est d'aucun secours. La peine est de douze ans et le restera. On me tend un document de justice où la durée d'emprisonnement est écrite en toutes lettres : j'ai été condamnée par contumace.

On me conduit vers la salle de travail. Sans pleurer, sans crier, je me laisse doucement sombrer au fond du désespoir, muette, le regard perdu dans le vide, dans un autre monde, une autre vie. Jamais je n'aurais pu imaginer connaître pareil destin.

2

Hoorn, 1632

L'auberge bondée était si bruyante que j'entendais à peine les commandes. Dans les volutes d'une fumée épaisse, je devais me pencher sur chaque client pour le comprendre, et repousser régulièrement d'un regard furieux ceux qui cherchaient à me caresser les fesses.

La Morriaenshooft n'était pas un lieu très chic, mais elle jouissait d'une situation idéale, à proximité de la porte principale de la ville. Les affaires marchaient bien. Malgré certains clients pénibles et les mains baladeuses, j'aimais cet endroit. Il ne désemplissait jamais, on n'y connaissait pas la monotonie. À vrai dire, le travail y était épuisant, au point que le dimanche, mon seul jour de libre, il m'arrivait de m'endormir sur les bancs de l'église.

Je préférais de loin cette vie à celle que j'avais connue à Edam, où j'avais passé des années, du matin au soir, à nettoyer le poisson. Je détestais le quartier du port. J'avais les pieds dans l'eau toute la journée, au milieu des bouts de bois pourri, des algues et des poissons morts. L'odeur y était pestilentielle.

Dans le quartier du chantier naval où travaillait mon

père et où se trouvait notre maison, l'air sentait le bois fraîchement raboté, comme dans une forêt. Je n'avais encore jamais mis les pieds dans un bois, mais d'après mon père, l'odeur y était la même. Il affirmait pouvoir reconnaître à partir de quelle essence les planches avaient été fabriquées, rien qu'aux effluves qui s'en dégageaient. Enfant, je n'en avais jamais douté, jusqu'au jour où mon frère Pieter m'avait révélé que le nom des espèces était écrit sur les connaissements.

Heureusement, au travail, l'ambiance était bonne. Tout en triant le poisson, nous ne manquions pas de discuter et de plaisanter.

Trijn Jacobs était un peu plus âgée que moi. Dès mon premier jour, elle m'avait prise sous son aile. Nous étions devenues bonnes amies. Lobberich, ma cousine, travaillait elle aussi au port. Nous nous amusions bien, toutes les trois. Nous comparions les marins à des poissons : les plus beaux, les mieux bâtis, étaient des brochets ou des cabillauds, les autres des limandes ou des harengs.

J'avais quinze ans lorsque les hommes commencèrent à s'intéresser à moi. Coenraad, l'un des jeunes pêcheurs du port, venait régulièrement me montrer ses prises ou m'offrir des coquillages qu'il remontait dans ses filets.

« Je crois que tu lui plais, m'avait une fois glissé Trijn. Il ne te quitte pas des yeux.

— Mais c'est un hareng !

— Tu trouves ? Grand, élancé… Je dirais plutôt une perche argentée !

— Je ne veux pas d'un poisson élancé, je préfère les costauds. Les brochets, par exemple.

— Prends garde : un brochet est un prédateur. À la réflexion, notre Coenraad serait plutôt un maquereau.

Robuste, vigoureux et surtout… doté d'une queue puissante ! »

Nous avions éclaté de rire. À la visite suivante de Coenraad, je n'osais même plus croiser le regard de Trijn.

J'aurais peut-être épousé Coenraad – ou un autre garçon dans son genre – si j'étais restée à Edam et ma vie aurait été bien différente. J'aurais eu des enfants, je n'aurais probablement jamais rien vu d'autre qu'Edam et ses environs. Je peine aujourd'hui à l'imaginer… D'un autre côté, j'aurais sans doute été heureuse en suivant le cours normal des choses, la vie qui attendait toutes les filles du village, un destin prévisible et sans danger.

Rien ne laissait présager que ma vie serait différente ; du reste, cette perspective ne me faisait pas rêver. Mais j'ai saisi ma chance lorsqu'elle s'est présentée.

Lobberich m'en a parlé la première. Une auberge de Hoorn cherchait une serveuse. Si ma cousine n'avait pas été sur le point de se marier, elle se serait probablement présentée elle-même.

« Ça ne te dit rien, Geertje ? m'a-t-elle demandé. Ce travail n'a rien d'une sinécure, mais au moins tu n'empesterais plus le poisson à longueur de journée. »

Ce matin-là, pour la première fois, j'ai réfléchi à mon avenir. L'idée de quitter le village m'attirait autant qu'elle m'effrayait. J'avais toujours vécu à Edam, je ne connaissais rien d'autre. Hoorn était une ville bien plus grande : à quoi ressemblerait ma vie là-bas ? Plus j'y pensais, plus l'idée éveillait ma curiosité.

J'avais déjà vingt-deux ans. Si je voulais partir un jour, il ne fallait plus traîner. Une telle occasion ne se représenterait peut-être jamais. J'avais conscience de ne pas avoir de talents particuliers, hormis peut-être celui de m'attirer des ennuis, pour reprendre l'expression que ma mère utilisait à mon égard. Mais j'avais au moins une qualité : je n'avais pas froid aux yeux.

Mes parents n'étaient pas particulièrement sévères, et je ne m'attendais pas à ce qu'ils s'opposent à mes projets. Un soir, à table, alors que nous mangions nos haricots accompagnés de poisson, j'ai évoqué ce poste à l'auberge de Hoorn.

« Je compte proposer mes services là-bas, ai-je déclaré. Si on m'engage, j'emménagerai tout de suite à Hoorn.

— Et si tu n'es pas prise ? a suggéré mon père.

— Pourquoi ne le serais-je pas ?

— L'auberge a peut-être déjà trouvé quelqu'un.

— Alors, je chercherai ailleurs ! De toute façon, je ne reviendrai pas ici, j'en ai assez de trier le poisson. »

Des yeux, Pieter a fait le tour de la table. « Écoutez ça : Madame en a assez de trier le poisson ! »

Ma mère, qui s'était tue jusque-là, a fini par intervenir :

« Servir dans une auberge n'est pas de tout repos, tes journées seront longues.

— Cela ne me fait pas peur. »

Entre deux bouchées, j'ai lancé un regard à mon père, qui a posé sa cuillère.

« Quel salaire propose-t-on ?

— À en croire Lobberich, soixante florins par an. »

Tous sont restés muets quelques instants.

« Tu ne gagneras jamais autant en restant au port, a commenté mon père. Très bien, Geertje, va donc à Hoorn. Si tu es engagée, tu nous enverras un quart de ta paie. »

Ainsi fut réglée l'affaire.

Malgré les nouvelles perspectives qui s'offraient à moi, les adieux ne furent pas simples. Nous nous sommes étreints un long moment, mes parents et moi. Puis j'ai passé les bras autour du cou de Pieter, et mon frère m'a légèrement soulevée du sol.

« J'irai te rendre visite », a-t-il affirmé.

Trijn est venue me chercher à la maison et m'a accompagnée jusqu'aux quais du Schepenmakersdijk. Elle avait apporté un petit sac contenant des cadeaux, qu'elle m'a fait promettre de n'ouvrir qu'à mon arrivée à Hoorn.

« Pour que tu ne m'oublies pas, a-t-elle expliqué.

— Comment le pourrais-je ? Tu viendras me voir, n'est-ce pas ? »

Elle en a fait le serment, et m'a aussi juré de m'écrire. J'ai dû lui promettre de répondre à chacune de ses lettres ; elle connaissait mes difficultés avec l'alphabet. Mais, pour elle, j'étais prête à tous les efforts.

Hoorn étant à quatre heures de marche d'Edam, l'oncle Jacob, père de Lobberich, m'avait proposé de m'emmener sur sa charrette. Le paysage vert clair des polders s'étendait à perte de vue sur ma gauche, tandis que les vagues grises de la Zuiderzee venaient s'écraser sur la digue, de l'autre côté. À l'approche de Scharwoude, les murs et les tours de Hoorn ont commencé à poindre au loin et mon cœur s'est mis à battre plus vite. Ma nouvelle vie se profilait à l'horizon. Comme Edam, la ville vers laquelle je me dirigeais avait les pieds dans l'eau, mais elle était bien plus vaste, plus animée. Bien sûr elle restait modeste à côté de cités comme Amsterdam ou Haarlem, mais, pour moi, déménager à Hoorn représentait déjà un grand changement.

Cahotant sur les pavés, nous sommes entrés dans la ville par la Westerpoort, et nous nous sommes immédiatement retrouvés mêlés aux charrettes et aux passants qui allaient et venaient, aux enfants qui couraient à en perdre haleine, aux marchands qui haranguaient les clients, au bétail qu'on s'appliquait à faire avancer dans les rues étroites.

« Où vas-tu exactement ? m'a demandé l'oncle Jacob.

— Je l'ignore, c'est la première fois que je viens ici. L'auberge s'appelle la Morriaenshooft.

— Je la connais », a-t-il répondu avant de faire claquer les rênes sur le dos de son cheval, qui a aussitôt accéléré.

Nous nous sommes engagés dans une rue plus large, puis avons bifurqué à droite dans l'Oude Noort. J'ai aperçu l'auberge au milieu de la rue : une enseigne représentant un homme au visage sombre était suspendue au-dessus de la porte, elle-même encadrée de deux tonneaux de bière.

« Je serai de retour dans une heure. Si on refuse tes services, tu pourras toujours rentrer avec moi.

— Je ne reviendrai pas, ai-je répondu en me laissant glisser du siège. Si je ne suis pas prise ici, je chercherai un autre travail.

— Comme tu voudras. »

L'oncle Jacob m'a tendu mon sac contenant mes effets personnels, a sauté à terre et m'a serrée brièvement dans ses bras. « Bonne chance, jeune fille ! »

Il a souri, a touché son couvre-chef de l'index en guise de salut et s'est hissé sur sa charrette. Je me suis détournée, j'ai pris une profonde inspiration et poussé la porte de l'auberge.

La patronne répondait au nom d'Aecht Carstens. J'ai vite compris à son regard perçant et inquisiteur qu'elle avait de l'autorité, sur les femmes comme sur les hommes. Les clients savaient qu'elle était bien plus forte que son apparence ne le laissait supposer, et ceux qui l'ignoraient avaient tôt fait de le découvrir. Si nécessaire, Simon, le valet, venait en renfort.

Elle n'avait pas vraiment le temps d'échanger des politesses : l'auberge était bondée et Aecht manifestement débordée.

« Geertje, c'est ça ? Je vais te donner quelques instructions. Montre-moi ce que tu sais faire et, si tu m'apportes satisfaction, tu pourras rester avec moi. »

Elle m'a tendu un tablier et je me suis mise au travail sans attendre. À la fin de la journée, Aecht a hoché la tête en signe d'approbation.

« Nous allons nous entendre. »

Hoorn était certes plus peuplé qu'Edam, mais assez petit pour que je m'y sente vite chez moi. Par sa situation au bord de la Zuiderzee, la ville me rappelait mon village natal et son ambiance. Il y régnait la même agitation, on entendait les mêmes cognements et martèlements familiers des tonneliers et des charpentiers de navires. On y trouvait tout autant de cordiers, de tisserands et de pêcheurs. Au port, le long de la jetée en bois, flûtes, caravelles et autres allèges se serraient les unes à côté des autres.

Les auberges qui bordaient la Roode Steen, la place centrale de la ville, étaient fréquentées par les jeunes gens, venus boire, danser et assister à des combats de coqs. Je pris l'habitude de me promener en compagnie d'une autre serveuse, Elisabeth, qui était née à Hoorn et se faisait un plaisir de me servir de guide. Par son intermédiaire, j'ai fait plusieurs rencontres. Je ne manquais pas de courtisans, mais ils ne m'intéressaient pas.

Tous les matins, je tisonnais le feu dans l'âtre de la cuisine et dans la salle principale. J'allais ensuite chercher de l'eau à la pompe de l'arrière-cour, portant un seau dans chaque main, tandis que le cuisinier préparait le petit déjeuner. Quant à nous, nous mangions en travaillant, car il fallait aussi laver le sol de l'auberge. Je balayais le sable qui avait absorbé les boissons renversées et les restes de nourriture de la veille, puis en répandais du propre. Généralement, je finissais juste avant que les premiers clients ne descendent. Je leur servais du hareng, du pain et du fromage. Pendant qu'ils prenaient leur repas, je montais à l'étage et m'empressais d'ouvrir fenêtres et volets : plusieurs clients se partageaient un même dortoir, où chaque matin régnait une odeur aigre de sommeil et d'urine. Je descendais les pots de chambre, les vidais dans le canal et les rinçais à la pompe. Puis je nettoyais les latrines disposées près de la porte de derrière. Les tâches les plus déplaisantes terminées, je commençais la vaisselle, qui s'empilait déjà dans les bacs en pierre.

Un matin d'hiver, par un temps frais et ensoleillé, mon père et mon frère m'ont fait la surprise d'une visite. Quand ils sont entrés dans l'auberge, j'ai d'abord étouffé un cri, puis j'ai couru dans leur direction et sauté au cou de mon père.

« Vous voilà ! Que faites-vous ici ?

— À ton avis ? a répondu mon père en me serrant contre lui. Comment va ma fille ? »

L'auberge était calme. D'un geste, Aecht m'a accordé une pause.

Nous nous sommes attablés dans un coin. J'ai assailli mon père de questions. Il m'a appris que ma mère était un peu souffrante, ce qui expliquait son absence, mais qu'il n'y avait pas de quoi s'inquiéter. Le reste de la famille et mes amies se portaient bien, il avait d'ailleurs du courrier pour moi.

« Nous faisons affaire en ce moment avec un marchand de bois de Hoorn, a expliqué Pieter. C'est aussi la raison de notre voyage. Nous allons donc venir plus régulièrement, désormais. En tout cas, au moins l'un de nous deux. »

C'était une excellente nouvelle. Je leur ai fait promettre d'amener ma mère la prochaine fois, quand elle serait rétablie. Après avoir mangé et bu, mon père et Pieter se sont levés. Je les ai imités : il était temps de me remettre au travail. Nous nous sommes dit au revoir, avec la légèreté de ceux qui savent qu'ils se reverront bientôt. Dans les semaines qui ont suivi, en effet, je les ai vus plus souvent. Jamais longtemps, mais avec régularité. Lors de mon jour de congé, ma mère les accompagnait, de même que Trijn et Lobberich. C'était chaque fois un plaisir de les retrouver.

« Je fréquente un garçon ! Il s'appelle Albert, m'annonça un jour Trijn. Et toi, toujours pas de soupirant ?

— Notre Geertje fait la difficile, a glissé Aecht, qui passait justement par là. Les garçons se pressent à ses pieds, et pourtant elle reste insensible à leurs charmes », a-t-elle ajouté avec un clin d'œil.

J'ai souri. Il y avait bien un homme qui ne me laissait pas indifférente, mais je préférais garder encore le secret.

3

Il s'appelait Abraham. C'était un client régulier que j'avais remarqué depuis quelque temps, car il était grand et beau. Nous échangions souvent des regards. Lorsque j'étais derrière le comptoir et que je lui tournais le dos, je voyais dans le reflet sur la cuve à bière qu'il m'observait.

Un marin, supposais-je. Ils sont faciles à repérer, avec leur teint hâlé et leurs boucles d'oreilles.

Abraham avait la peau dorée. Il embarquait vraisemblablement pour de lointains voyages. Très lointains même, car je ne le vis plus pendant longtemps. Puis il réapparut, en compagnie d'un groupe d'amis. J'essayais d'intercepter des bribes de leur conversation. Ils venaient effectivement de rentrer à Hoorn. Je n'ai pas compris d'où ils revenaient, car je ne connaissais pas le nom des pays et des villes dont ils parlaient.

Je leur ai servi des gobelets de bière en prenant tout mon temps. J'en profitais pour jeter des regards furtifs à Abraham. Soudain il a tourné la tête, si bien que j'ai sursauté et failli renverser la dernière bière.

« Hou là ! » s'est-il exclamé en rattrapant le gobelet. Nos mains se sont effleurées. Un doux fourmillement m'a parcouru le corps. Personne ne m'avait encore fait cet effet. Quand j'ai levé la tête, j'ai découvert les yeux les plus bleus qu'il m'avait jusqu'alors été donné de voir. Nous nous sommes souri.

Une ou deux semaines plus tard, je tentais péniblement de me frayer un passage entre les clients avec un plateau de chopes de bière. Je déposais les commandes sur les tables et repartais aussitôt, chargée de gobelets vides. Passant près d'Abraham, je l'ai trouvé en grande conversation avec un autre client. Il ne m'avait même pas remarquée.

« Hé ! poupée ! Tu aurais encore du nectar pour moi ? » Un homme d'âge mûr m'interpellait au passage.

J'ai posé une bière sur le tonneau renversé qui servait de table haute. « Certainement. Voici. »

L'homme m'a toisée de la tête aux pieds d'un air approbateur, m'a pincé une fesse et a dit en ricanant :

« Merci, trésor. Mais c'est ton nectar à toi que j'aimerais goûter.

— Avec plaisir », ai-je répondu. Et j'ai craché dans sa bière.

Tous les clients qui assistaient à la scène ont éclaté de rire. Le visage de l'homme s'est crispé de colère. Il a levé une main, m'a saisi le bras et m'a attirée vers lui. J'ai perdu l'équilibre et suis tombée contre sa poitrine. M'attrapant par les cheveux, il m'a renversé la tête en arrière et hurlé au visage : « Pour qui tu te prends, petite garce ? »

J'ai tenté de me détourner pour éviter son haleine fétide, mais il s'est rapproché de moi.

« Réponds ! a-t-il de nouveau rugi, provoquant l'hilarité de ses amis.

— Je crois qu'elle a compris, Krijn. Tu peux la lâcher maintenant, elle va te servir une autre bière. »

Abraham, apparu derrière lui, avait posé une main sur son épaule.

J'ai levé les yeux, il m'a fait un signe de tête rassurant.

Krijn m'a maintenue encore quelques secondes, puis m'a relâchée. Je me suis effondrée par terre. Abraham m'a aidée à me relever et m'a poussée délicatement en direction du comptoir.

Cette nuit-là, j'ai rêvé de lui.

Il est revenu à l'auberge quelques jours plus tard, en fin de matinée. Il a commandé un verre de petite bière et trois harengs avec du pain. Je me suis hâtée d'aller chercher sa commande. Mon cœur battait la chamade lorsque j'ai posé son déjeuner sur la table, en traînant exprès, mais il a commencé à manger sans m'adresser la parole.

« Encore merci pour l'autre fois », ai-je alors tenté.

Il a levé les yeux.

« Pour ? Ah oui, Krijn. »

J'ai acquiescé.

« De rien », a-t-il dit sans cesser de manger. Avant que je m'écarte, il a relevé la tête : « Comment tu t'appelles ?

— Geertje Dircx. Et vous ?

— Abraham Claeszoon Outgers. Tu travailles ici depuis longtemps ?

— Quelques mois seulement. Je suis originaire d'Edam.

— Tu habites dans cette auberge, alors ? Tu es venue toute seule ?

— Avec mon oncle, qui m'a accompagnée.

— Mais tu vis toute seule… Tu as quel âge, Geertje Dircx ?

— Vingt-deux ans.

— Vingt-deux ans », a-t-il répété, songeur. Il a englouti un morceau de hareng.

« Qu'est-ce qui t'a amenée à Hoorn, Geertje Dircx ?

— On voit que vous n'avez jamais mis les pieds à Edam, sinon vous ne me poseriez pas la question ! »

Il a ri et avalé une gorgée de bière.

« Tu peux me tutoyer, Geertje. Après tout, je ne suis guère plus vieux que toi.

— Quel âge as-tu ? »

Son visage était buriné par le grand air. Je lui donnais la quarantaine.

« J'ai trente ans. Tu t'étonnes ?

— J'aurais dit quarante, ai-je répondu et il a éclaté de rire.

— Tu en avais assez de ton village natal, a-t-il repris. Qu'espères-tu de la vie, Geertje ? »

Il s'attendait vraisemblablement à une réponse comme « Un bon mari et des enfants », mais j'ai rétorqué : « La liberté, voilà ce que j'attends. »

Pensif, il s'est essuyé la bouche du dos de la main. « Je vois, a-t-il dit.

— Tu es marié ? »

Il a secoué la tête. « Les femmes ne s'intéressent pas à un homme qui passe la moitié de son temps en mer.

— Tu navigues ?

— Je suis trompette dans la marine. Pourquoi tu ne viendrais pas t'asseoir à côté de moi ? La patronne n'est pas là et l'auberge est vide…

— J'ai du travail, ai-je répondu, sans bouger pour autant.

— Juste un instant, Geertje. »

Incapable de résister à la tentation, je me suis assise sur la chaise qu'il avait tirée pour moi.

« Tu te plais ici ?

— Aecht est une patronne en or et l'auberge ne me laisse pas le temps de m'ennuyer.

— Mais tu travailles dur, non ? Je te vois courir sans cesse. »

Je le fixai un instant, quelque peu interloquée par sa remarque. Tout le monde devait travailler dur pour gagner sa vie : n'était-ce pas dans l'ordre des choses ?

Abraham a bourré une pipe de Gouda, puis a soufflé la fumée devant lui. Il me regardait à présent d'un air songeur.

« Si tu pouvais faire trois vœux, ce serait quoi ? »

Je n'en avais pas la moindre idée. Là d'où je venais, on ne faisait pas vraiment de vœux, et encore moins trois en une fois ! Par exemple, on souhaitait qu'il arrête de pleuvoir pour pouvoir rentrer les récoltes, ou que la boue cesse d'envahir les rues, ou que passent un mauvais rhume ou un mal de gorge ; mais je n'avais jamais osé rêver d'autre chose. Enfin, ce n'était pas tout à fait vrai : j'avais toujours voulu quitter Edam, et ce vœu-là s'était exaucé. Mon seul désir à cet instant était de trouver un bon mari pour fonder une famille. Et l'homme qui me faisait face me paraissait le candidat idéal.

« J'ai tout ce dont j'ai besoin, ai-je répondu enfin. Un toit et un travail qui me plaît. En tout cas, c'est mieux que de nettoyer du poisson à longueur de journée. »

Il m'a adressé un regard compréhensif.

« Mais tu aimes t'amuser de temps à autre, Geertje ?

— Oh oui, bien sûr ! D'ailleurs, c'est bientôt le marché annuel.

— Exactement. Tu aimerais qu'on y aille ensemble ? »

Évidemment que j'aimerais ! J'ai quand même fait mine d'hésiter. Puis, devant l'air déçu d'Abraham, je me suis empressée d'accepter avant qu'il ne puisse ajouter quoi que ce soit. Le sourire aux lèvres, j'ai regagné la cuisine.

Hélas, Aecht ne m'accorda pas de jour de libre. Il faut dire que le marché annuel et la braderie qui se tenait à cette occasion constituaient la période la plus chargée de l'année. La patronne avait donc besoin de tout son personnel, sans exception. Je m'étais attendue à ce qu'Abraham vienne à la Morriaenshooft, mais il ne s'était pas montré de toute la semaine.

Tout en servant les gobelets de bière en salle, je scrutais la porte d'entrée, à la fois pleine d'espoir et remplie de la crainte qu'il entre au bras d'une autre fille. Finalement, il était peut-être préférable que je ne le voie plus…

Quelques jours plus tard, il a refait surface et m'a expliqué qu'il devait partir inopinément à Elmina.

« Elmina ? » Je me sentais stupide de ne pas connaître cet endroit, Abraham n'a pourtant pas semblé s'en étonner.

« C'est un fort sur la côte de l'Or néerlandaise, en Afrique. La Compagnie néerlandaise des Indes occidentales, dont je fais partie, lui a donné ce nom parce qu'elle y fait commerce d'or et d'esclaves, a-t-il expliqué.

— De l'or…, ai-je répété.

— Moi, je n'en vois pas vraiment la couleur, tu sais. Je ne suis qu'un modeste trompette.

— Ce n'est pas un métier inutile.

— Non, c'est vrai. Car, si l'équipage ne reçoit pas les signaux à temps, les choses peuvent très vite mal tourner : le navire risque de s'échouer sur un banc de sable ou un récif, ou être attaqué par les Espagnols ou les Portugais.

— Quand pars-tu ?

— Dans trois jours. »

Je me suis mise à astiquer l'une des tables à proximité pour meubler le silence.

« Combien de temps dure le voyage ? ai-je demandé sur un ton que j'espérais léger.

— Environ un an et demi. Peut-être moins, peut-être plus. »

Je suis restée silencieuse.

« Tu vas donc devoir te passer de ma compagnie un moment, Geertje Dircx. Tu y arriveras, tu penses ? demanda-t-il en m'adressant un clin d'œil.

— Oui. Mais j'espère que tu reviendras sain et sauf. »

Il m'a montré l'anneau en argent accroché au lobe de son oreille et m'a expliqué que tous les marins en portaient un ; au cas où ils passeraient par-dessus bord, l'anneau permettrait à Neptune, dieu de la Mer, de les repêcher plus facilement.

« Tu n'as donc pas à t'inquiéter, a-t-il assuré.

— Mais toi, tu n'es jamais inquiet ? Je serais morte de peur entourée de toute cette eau.

— Il m'arrive de l'être, surtout en cas de tempête. Mais par temps calme, il n'y a rien à craindre. À la vérité, la navigation est une activité très monotone.

— Pourquoi es-tu entré dans la marine, alors ?

— En fait, j'y suis arrivé un peu par hasard. Au début, l'idée me plaisait.

— Plus maintenant ?

— Si, car ce métier me permet de découvrir le monde. Mais le voyage est si long… C'est difficile de devoir chaque fois tout abandonner et tout recommencer. »

Je restais plantée là, une cruche de vin vide entre les mains, n'osant pas poser la question qui me brûlait les lèvres.

« Dans ces pays lointains, il doit y avoir de jolies filles prêtes à apporter du réconfort aux marins solitaires », ai-je fini par murmurer.

Il a hoché lentement la tête.

« Ce sont celles qui attendent leur retour qui comptent. Toutes les femmes ne supportent pas de vivre avec un marin.

— Je serais prête à attendre, moi. »

Ces mots m'avaient échappé et j'ai senti mes joues rosir, mais je ne les regrettais pas. J'ai attendu sa réaction avec une certaine anxiété.

Abraham a levé les yeux en souriant. Puis il a repoussé sa chaise en arrière. Ma déclaration l'avait-elle effrayé ? Je n'osais plus ouvrir la bouche, je restais là, piteuse, pressant la cruche contre ma poitrine.

Abraham m'a fait un clin d'œil, a posé quelques pièces sur la table et il est sorti de l'auberge.

Il a quitté Hoorn le lendemain. Pendant son absence, non seulement je me suis fait un sang d'encre, mais il m'a aussi terriblement manqué : ses anecdotes, ses plaisanteries, ses œillades. D'autres hommes ont tenté de me courtiser, mais tout était différent : aucun d'eux ne me regardait comme lui, personne ne s'enquérait de mes pensées secrètes, personne ne se montrait aussi intéressé. Sans lui, l'auberge, même bondée, me paraissait dépeuplée, les journées étaient longues et monotones. Même mon travail, que j'appréciais pourtant tellement, a commencé à me déplaire, et j'ai compris que c'était grâce à Abraham que j'avais passé de si bons moments dans cette auberge. Sans lui, tout perdait de son éclat.

Même s'il occupait mes pensées, je n'étais pas préparée à son retour. Je savais qu'il fallait compter encore plusieurs semaines, voire quelques mois, mais en aucun cas il ne reviendrait plus tôt. Quand il est apparu soudain, j'ai sursauté comme devant un fantôme.

« Salut, Geertje ! »

Sa voix avait changé, son regard aussi. On aurait dit qu'il me voyait pour la première fois, il me scrutait comme s'il cherchait à me reconnaître.

Il m'a pris la main et l'a serrée dans les siennes. Je l'ai fixé en silence, pensant intérieurement : *Il m'a pris la main. Il a huit ans de plus que moi, c'est un homme, un vrai. Il pourrait tenir la main de n'importe quelle autre fille, mais il est ici avec moi.*

Je lui ai souri, il m'a souri en retour. Puis il s'est penché et m'a embrassée. Tandis que mon cœur battait la chamade, j'ai senti la chaleur de ses lèvres sur les miennes et j'ai perdu le sens des réalités. J'ai fermé les yeux et, quand je les ai rouverts, je ne voyais plus que le bleu des siens.

Autour de nous retentissaient des cris et des applaudissements, mais ils semblaient lointains. La salle bondée de l'auberge s'éloignait de nous, emportant son tumulte. Abraham m'a embrassée de nouveau et, à ce moment-là, j'ai su qu'il deviendrait mon mari.

Nous nous sommes juré fidélité éternelle le 26 novembre 1634 à l'église réformée de Zwaag. C'était moins cher de se marier là qu'à Hoorn. Même si Abraham n'était pas pauvre, il ne dépensait pas non plus sans compter. Moi, je n'y attachais aucune espèce d'importance. Je ne pouvais pas croire que j'avais trouvé un homme aussi beau, aussi charmant. Un homme qui m'aimait, à qui je pouvais me donner aveuglément.

Les noces furent simples et brèves, les convives peu nombreux. Mes parents et Pieter y assistèrent, ainsi que Trijn, Lobberich et l'oncle Jacob, et quelques amis et membres de la famille d'Abraham qui habitaient à Hoorn.

Grâce à mes économies, je pus m'offrir de nouveaux vêtements pour la cérémonie : une cotte rouge, une blouse blanche aux manches en dentelle, des gants de soie et des bas. Je n'avais pas attaché mes cheveux, qui tombaient en cascade sur mes épaules. Selon la tradition, Abraham me remit une couronne de fleurs, que je portai sur la tête toute la journée.

« Tu es désormais ma femme », a-t-il déclaré devant nos invités. Il n'arrêtait pas de m'embrasser. « Ma Geertje. Quand je t'ai vue à l'auberge pour la première fois, j'ai tout de suite su que ce moment finirait par arriver.

— Tu as bien caché ton jeu ! ai-je dit en riant. Rien dans ton attitude ne laissait penser que je te plaisais.

— Tous les clients n'avaient d'yeux que pour toi. Je ne m'imaginais pas que tu t'intéresserais à un trompette jamais là.

— Je t'attendrai toujours », ai-je répondu en passant mes bras autour de son cou pour l'embrasser.

Abraham louait une maison dans la rue Appelhaven. La première fois que j'en ai franchi le seuil en tant qu'épouse, j'ai su que j'étais là où j'avais toujours voulu être. Avec sa vue sur le port, cette maison était mon chez-moi. C'est ici que j'embrasserais Abraham lorsqu'il partirait en mer et que je l'accueillerais à son retour. Ici, nos enfants viendraient au monde et grandiraient. Ici, je connaîtrais le bonheur.

Le quartier était très agréable. J'aimais la vue sur le port et les bateaux, le bruit des quais, le craquement du bois des coques et des mâts, le clapotis de l'eau et le langage cru des marins. C'était mon monde, celui que j'avais toujours connu.

Six mois plus tard, Abraham a dû repartir en mer.

« On y est, a-t-il simplement soupiré, le matin de son départ. À mon retour, je chercherai un travail sur la terre ferme, je ne supporte plus de devoir te laisser seule.

— Ne t'en fais pas pour moi. » Je me suis serrée contre lui, lovée entre ses bras puissants. « Ce ne sont que quatre petits mois. Certains hommes partent pendant des années.

— Tu as raison, je serai très vite à la maison. À bientôt, mon amour, je te rapporterai un beau souvenir de ce voyage. »

Puis il m'a embrassée et il est sorti.

Nous étions convenus de nous dire au revoir chez nous et non au port, car l'attente du départ des navires pouvait être longue. Je les apercevais depuis la pièce donnant sur la rue. Lorsqu'on a largué les amarres, je suis sortie de la maison sans réfléchir, courant à toutes jambes sur la longue jetée en bois pour entrevoir Abraham une dernière fois. Je ne l'ai pas vu, j'ai toutefois entendu sa trompette annoncer le départ de la flotte. Ensuite, les notes ont continué de résonner dans ma tête tout le reste de la journée, ainsi que la nuit qui a suivi.

Certaine de l'amour qu'il me portait, je suis parvenue à mieux supporter son absence. Le plus difficile n'était pas le manque, mais le silence de ces journées interminables. Incapable de rester à ne rien faire, j'ai décidé de retourner provisoirement travailler à l'auberge. Elle était toujours aussi animée, le temps y passait plus vite.

Quatre mois plus tard, les navires revinrent. La nouvelle se propagea comme une traînée de poudre à travers l'auberge, les clients n'avaient que ce sujet à la bouche. Je lançai un regard à Aecht, qui hocha la tête. Alors je jetai le chiffon avec lequel j'essuyais les gobelets, enlevai mon tablier et courus dehors.

Sur l'Oude Noort, le retour des navires de la Compagnie occupait tous les esprits, je n'étais pas la seule à me diriger vers le port.

Hors d'haleine, j'arrivai à proximité de la jetée du Hooft et me frayai un passage à travers la foule qui se pressait sur la construction de bois. Les navires, quoique de grande taille, n'étaient pas marchands, et pouvaient s'amarrer au quai sans problème. Ils étaient déjà là. Je tendis le cou pour apercevoir Abraham, sans parvenir à le repérer au milieu de l'attroupement de marins appuyés contre le bastingage.

Impatiente, je scrutais les visages et regardais s'agiter les mains. Où était Abraham ? Il était si grand, il aurait dû dépasser les autres d'une tête.

« Ils ne sont pas très nombreux », commenta un vieil homme à côté de moi.

Le murmure des voix inquiètes qui m'entouraient finit par me faire prendre conscience qu'il avait raison : les marins étaient en effet bien moins nombreux que lors du départ de la flotte. Je remarquai aussi qu'ils semblaient moins enthousiastes.

Après une longue attente pleine d'incertitude, nous apprîmes ce qu'il s'était passé : au cours du voyage du retour, une terrible tempête avait violemment secoué le navire. Plusieurs hommes avaient été projetés par-dessus bord. Abraham était l'un d'eux.

4

Son corps, beau et puissant, au fond de l'océan. Rongé par l'eau salée, attaqué par les poissons. Le sol s'est dérobé sous mes pieds. Quelques personnes dans l'assistance m'ont ramenée à la maison, où les voisins m'ont recueillie.

Je suis restée allongée dans mon lit-clos pendant des jours, recroquevillée sur moi-même, dans le noir, rideaux tirés. Puis, durant les semaines qui ont suivi, au contraire, je n'ai plus supporté de rester entre quatre murs : je passais mon temps à l'extérieur. Je marchais sur les remparts, en direction de la Westerpoort, le regard plongé de longues heures dans les eaux grises de la mer. D'autres fois, j'errais dans les méandres du quartier du port.

Un jour, je me suis assise sur un muret pour observer l'activité du marché aux poissons. J'avais fait la connaissance des gens du quartier, et beaucoup s'arrêtaient pour me saluer et prendre de mes nouvelles.

Bellichje, la poissonnière, fit le tour de son étal pour venir m'offrir un hareng sous les regards compatissants de clients compréhensifs. Toutes ces attentions partaient d'un bon sentiment, mais elles entretenaient en moi une sorte de malaise.

Je me suis levée rapidement et j'ai poursuivi mon chemin, tout en mangeant le poisson. C'était une belle journée et l'idée de retrouver le silence de ma maison ne m'enchantait guère. J'ai décidé d'aller me promener le long de l'Oude Doelenkade en direction du Luijendijk, qui se trouvait un peu en dehors de la ville et où je risquais moins de croiser des connaissances. Des navires de la Compagnie des Indes étaient amarrés au bout de la digue, où régnait une odeur de bois et de poix.

Abraham, intéressé par tous les navires en construction, m'y avait emmenée quelquefois. La mer avait été son grand amour, même s'il était conscient de ses dangers. Il était sûr, m'avait-il un jour confié, qu'il mourrait jeune, mais à quel point le pensait-il vraiment ? Avait-il un pressentiment ou simplement accepté les risques liés à son choix ? Serait-il resté à quai s'il avait su qu'il mourrait si tôt ? Me serais-je mariée avec lui si j'avais su que je serais veuve si tôt ?

Ces questions n'avaient aucun sens, personne ne pouvait voir l'avenir. Dans tous les cas, je l'aurais quand même épousé, parce que je l'aimais et que notre idylle, même si elle avait été de courte durée, valait mieux que rien du tout.

J'étais tellement plongée dans mes pensées qu'il me fallut un peu de temps pour prendre conscience du bruit qui venait de retentir dans l'eau. J'avais aperçu deux très jeunes enfants, un garçon et une fille, qui jouaient au bord du quai et je m'étais demandé ce qu'ils faisaient là, sans surveillance.

J'avais gardé un œil sur eux presque naturellement. Et juste au moment où j'avais tourné la tête, il y avait eu ce bruit sourd. L'instant d'après, je ne voyais plus que la fille. Elle ne devait pas avoir plus de trois ans et me dévisageait avec stupeur.

Je me suis précipitée sur le bord du quai. Seul un ballon, fabriqué à partir d'une vessie de porc, flottait à la surface. Affolée, j'ai scruté le fond de l'eau. Elle ne semblait pas très profonde à cet endroit. J'ai balayé les lieux du regard, un porteur approchait, quelques planches de bois sur l'épaule. Je lui ai crié : « Un enfant vient de tomber à l'eau ! Surveille cette petite fille ! »

Sans attendre de réponse, j'ai sauté. Je savais un peu nager, suffisamment en tout cas pour ne pas me noyer dans des eaux calmes.

Mais j'avais mal estimé la profondeur du canal et j'ai tout de suite coulé. Prise de panique, j'ai d'abord cru que j'allais me noyer, avant de me rendre compte que je n'avais pas avalé d'eau. Je devais simplement retenir ma respiration.

Le pire, c'était le froid glacial qui me paralysait. J'ai bougé les bras et les jambes et j'ai ouvert les yeux. Autour de moi s'est dévoilé un monde sous-marin d'un brun verdâtre, où j'ai pu distinguer la quille d'un navire. Ensuite, j'ai repéré un morceau de tissu marron : la robe du petit garçon. Elle semblait flotter dans l'eau et se gonflait comme un calamar. L'enfant me regardait, les yeux écarquillés et la bouche grande ouverte. Son visage blême était encadré de boucles blondes.

Il était tout près de moi, je n'avais qu'à tendre le bras pour l'atteindre. Je lui ai saisi la main, l'ai tiré vers moi. Le serrant contre mon corps, j'ai tenté de nager vers la surface, mais je faisais du surplace. Je commençais à manquer d'air.

J'épuisais mes dernières réserves, je ressentais une

brûlure dans la poitrine, une sensation d'oppression s'est emparée de moi. J'allais me noyer, tout comme Abraham quelques mois plus tôt. C'était horrible, pas du tout la mort rapide et indolore qu'on raconte. Je ne voulais pas mourir. Même si mon chagrin était encore immense et si je ne pouvais imaginer le reste de ma vie sans Abraham, je préférais la vie à la mort.

Je me suis mise à battre des jambes le plus rapidement possible et, comme par miracle, j'ai commencé à remonter, lentement, freinée par le corps du jeune garçon qui entravait mes mouvements. Nous allions périr tous les deux si je le gardais contre moi, et pourtant, il m'était impossible de le lâcher.

Du coin de l'œil, j'ai deviné une forme sombre qui s'approchait de nous. J'ai craint un moment que ce ne soit un bateau qui allait nous fracasser la tête. C'était un homme. Avec énergie, il a nagé dans notre direction et m'a pris l'enfant des bras. Un deuxième homme est arrivé et m'a aidée à remonter. Nous progressions vite, mais je n'avais plus du tout d'air dans les poumons. J'ai fixé la surface, convaincue qu'il était trop tard. Ma vision se brouillait, je sentais mon corps faiblir, mes dernières forces me quitter.

Et soudain le monde verdâtre a fait place à une abondance de lumière et de bruit. L'air a envahi mes poumons. On m'a hissée sur le quai, allongée par terre. J'entendais des gens se presser autour de nous, les voix se mélangeaient. Parmi elles, les sanglots d'une femme, entrecoupés de convulsions.

Toujours étendue sur le sol, je happais l'air avec avidité, étonnée de ne pas avoir d'eau dans les poumons, d'être encore en vie. Le souffle retrouvé, j'ai levé la tête. Le petit garçon était allongé sur le quai quelques mètres plus loin. Il ne bougeait pas.

Une femme était agenouillée à ses côtés, en larmes. « Jacob ! Mon petit Jacob ! » criait-elle en secouant doucement le corps inerte de son fils.

Les badauds observaient la scène sans bouger. Tous se tenaient là, fixant le garçon et sa mère avec hébétude et impuissance. Un docteur est arrivé, s'est accroupi et a pris son pouls.

Le regard qu'il a lancé à la femme m'a fait comprendre qu'il n'y avait plus rien à espérer.

J'avais risqué ma vie, ainsi que celle de la petite fille qui était restée sur le quai, pour rien. Naturellement, j'avais demandé à quelqu'un de veiller sur elle, et j'avais aussi tout fait pour essayer de sauver la vie du garçon, mais le sentiment d'échec m'accablait. En réagissant plus vite, j'aurais gagné une poignée de précieuses secondes, qui auraient pu être déterminantes.

Il s'appelait donc Jacob. Il avait un an et demi. La petite fille était sa sœur, Sijtje. Les deux bambins avaient échappé à la vigilance de leur mère. Leur ballon était tombé dans l'eau et Jacob s'était approché du bord pour le récupérer. Ils n'étaient pas très loin de chez eux et leur mère était déjà à leur recherche lorsque l'accident était survenu.

Elle s'appelait Geertruida Groot-Beets, épouse de Pieter Lammertszoon Beets, un riche marchand de bois qui vivait avec sa famille nombreuse sur l'Oude Doelenkade.

Une semaine après l'enterrement de Jacob, ils vinrent me rendre visite. Un terrible rhume me clouait au lit, les voisins veillaient sur moi. J'étais encore très faible, mais j'ai tout de même tenté de me lever lorsque Pieter et Geertruida, élégamment vêtus, sont entrés dans la pièce. Geertruida m'a invitée d'emblée à ne pas bouger : « Nous avons appris que vous étiez souffrante. Restez donc alitée, il ne faut pas vous fatiguer. »

C'était la première fois que des gens aisés s'adressaient à moi en me vouvoyant. Mal à l'aise, je me suis appuyée contre le coussin, triturant la couverture avec nervosité.

« Je suis tellement désolée », ai-je balbutié avant de fondre en larmes.

Geertruida non plus n'est pas parvenue à contenir ses émotions et a fouillé dans ses poches pour y trouver un mouchoir. Son époux lui en a tendu un, puis a posé la main sur son épaule.

Son teint était pâle, ses yeux papillotaient.

« Nous tenions à vous remercier de ce que vous avez fait. C'était incroyablement courageux de votre part, a-t-il dit.

— Oui, vraiment, a confirmé Geertruida en tamponnant ses yeux. D'autant que vous saviez vous-même à peine nager, d'après ce qu'on nous a raconté.

— Je ne m'attendais pas à des eaux si profondes. Si j'avais su nager, j'aurais pu sauver votre fils, madame. Je suis sincèrement désolée, ce qui vous arrive est terrible.

— Au moins, vous avez essayé. Et puis vous avez sauvé notre fille ! reprit Pieter. Sans votre intervention, Sijtje se serait elle aussi approchée du bord. Dieu vous a envoyée pour nous éviter de perdre nos deux enfants. Nous vous sommes infiniment reconnaissants. »

Je scrutais la réaction de Geertruida, qui n'avait pas l'air tellement reconnaissante.

« Je suis la seule responsable de ce drame, a-t-elle chuchoté. Je n'aurais jamais dû les perdre de vue, même si ce n'est pas toujours facile de surveiller autant d'enfants, avec tout le travail qu'ils demandent. Nous en avons neuf. »

Geertruida a dégluti, puis a corrigé sa dernière phrase, d'une voix presque imperceptible : « Huit. »

Je ne pouvais pas m'imaginer la peine qu'elle ressentait, peut-être proche de ce que j'avais traversé à la mort d'Abraham. Mais j'avais le sentiment que la perte d'un enfant était bien différente.

« Vous avez l'air fatiguée. » Geertruida a rangé son mouchoir et m'a lancé un regard inquiet. « Je souhaiterais vous envoyer l'une de nos servantes, qui vous aidera à faire les lessives et les courses. Je veillerai également à ce qu'on vous prépare un repas chaud tous les soirs… Inutile de protester ! Laissez-nous faire. Et si vous avez besoin de quoi que ce soit, n'importe quoi, nous serons heureux de vous rendre service. »

Trop épuisée pour m'y opposer, j'acceptai la proposition. Le couple s'est levé et a pris congé.

« À très bientôt », a dit Pieter en refermant la porte.

Geertruida est revenue quelques jours plus tard, seule cette fois. J'allais déjà mieux. J'étais assise sur un tabouret près de la porte d'entrée. Dans la rue, beaucoup profitaient aussi du soleil du printemps, à cette différence près que ceux-là travaillaient : plusieurs femmes faisaient leur lessive, un homme tranchait le cou de poulets. Sur les quais du port, de jeunes garçons raccommodaient des filets de pêche, d'autres en profitaient pour repeindre les bateaux ou calfataient les coques.

De loin, j'ai vu Geertruida approcher, elle traversait le Korenmarkt. Elle s'est arrêtée pour échanger quelques mots avec une connaissance qui sortait justement de chez elle, puis est venue à ma rencontre.

« J'aimerais que nous discutions un peu, si vous voulez bien », a-t-elle dit.

Il ne me semblait guère approprié d'accueillir une dame de son rang dans la rue, aussi lui ai-je proposé d'entrer. Nous avons pris place dans la pièce, les rayons du soleil qui traversaient les vitraux projetaient des taches colorées sur la table.

« Je me suis renseignée à votre sujet, a commencé Geertruida. Pas par curiosité mal placée, mais parce que je cherche actuellement une nourrice. Les affaires de mon époux tournent bien, il est marchand de bois et je lui apporte mon aide. Je traite avec les fournisseurs et les créanciers lorsque Pieter est en déplacement. Je me charge aussi de l'achat des victuailles.

— Les victuailles ?

— Oui, les provisions de nourriture embarquées à bord du navire, a-t-elle expliqué. Nous avons une flûte marchande qui part chercher du bois en Norvège tous les trois mois. Lorsque c'est nécessaire, Pieter accompagne l'équipage. Je dois alors tout gérer à la maison. Et comme vous pouvez l'imaginer, il m'est impossible de m'occuper à la fois de l'entreprise et des enfants. Nous avions une nourrice, Heyltje, une vraie perle, qui a veillé sur eux depuis leur plus jeune âge. Hélas, elle est décédée l'hiver dernier. Nous avons pris à l'essai toute une flopée de remplaçantes, mais aucune d'elles ne nous a réellement apporté satisfaction. Nous n'avons personne en ce moment, ce qui explique aussi pourquoi Sijtje et Jacob ont échappé à ma garde. Je m'entretenais avec des clients mécontents que nous ne pouvions pas nous permettre de perdre. Pour arrondir les angles, je leur ai offert un verre de vin. Pendant que nous buvions, Jacob s'est noyé. »

Geertruida laissait couler ses larmes. Je me suis levée pour nous servir deux gobelets de petite bière.

« Vous cherchez une nourrice », ai-je répété.

Elle a hoché la tête et séché ses larmes.

« J'ai entendu dire que votre mari était mort en mer récemment et qu'un emploi pourrait vous intéresser.

— En effet. Je travaille à l'auberge Morriaenshooft, occasionnellement. Avez-vous conscience que, si vous m'embauchez, je vais vous rappeler constamment la mort de votre fils ?

— Il occupera de toute façon mes pensées pour le restant de mes jours. De même que Sijtje, qui est toujours en vie grâce à vous. En somme, nous serions heureux de vous accueillir à la maison. Une nourrice attentive qui n'a pas les deux pieds dans le même sabot, c'est exactement ce que nous recherchons.

— Je ne sais pas… »

Geertruida s'est légèrement redressée sur sa chaise et a plongé son regard dans le mien. J'y ai lu de la compréhension.

« Vous ne devez pas vous sentir coupable. Tous les habitants du quartier trouvent que vous avez été héroïque, je vous assure. Nous sommes aussi de cet avis. » Elle a posé sa main sur la mienne : « Acceptez, je vous en prie. »

Ces mots, et la chaleur sincère de ce geste intime, m'ont décidée. Geertruida me plaisait et j'avais en effet besoin d'un travail. Sans revenu, je ne tiendrais pas bien longtemps avant de devoir quitter ma maison. Abraham m'avait laissé un peu d'argent, mais pas assez pour pouvoir payer le loyer à vie.

« Quand puis-je commencer ? »

5

La famille Beets habitait une vaste demeure avec pignon à redents sur l'Oude Doelenkade. J'ai résilié le loyer de ma maison et me suis installée chez eux. Deux autres servantes y travaillaient déjà et j'aurais uniquement à m'occuper des enfants.

Les quatre aînés étaient des filles : Lysbeth, Anna, Barber et Geertje, respectivement âgées de quinze, quatorze, treize et douze ans. Dès les premiers jours, les trois plus grandes n'hésitèrent pas à me faire tourner en bourrique. Elles criaient sans cesse « Geertje ! », puis se détournaient en faisant mine d'appeler leur sœur.

Il y avait ensuite Jan, dix ans, Neeltje, neuf, Cornelis, sept, Geert, six et enfin Sijtje, trois ans. Le petit Jacob, un an et demi, aurait donc dû fermer la fratrie. Le plus tragique était que la famille avait déjà perdu un autre petit garçon très jeune, qui répondait aussi au nom de Jacob.

Malgré leur chagrin, Pieter et Geertruida restaient attentifs aux autres et se montraient très généreux vis-à-vis de tout le monde. Ils faisaient régulièrement des dons au foyer des pauvres et à l'orphelinat du Veemarkt. La majorité des garçons qui y avaient trouvé refuge partaient ensuite en mer. Les autres suivaient un apprentissage dans l'entreprise de Pieter.

Un jour, alors que nous étions allés nous recueillir sur la tombe de Jacob, je leur ai demandé comment ils parvenaient à garder foi en Dieu.

« Le chagrin et la douleur font partie de la vie, répondit Pieter. Il ne sert à rien de s'interroger sur le pourquoi des choses ou d'attribuer la faute de ce qui nous arrive à quiconque, Dieu ou nous-mêmes. »

Geertruida a abondé dans son sens.

« L'adversité est inhérente à notre passage sur terre. C'est aussi pour cette raison que Pieter et moi tenons à ne pas satisfaire les moindres désirs de nos enfants, même si nous en avons les moyens. Il ne faut pas les empêcher de devenir indépendants. Nous voulons au contraire les préparer à faire face aux coups durs, nous voulons qu'ils connaissent le chagrin et la mauvaise fortune, de façon à pouvoir apprécier – quand il se présente – le bonheur à sa juste valeur. C'est aussi la volonté de Dieu. »

J'aurais aimé avoir une telle confiance en Lui, pouvoir m'en remettre ainsi à Sa miséricorde, mais je n'y arrivais pas. Je rêvais encore d'Abraham au point d'en pleurer, même si progressivement mon chagrin perdait de son intensité. Notre mariage avait été si court que je regrettais davantage ce que nous n'avions pas pu vivre que ce que nous avions réellement vécu. En outre, m'occuper des huit enfants au quotidien ne me laissait guère le temps de me désoler.

Sijtje était très fragile et je redoublais d'attention à son égard. À chaque rhume, je lui donnais quelques gousses d'ail. Elle les avait en horreur, mais acceptait courageusement de continuer à les mâcher lorsque je lui expliquais que cette plante avait le pouvoir de purifier son sang. Malgré les précautions dont je l'entourais, elle tombait souvent malade et toussait parfois pendant plusieurs semaines.

Geertruida m'a appris à concocter des potions à base d'extraits d'épices et d'ingrédients tels que du poivre moulu, de la noix de muscade, de la cannelle et du gingembre. Des préparations très onéreuses, qui avaient le mérite de soulager la toux de la petite, et c'était tout ce qui comptait pour ses parents.

Au bout de six mois, j'étais si bien intégrée dans la famille que j'avais par moments l'impression d'être une grande sœur et non une nourrice. Ce n'était pas la vie que je m'étais imaginée, mais finalement, j'étais plutôt heureuse. Mes parents et Trijn venaient me voir de temps à autre, et je me rendis moi aussi une fois à Edam, la distance étant un peu trop grande pour permettre de plus fréquentes visites.

Un an après mon arrivée, Geertruida est de nouveau tombée enceinte. L'enfant était attendu pour octobre ou début novembre. La grossesse lui pesait beaucoup, et elle se reposait encore plus sur moi que d'habitude. Je faisais tout mon possible pour l'aider à s'occuper des enfants et de l'entreprise. Elle était souvent prise de nausées, vomissait régulièrement. Elle m'a demandé de noter des chiffres à sa place. Quand j'ai avoué que je ne savais pas très bien écrire et compter, elle a froncé les sourcils et décrété qu'il fallait au plus vite remédier à ces lacunes.

« Dorénavant, tu assisteras aux leçons avec les enfants. Tu dois absolument apprendre à lire et à écrire. »

Jan et Geert fréquentaient l'École latine, et les filles suivaient des leçons à domicile. Je me suis donc jointe à elles, pour mon plus grand plaisir. À la fin de la classe, les filles allaient jouer dehors, tandis que j'allais à l'école chercher les garçons pour le repas de midi. Nous mangions tous ensemble autour de la vaste table. Puis Pieter retournait travailler et Geertruida se reposait. Pendant qu'elle dormait, j'emmenais généralement les plus jeunes en promenade, parfois jusqu'à l'entreprise de leur papa, sur la Luijendijk. Sijtje, Geert et Cornelis aimaient monter à bord des bateaux. Il n'était pas rare que des clients de longue date emmènent les enfants faire un tour dans le port. Je les accompagnais toujours, sans les perdre une seconde de vue. Les clients venaient de toutes les villes du pays, parfois même de l'étranger. La zone de livraison se situait à droite de la porte, où de gigantesques piles de bois attendaient les acheteurs. Quand ceux-ci arrivaient, l'agitation était à son comble. À l'aide d'un tympan actionné par deux orphelins en apprentissage, le chargement était hissé à bord des navires. Le chantier restait alors vide, jusqu'à l'arrivée des cargaisons suivantes.

« D'où vient tout ce bois ? » ai-je demandé un jour, assise face à Pieter. Les enfants jouaient avec des frisons de bois, je remplissais prudemment l'encrier.

« Essentiellement de Norvège. Le bois se fait rare, presque toutes les forêts du pays ont été abattues pour construire des maisons et des bateaux ou pour alimenter les foyers domestiques. Je dois m'approvisionner à l'étranger. Je fais venir le bois par flûte et le revends ensuite au plus offrant. Les affaires tournent bien.

— J'en ai l'impression, en effet ! Pourtant, vous n'êtes pas le seul. Tout le monde ou presque sur le Luijendijk gagne sa vie grâce au commerce du bois. La concurrence n'est-elle pas trop rude ? »

Il a secoué la tête.

« La demande est telle qu'il y a de la place pour tout le monde. Rien qu'à Hoorn, les besoins sont énormes, que ce soit pour la construction des flottes ou l'entretien du port. Ne t'inquiète pas. »

Je n'étais pas inquiète, je m'intéressais à l'entreprise, tout simplement. J'ai tourné la tête, regardé passer les voiles marron et jaune pâle devant la fenêtre. On entendait en permanence le clapotis des eaux du port, auquel se mêlaient les cris des mouettes.

Un navire était justement en train d'amarrer. J'ai reconnu l'homme qui posait le pied à terre. De même que la femme qui le suivait. Lentement, je me suis redressée pour mieux les voir.

Pieter a suivi mon regard.

« Qu'y a-t-il ? »

Sans répondre, je me suis précipitée dehors, où je me suis jetée dans les bras de mon frère et de Trijn.

« Qu'est-ce que vous faites ici ?

— On vient chercher du bois ! a répondu Pieter avec un large sourire. Quand tu m'as appris que tu travaillais pour Beets, j'ai pensé que je pourrais tout aussi bien faire affaire avec lui. Bonne façon de te voir plus souvent !

— Et il a accepté que je l'accompagne », a ajouté Trijn, rayonnante.

Je n'arrivais pas à croire que les deux personnes qui comptaient le plus pour moi, à l'exception de mes parents, se tenaient là, devant moi. Pieter avait fondé une famille et n'était pas venu à Hoorn depuis un an. Il était plus grand que dans mon souvenir, plus musclé, aussi. Le dur labeur du chantier naval l'avait fortifié, un vrai homme. Je n'arrivais pas à le quitter des yeux.

« Nous ne pouvons pas rester longtemps, une petite

heure tout au plus. Mais ce sera suffisant pour bavarder un peu », a-t-il dit.

Pieter Beets nous avait rejoints dehors. Il serra chaleureusement la main de mon frère et de Trijn.

« La famille et les amis de notre Geertje sont les bienvenus. Puis-je vous proposer quelque chose à boire ou à manger ?

— Pieter est à la recherche d'un nouveau fournisseur de bois, ai-je lancé.

— Voyez-vous cela ! Dans ce cas, c'est du vin que je vous offre et non de la bière ! »

Nous avons tous ri de bon cœur.

Dans la cuisine, en compagnie des servantes, j'ai rassemblé ce que j'ai pu trouver pour composer un repas frugal, que nous avons pris dans le salon, à l'avant de la maison. Nous avons discuté un peu de tout, jusqu'à ce que mon frère et mon employeur commencent à parler affaires. Trijn, les enfants et moi les avons laissés seuls pour aller dans la pièce de derrière.

« Comment vont mes parents ? ai-je demandé. Pourquoi ne sont-ils pas venus ?

— Ton père est malade. Rien de grave, ne t'inquiète pas, il est simplement trop faible pour voyager et ta mère ne voulait pas le quitter.

— Je comprends. Quel dommage ! Je vais leur écrire une lettre que tu pourras leur remettre.

— Mais tu sais à peine écrire ton nom, Geertje !

— J'ai appris ici, ai-je rétorqué, non sans une certaine fierté. J'assiste aux leçons des enfants. »

Trijn a tourné la tête vers Sijtje, Geert et Cornelis.

« Les aînées, ai-je précisé. C'est une grande famille.

— Comment t'es-tu retrouvée ici ? La dernière fois qu'on m'a donné de tes nouvelles, ton mari venait de mourir en mer. Je te présente d'ailleurs mes condoléances.

— Merci, Trijn. J'ai traversé une période difficile, dont je ne suis pas encore tout à fait sortie. Mais j'ai pu compter sur le soutien de la famille pour qui je travaille aujourd'hui. »

Je lui ai raconté comment j'avais tenté de sauver Jacob de la noyade et veillé à ce que Sijtje reste bien en sécurité sur le bord du quai, et j'ai évoqué la gratitude de Geertruida et Pieter.

« Oh, Geertje ! Je te reconnais bien là..., s'est exclamée Trijn avec émotion. Tu as sauté à l'eau pour sauver un enfant alors que tu ne savais même pas nager !

— Je pensais être capable de me débrouiller, mais j'ai pris conscience une fois dans l'eau que ce n'était pas suffisant. »

Nous avons encore discuté un peu, à mon tour j'ai pris de ses nouvelles. Heureusement, elle avait connu moins de déboires que moi. Elle s'était mariée avec Albert Koeslager, qu'elle avait rencontré par l'intermédiaire d'une amie commune, Trijn Outgers, dont le mari était boucher.

« Albert a travaillé auprès de lui comme apprenti. Aujourd'hui, il a ouvert sa propre boucherie, dans la Grote Kerkstraat, près de l'église. Les affaires marchent bien.

— Des enfants ?

— Deux. Un garçon et une fille. Ce serait formidable si tu pouvais les rencontrer !

— Ce sera compliqué, dis-je avec regret. J'ai bien quelques jours de congé, mais Geertruida est enceinte et a besoin de moi. Et ce sera encore plus le cas après l'accouchement, bien sûr. »

À ce moment, Pieter Beets fit son entrée dans la pièce, suivi par mon frère.

« L'affaire est conclue ! C'est le moment de trinquer ! »

Le propriétaire des lieux est allé chercher une bouteille de vin dans l'armoire, a servi quatre verres et a levé le sien. « Longue vie à notre collaboration !

— À notre collaboration ! » a répété mon frère en levant également son gobelet.

Trijn et moi trinquâmes aussi. « À notre amitié », dit-elle. Je répétai ses paroles avec enthousiasme.

Un jour, vers la mi-octobre, Geertruida est entrée dans la pièce à vivre en chancelant, le visage tordu de douleur. S'appuyant sur un meuble, elle a déclaré : « Nous y sommes, le travail a commencé. »

J'ai laissé tomber mon ouvrage de couture et l'ai dévisagée avec effroi.

« Quoi ? Le bébé arrive ?

— Je viens de perdre les eaux. C'est trop tôt, Geertje. »

Je me suis levée d'un bond et l'ai aidée à marcher jusqu'au lit-clos.

« Nous ne sommes que deux semaines avant terme, madame. L'enfant doit être prêt. Tout se passera bien, ne vous inquiétez pas.

— Dire qu'il faut que le bébé arrive maintenant, alors que Pieter est parti pour quelques jours ! »

Geertruida s'est hissée avec difficulté dans le lit-clos.

« Une belle surprise l'attendra à son retour ! Je m'en vais chercher la sage-femme.

— Non, reste avec moi. »

Elle m'a agrippé le bras comme si elle ne voulait à aucun prix rester seule.

« L'enfant sera très vite là, je le sens. Demande à Lysbeth d'y aller. »

J'ai foncé dans la cour, où les filles jouaient à la toupie, et j'ai crié à Lysbeth d'aller prévenir l'accoucheuse séance tenante. Les quatre filles levèrent les yeux vers moi, à la fois réjouies et terrifiées.

« L'enfant est là ? a demandé Barber.

— D'après ta mère, il ne tardera pas à se montrer. Dépêche-toi, Lysbeth ! »

À ces mots, j'ai tourné les talons et regagné prestement la pièce à vivre, suivie de Barber, d'Anna et de Geertje. Lysbeth, quant à elle, a enfilé sa houppelande et s'est précipitée hors de la maison.

Assise sur le bord du lit-clos, je tenais la main de Geertruida en essayant de la rassurer. Les contractions se succédaient à intervalles toujours plus courts.

« Il arrive, Geertje ! a-t-elle gémi. Où est la sage-femme ? »

Je me posais la même question. Lysbeth tardait à rentrer, je commençais à avoir un mauvais pressentiment. Peut-être assistait-elle à un autre accouchement ?

Les contractions se succédaient à présent en continu, et même moi, qui n'avais pourtant aucune expérience en matière d'enfantement, je sentais que l'issue était imminente. Mais le lit-clos exigu entravait mes mouvements, je ne pouvais pas faire grand-chose. La sage-femme avait promis d'apporter une chaise d'accouchement ou au moins un lit pliant, mais tout portait à croire que nous devrions nous en passer.

« Je ne peux pas vous atteindre, ai-je expliqué. Il faudrait que vous vous couchiez ailleurs, madame, à même le sol, par exemple. Barber et Anna, allez nous chercher autant de couvertures et de coussins que vous pourrez trouver. Vite ! »

Les deux filles se sont exécutées, heureuses de pouvoir se rendre utiles. Elles sont revenues quelques instants plus tard les bras chargés de couvertures, que nous avons disposées sur le sol. J'ai ensuite aidé

Geertruida à sortir du lit-clos et à s'installer sur la couche que nous venions d'improviser.

Se tordant de douleur, elle a crié qu'il était temps de pousser. J'ai relevé sa cotte et me suis agenouillée entre ses jambes. Chaque fois que Geertruida poussait un hurlement, la sueur perlait sur mon front. Les deux servantes ne m'étaient d'aucun secours, elles attendaient, prostrées, dans l'embrasure de la porte.

« Venez m'aider ! » ai-je intimé à Barber et Anna.

Elles ont hoché la tête. Leur expression était grave, leur visage blême.

« Quand maman a eu Jacob, on a dû préparer une marmite d'eau chaude pour lui faire sa toilette et remplir des bouillottes, a expliqué Barber.

— Et maman buvait du vin quand elle avait trop mal », a ajouté Geertje.

J'ai donné l'ordre à l'une des deux servantes de préparer une marmite d'eau chaude et à l'autre d'aller nous chercher du vin. Geertje et Barber sont restées de part et d'autre de leur mère avec pour tâche de lui éponger le front et de lui donner une gorgée de vin de temps à autre, entre deux poussées. Quant à moi, les mains tremblantes, je me tenais entre ses jambes. J'avais vu des vaches mettre bas, mais c'était la première fois que j'assistais à la naissance d'un enfant. J'essayais de me convaincre que les deux événements ne devaient pas être fondamentalement différents.

Je me suis surprise à observer la scène avec un mélange de fascination et d'angoisse. Enfin, j'ai aperçu une masse de cheveux entre les jambes de Geertruida et j'en ai oublié toutes mes craintes. La seule chose qui m'occupait encore l'esprit était d'aider cet enfant à venir au monde.

La masse de cheveux s'est présentée, de façon plus

visible encore. Geertruida a poussé un cri perçant. « Il est là, criai-je, je vois sa tête ! »

Geertje, Barber et Anna regardaient, les yeux écarquillés.

La petite tête de l'enfant sortait progressivement, le cordon ombilical enroulé autour du cou. J'ai tenté de glisser mes doigts en dessous pour le dégager, tout en maintenant sa tête de l'autre main.

Quelques secondes plus tard, le corps a suivi. Il a glissé littéralement hors de la mère et a atterri sur mes genoux. Il gisait là, immobile, le visage d'un bleu effrayant. C'était une petite fille.

J'ai soulevé l'enfant, ai essayé de lui insuffler de l'air dans les poumons, mais elle n'a pas réagi, quelque chose lui bloquait les voies respiratoires. J'ai fourré un doigt dans sa bouche pour évacuer tout ce qui pouvait faire obstruction. Ensuite, j'ai retenté de lui insuffler de l'air par la bouche, le plus délicatement possible.

Geertruida me parlait. Sa voix, au loin, se faisait de plus en plus forte, de plus en plus pressante, mais elle ne m'atteignait pas. Mon monde se limitait désormais à cette petite fille, plus rien d'autre n'existait. J'ai continué à lui souffler doucement dans la bouche, à lui masser la poitrine et, quand enfin elle a poussé un cri, mes larmes ont jailli. La petite a ouvert les yeux, m'a dévisagée. J'ignorais si les nouveau-nés étaient capables de voir, mais le regard qu'elle m'a lancé m'en donnait l'impression. Sa frimousse était toute proche. Nous sommes restées ainsi quelques secondes, puis elle s'est mise à pleurer. Je l'ai déposée avec douceur dans les bras de sa maman.

6

Plus tard, la sage-femme a fini par arriver, se confondant en excuses, le visage rouge d'avoir couru. Lysbeth était en pleurs.

« Tout s'est bien passé, ma chère, assura Geertruida. Heureusement, Geertje était là.

— Vous devez une fière chandelle à votre gouvernante », a confirmé la sage-femme en me souriant avec reconnaissance.

Geertruida, allongée sur son panier d'accouchement, m'a souri, elle aussi. « Geertje est plus qu'une simple gouvernante. Bien plus.

— Oh, vous savez, tout s'est passé très vite, je n'ai rien eu à faire, ai-je dit pour minimiser mon rôle.

— Bien sûr que si ! s'est exclamée Barber. La petite était en train d'étouffer ! Elle avait le cordon autour du cou, je l'ai vu. Heureusement, Geertje a réussi à la dégager avec ses doigts. »

Un silence a suivi. La sage-femme et Geertruida, manifestement sous le choc, ont échangé un regard, puis se sont tournées vers moi.

« Ce n'était rien, je vous dis ! Le cordon était enroulé autour de son cou, c'est vrai, mais pas très serré. »

Geertruida a secoué la tête en contemplant le nouveau-né.

« C'est la deuxième fois que tu sauves la vie de l'un de mes enfants. »

J'ai reçu l'immense honneur de pouvoir choisir le nom de la petite fille, ainsi qu'une belle prime d'argent. C'est Pieter qui me l'a remise quelques jours plus tard.

« Tout aurait pu mal tourner. Une autre aurait cédé à la panique ou filé sous prétexte d'aller chercher de l'aide, laissant ma femme seule face à la situation. Je ne pense pas que l'enfant aurait survécu. »

J'ai encore protesté un peu pour la forme, car je dois avouer que cette récompense était vraiment bienvenue. J'ai décidé d'appeler le bébé Catharina, Trijn en abrégé. Dès cet instant, j'ai eu le sentiment qu'un lien singulier nous unissait, elle et moi. Je l'avais aidée à venir au monde, je lui avais littéralement insufflé la vie, j'avais été la première à la regarder dans les yeux, à la prendre dans mes bras. À la vérité, je la considérais presque comme ma propre fille.

Lorsqu'elle pleurait, je n'avais qu'à lui fredonner une berceuse et la prendre dans mes bras pour la calmer. Même Geertruida n'y parvenait pas aussi facilement.

« Vous êtes drôlement proches, toutes les deux », m'a-t-elle dit un jour dans un soupir. Elle m'avait tendu Trijn, qu'elle n'arrivait pas à consoler. « Une grossesse et un accouchement, tant de souffrances pour en arriver là… »

Toutefois elle ne semblait pas contrariée outre mesure, surtout après s'être remise au travail, une fois sur pied.

« S'il existe quelqu'un sur cette terre en qui je peux

avoir confiance, c'est bien toi, Geertje », m'a-t-elle confié un jour.

Lorsque j'y pense, le temps que j'ai passé chez Geertruida et Pieter a été la plus belle période de ma vie, à l'exception de mes quelques mois de mariage avec Abraham. Je m'occupais des plus jeunes enfants, écoutais les soucis des grands, les accompagnais à la kermesse. J'ai même aidé Lysbeth à trouver un prétendant et à se marier.

Moi aussi, j'aurais pu me marier. Les hommes s'intéressaient à moi, je n'avais pas à me plaindre, j'ai même reçu plusieurs demandes. J'en étais flattée, bien entendu, et pourtant jamais l'idée d'y donner suite ne m'a effleuré l'esprit. Je n'avais pas l'intention de finir vieille fille, j'aspirais au contraire à me remarier et à avoir des enfants, mais personne n'arrivait à la cheville d'Abraham. De plus, tous les prétendants étaient des mariniers de Rotterdam, de La Haye et d'Amsterdam, et il était hors de question que je quitte Hoorn. Trijn avait besoin de moi. La seule pensée de devoir la quitter faisait bondir mon cœur dans ma poitrine. Si jamais je devais me remarier un jour, ce serait avec un homme de Hoorn.

Elle venait d'avoir trois ans et demi quand sa petite sœur est venue au monde. Geertruida a accouché de Vroutje au début du mois de mai 1639. Hélas, la petite fille n'a pas vécu longtemps et les miroirs de la maison de l'Oude Doelenkade ont été recouverts de draps noirs. Toute la famille, moi y compris, a porté le deuil pendant plusieurs semaines.

Quelques mois plus tard, Geertruida est venue me trouver. Je fus invitée à m'asseoir : elle avait une annonce à me faire. À son expression, j'ai tôt compris qu'il ne s'agissait pas d'une bonne nouvelle et j'ai pris place, inquiète, sur l'une des chaises espagnoles de la salle à manger.

Geertruida a commencé par me répéter à quel point elle appréciait mon aide, puis elle a souligné la place que j'avais prise dans la famille et toute l'affection que me portaient ses enfants. Mais cinq années s'étaient déjà écoulées depuis mon arrivée, les enfants avaient grandi, et Anna et Barber avaient désormais l'âge de prendre soin de Trijn. En somme, ils n'avaient plus besoin de moi.

« Nous te donnerons un mois de salaire en guise d'indemnités et nous ferons tout pour t'aider à trouver un autre travail, m'a promis Geertruida. On te connaît en ville, je ne me fais aucun souci pour toi. Nous avons déjà commencé à parler à notre famille et à nos amis. »

Sonnée, je l'écoutais sans réagir, les mains jointes et serrées à m'en faire mal. Je ne me souviens plus de ce que Geertruida m'a dit ensuite. Quand je me suis levée, elle m'a prise dans ses bras. Je me rappelle qu'à ce moment, je n'ai plus réussi à retenir mes larmes. Geertruida aussi s'est mise à pleurer.

« Je suis navrée, Geertje. Nous avons quelques problèmes financiers, qui ont pesé sur notre décision. J'aurais tant voulu que tu restes, même si ta présence n'est plus vraiment nécessaire. »

Je la croyais bien volontiers, mais la situation était là et je prenais conscience de ma naïveté : je m'étais imaginé rester auprès de la famille Beets pendant des années encore, sans penser une seconde que tout pouvait s'arrêter. Je ne faisais pas partie de leur famille, je n'étais que la gouvernante.

Malgré le soutien apporté par Geertruida et Pieter, et le fait qu'ils m'aient effectivement recommandée partout en ville, mon avenir devenait soudain très incertain, car personne ne manifestait d'intérêt pour mes services. J'étais désemparée.

« Viens vivre chez moi, a suggéré mon frère, à qui je me confiais un jour qu'il était en visite à Hoorn. Marij attend un nouvel enfant, ton aide sera la bienvenue. »

Pieter avait épousé Marij trois ans auparavant, et trouvé du travail sur le chantier naval de Ransdorp, le village natal de sa femme, où ils vivaient maintenant tous deux avec leurs enfants.

Sa proposition était alléchante : je redeviendrais gouvernante et j'aiderais à l'entretien de la maison, mais au sein de ma propre famille. Une semaine plus tard, j'ai fait mes valises, dit au revoir à Geertruida, à Pieter et aux enfants, et pris la route de Ransdorp. J'ai pleuré tout le long du chemin.

La vie à Ransdorp, ou Rarep, comme le prononçaient les habitants dans leur dialecte local, était bien différente de celle que j'avais connue à Hoorn. Encore plus petit qu'Edam, le village se situait juste en dessous, dans un paysage très vert et quadrillé par les canaux. Pieter vivait dans le quartier nord. Ransdorp avait été très prospère dans une période où les constructeurs de bateaux et les bateliers y étaient plus nombreux que les fermiers, et même si l'apogée de cette époque glorieuse appartenait au passé, beaucoup gagnaient encore bien leur vie grâce à la navigation fluviale.

Toutefois, je ne suis pas restée longtemps. Marij, la femme de Pieter, n'était pas désagréable et nous ne nous sommes jamais disputées, mais j'ai tout de suite remarqué que l'arrivée d'une autre femme à la maison ne l'enchantait guère. En dépit de l'aide que je lui apportais bien volontiers pour nettoyer la maison, traire les vaches, baratter le beurre, entretenir le jardin potager et veiller sur les enfants, les choses ont commencé à se gâter au bout de six mois. Au début, je parvenais à tenir ma langue et à ne pas me mêler de l'éducation des enfants, mais bientôt je n'ai pas pu résister. J'avais acquis une expérience appréciable dans la famille Beets et je trouvais Marij bien trop permissive, voire négligente, en ce domaine.

Nous avons encore passé ensemble une petite année, principalement en raison de la naissance de jumeaux. Marij avait vraiment besoin de moi. Mais, un jour, j'ai décidé qu'il valait mieux suivre ma propre voie.

Geesken, l'une des villageoises qui arpentaient quotidiennement la route d'Amsterdam dans les deux sens pour y livrer du lait, m'a rapporté une conversation qu'elle avait eue avec la belle-sœur d'un peintre d'Amsterdam. Cette dame lui avait confié que son beau-frère et sa petite sœur étaient à la recherche d'une bonne d'enfants.

« Pourquoi la mère ne cherche-t-elle pas elle-même quelqu'un ? ai-je demandé.

— Parce qu'elle est gravement malade. Son garçon a déjà six mois, il boit au biberon ; les parents n'ont donc pas besoin de nourrice à proprement parler, mais plutôt de quelqu'un qui s'occupe du petit. Je leur ai dit que tu avais travaillé pour la famille Beets à Hoorn et que tu cherchais un nouveau travail. J'ai bien fait, non ? Tu as l'intention de partir ?

— Oui, ai-je confirmé. Tu sais où habite ce peintre ? Comment s'appelle-t-il ?

— Rembrandt Van Rijn. À en croire sa belle-sœur, il est célèbre. Tout le monde sait où il habite. »

Je n'avais encore jamais entendu parler de lui.

« Célèbre ? À quel point ?

— Très connu. Le prince Frédéric-Henri d'Orange-Nassau lui aurait déjà acheté plusieurs tableaux, de même que le roi Charles d'Angleterre. »

Le ton un peu suffisant, voire méprisant, laissait entendre que j'étais la seule du pays à ne pas être au courant.

Je l'ai remerciée et j'ai parlé le soir même à Pieter et Marij.

« À ta place, je n'hésiterais pas, a immédiatement commenté Marij. Amsterdam ! Tu te rends compte ? Et au service d'un peintre célèbre ! »

Sa réputation ne m'importait pas davantage que la ville où il habitait. Je me plaisais à Ransdorp. Mais le visage radieux de Marij a suffi à me faire comprendre combien elle se réjouissait de me voir partir.

« Qu'est-ce que tu en dis, Pieter ? »

Il a pris le temps d'avaler une bouchée de haricots à la sauce de poisson, puis a renchéri : « Tu dois y aller, Geertje. Moi aussi, je crois que le moment est venu. »

Il n'en a pas dit plus, mais c'était inutile.

« Bien. Dans ce cas, je vais me renseigner. »

Le lendemain matin, j'ai pris congé de Pieter et de Marij, et j'ai embarqué à bord de l'une des barges laitières mouillées dans le canal du Weersloot. Officiellement, elles ne pouvaient pas transporter de passagers, mais si on payait son trajet ou qu'on aidait à ramer, les marchands acceptaient de s'exposer à une éventuelle amende.

Nous étions le 5 mars 1642. Il faisait frais ce matin-là, je m'étais habillée chaudement. Le voyage a duré un peu moins de trois heures, durant lesquelles nous avons traversé un paysage de polders. Comme il n'était pas possible de naviguer à la voile sur les canaux les plus étroits, nous avons sorti les rames. Nous avons laissé la campagne derrière nous à hauteur de Nieuwendam. Alors que nous longions le champ des supplices, nous avons commencé à apercevoir les murs et les tours d'Amsterdam ; seul le vaste lac IJ nous séparait encore de la ville. Nous avons passé l'écluse et nous sommes engagés sur ses eaux scintillantes. Le vent était fort, et notre voile, interceptant une rafale, a eu tôt fait de nous propulser de l'autre côté.

Nous sommes entrés dans la ville par la Haarlemmerpoort et le canal de Brouwersgracht. Le marché au lait se tenait d'ordinaire à proximité du pont de Melkmeisjesbrug. Descendue du bateau, j'ai salué mes compagnons de voyage et j'ai observé autour de moi.

Si je n'étais encore jamais venue à Amsterdam, j'avais déjà observé la ville de loin, depuis la tour de l'église de Ransdorp, et naïvement je pensais savoir à quoi m'attendre, moi qui n'avais jamais rien connu d'autre qu'Edam, Hoorn et Ransdorp !

Amsterdam s'est littéralement abattu sur moi. J'avais l'impression que ses longues rangées de maisons menaçaient de m'écraser. Les canaux fourmillaient de bateaux, les rues grouillaient de coches, de charrettes et de piétons. Quel vacarme ! Un bourdonnement ininterrompu de voix, de clameurs et de cris se mêlait au fracas des roues martelant le pavé et aux hennissements des chevaux. Mais le pire, c'était le carillonnement des cloches qui éclatait de toutes parts. Les sonneries se propageaient dans les rues, réverbérées par les façades, augmentées de dizaines d'autres qui annonçaient heures, mariages, enterrements et exécutions.

Je n'étais pas encore arrivée sur le Dam que l'agitation des lieux avait redoublé mon mal de tête. Un chantier de construction occupait toute la largeur de la place, bordée d'échafaudages en bois. Il devait s'agir du nouvel hôtel de ville dont tout le monde parlait. Je me suis faufilée au milieu des passants, des colporteurs et d'ouvriers ployant sous des piles de briques ou préparant du ciment.

J'ai laissé le Dam derrière moi et poursuivi ma route dans cette ville qui semblait s'étendre à l'infini, où je devais demander mon chemin à chaque coin de rue.

J'ai tout de même fini par trouver la Breestraat. À traîner mes affaires à travers les rues, j'étais en sueur et je me suis arrêtée un instant, le temps de m'essuyer le front et de replacer sous ma coiffe les mèches qui s'en étaient échappées.

« Maître Van Rijn ? Il habite quatre maisons après l'écluse de Saint-Antoine. La façade aux volets rouges. Par là », m'a indiqué une femme, que j'ai remerciée avant de repartir.

À partir de l'écluse, j'ai commencé à compter les façades jusqu'à la quatrième, celle d'une demeure construite en pierre, aux fenêtres ornées de vitraux et aux volets rouges. Elle avait deux étages.

J'ai laissé retomber le heurtoir sur la porte. Aussitôt une jeune fille m'a ouvert, l'air interrogateur. J'ai donné mon nom ainsi que la raison de ma venue et elle m'a fait entrer. Tandis que la servante allait chercher son maître, j'ai examiné les lieux.

Je me trouvais sans nul doute dans la maison d'un homme aisé. L'entrée était un vestibule carré. J'ai remarqué deux portes, une banquette en chêne couverte de coussins colorés. Au sol, un carrelage à damier noir et blanc. Aux murs, plusieurs tableaux, subtilement éclairés par la lumière douce qui filtrait à travers les vitraux.

Ces œuvres me subjuguaient. Je n'avais encore jamais vu de peintures aussi réalistes. Je me suis approchée pour en admirer les détails.

« Elles vous plaisent ? » a demandé une voix derrière moi.

Je me suis retournée d'un bond. À la place de la servante, un homme en sarrau de peintre qui marchait dans ma direction ; ce devait être le maître Van Rijn en personne. De taille moyenne, il avait des cheveux bouclés châtain foncé aux reflets roux. Sa voix étonnamment rude contrastait avec son regard aimable.

J'ai fait une petite révérence : « Je ne comprends pas grand-chose à l'art.

— Il n'est pas nécessaire de comprendre pour apprécier. Une œuvre nous touche, ou nous laisse indifférent.

— Vous avez raison, monsieur. La maison de mon précédent patron était pleine de tableaux : des vases et des fleurs surtout. Mais les fleurs, j'aime autant les voir en vrai. »

Un sourire s'est dessiné sur son visage. Il m'a considérée un instant.

« Suis-moi. Tu viens me proposer tes services de gouvernante, j'imagine ? Comment t'appelles-tu ?

— Geertje Dircx, monsieur. »

Je l'ai suivi dans une pièce voisine, où d'autres tableaux baignaient dans la même lumière tamisée. Un lit-clos occupait l'un des coins, mais à l'évidence il s'agissait d'une salle de réception, qui faisait également office de magasin.

Nous nous sommes assis et maître Van Rijn m'a posé quelques questions. Je lui ai raconté les étapes importantes de ma vie, lui ai détaillé mon expérience de gouvernante et lui ai remis la lettre de recommandation de Geertruida et Pieter Beets. Le maître Van Rijn l'a lue avec attention en hochant la tête.

« Je vais prendre quelques renseignements complémentaires, mais tu me parais correspondre à ce que nous cherchons. Voilà pourquoi j'ai besoin de quelqu'un : ma femme Saskia est malade. Depuis la naissance de notre fils Titus, il y a cinq mois, elle est trop faible pour prendre soin de lui. Tu as vu notre servante, Neeltje, elle est encore jeune et manque d'expérience. Nous avons besoin d'une personne plus mûre pour diriger la maison et élever Titus. »

D'après ce discours, je supposai qu'il cherchait quelqu'un pour une longue période, peut-être des années. Avec prudence, j'ai évoqué l'état de santé de son épouse. Son visage s'est assombri, chacune de ses rides, chacun de ses traits trahissaient sa douleur. D'une voix douce, il m'a répondu qu'elle souffrait de tuberculose pulmonaire.

Une boule s'est formée dans ma gorge. La phtisie ! Personne, ou presque, n'en réchappait. « Je suis très sincèrement navrée, monsieur.

— En plus de Titus, tu devras t'occuper d'elle, ce qui ne sera pas facile. Veux-tu toujours travailler dans cette maison, Geertje Dircx ? »

Ma décision était déjà prise, et cette façon de prononcer mon prénom et mon nom, comme Abraham le faisait, a emporté toute hésitation.

« Si nécessaire, je peux commencer sur-le-champ. »

7

J'ai vite mesuré combien ma présence était nécessaire. Rembrandt, comme je l'appelais en pensée de façon assez irrévérencieuse, se montra très heureux que je débute tout de suite. Il m'invita à le suivre dans une autre pièce, pour que je fasse la connaissance de sa femme.

Saskia était assise dans un lit-clos, appuyée contre d'épais coussins, fiévreuse, le teint livide, son fils couché dans un petit berceau à côté d'elle.

Rembrandt a fait les présentations, et Saskia a dit : « Je me réjouis de ta présence, Geertje. Ton aide sera la bienvenue. »

J'ai observé le nourrisson, qui dormait à poings fermés.

« Quel enfant magnifique ! Titus… C'est un prénom original.

— En souvenir de ma sœur Titia. Elle est décédée l'année dernière.

— Je suis désolée…

— Je l'adorais. Elle veille désormais sur mon fils, je le sais.

— Titus est votre premier enfant ? »

Elle a secoué la tête.

« Nous avons eu un fils et deux petites filles, mais tous trois sont morts peu après leur naissance. »

Les mots me manquaient.

Rembrandt nous a laissées seules, dans un silence qui s'est prolongé quelques instants. Ensemble nous avons ri lorsque Titus a fait une grimace dans son sommeil. Dès qu'il paraissait se réveiller ou laissait échapper un petit gémissement étouffé, sa mère le balançait en actionnant un cordon relié à son lit.

Elle le regardait avec une extrême tendresse, qui emplissait mon cœur de compassion. La vie n'avait pas épargné cette femme : enterrer trois enfants et, à la naissance d'un quatrième enfin en bonne santé, sentir soi-même la vie quitter son corps…

« Parle-moi un peu de toi, Geertje. D'où viens-tu ?

— D'Edam, au départ. Mais j'ai vécu longtemps à Hoorn, puis deux ans à Ransdorp. »

Je lui ai raconté ma vie. Elle m'a écoutée avec attention, en particulier lorsque j'ai évoqué mon travail dans la famille Beets.

« On dirait que cette période t'a laissé un très beau souvenir et que cette famille te manque, a-t-elle observé.

— Elle me manque énormément, surtout Trijn. Je l'ai aidée à venir au monde, car la sage-femme est arrivée trop tard. Quel moment unique ! J'étais la première personne qu'elle a vue quand elle est née. Oui, j'avais l'impression qu'elle me voyait vraiment. Madame Geertruida était d'ailleurs si reconnaissante qu'elle m'a proposé de choisir le nom de l'enfant. J'ai choisi Trijn, c'est le prénom de ma meilleure amie.

— C'est une histoire incroyable ! Tu as encore des contacts avec cette petite fille ?

— Oui, elle a huit ans aujourd'hui. Je lui écris régulièrement. »

La porte s'est ouverte et une femme d'une quarantaine d'années est apparue, chargée d'un panier rempli de provisions qu'elle a posé sur la table. Elle s'est tournée vers moi.

« Voici donc notre nouvelle gouvernante ? Originaire de Ransdorp, c'est cela ? »

Je me suis levée et lui ai adressé une petite révérence.

« En effet, madame. Je m'appelle Geertje Dircx.

— Et moi, Hiskia Van Loo. Je suis la sœur de madame Van Rijn. »

Elle a fixé sur moi un regard scrutateur, puis s'est dirigée vers sa sœur.

« Il faut que tu te reposes, à présent. »

Manifestement fatiguée, Saskia a hoché la tête, puis l'a laissée retomber sur l'oreiller.

« Suis-moi, Geertje, je vais te faire visiter la maison », a dit Hiskia.

Tandis que nous montions l'escalier, elle m'a expliqué qu'elle vivait en Frise, dans le nord du pays, dans un village appelé Sint Annaparochie, où elle allait bientôt devoir rentrer. Elle était là depuis deux semaines, mais sa famille avait besoin d'elle. Si Titia avait été encore de ce monde, elle aurait pu prêter main-forte ; à présent, Hiskia devait s'occuper seule de la malade. Non seulement elle ne s'en plaignait pas, mais elle agissait avec amour.

« Mon mari et moi avons toujours veillé sur Saskia. J'ai dix ans de plus. Elle n'avait que douze ans lorsque nos parents sont morts, alors Gerrit et moi l'avons recueillie à la maison.

— Heureusement qu'elle a pu compter sur vous et

votre époux, ai-je dit. Vous avez d'autres frères et sœurs ?

— Nous en avions… Nous étions six en tout, mais aujourd'hui, seuls mon frère Edzart, Saskia et moi sommes encore en vie, et j'ai bien peur que… » Elle n'a pas terminé sa phrase, mais je devinais ses pensées. Hiskia a pris quelques inspirations profondes, avant de reprendre : « Veille bien sur ma petite sœur et mon neveu.

— Vous pouvez compter sur moi, madame. Ne vous inquiétez pas.

— Je ne peux pas m'en empêcher. Saskia a perdu trois enfants. Elle te l'a dit ? »

J'ai acquiescé d'un signe de tête.

« Je suis convaincue que c'est le chagrin qui l'a rendue malade : il lui a brisé le cœur. »

La maison comptait de nombreuses chambres, meublées de lits-clos et de pièces de valeur. Partout, des tableaux couvraient les murs. La pièce à vivre, où se trouvait le lit conjugal, se situait derrière le vestibule et l'antichambre qui faisait en effet office de magasin et de salle d'exposition. Compte tenu de la maladie, Saskia et Rembrandt ne partageaient plus leur couche. Le peintre dormait dans la boutique. Neeltje occupait le lit-clos du grenier. Je me suis installée dans la cuisine, au sous-sol et très sombre. À peine un peu de lumière de la cour intérieure y pénétrait.

« Normalement, la pièce est plus claire, mais la galerie de la cour a été aménagée pour accueillir un tableau auquel mon beau-frère travaille en ce moment. Il est si grand qu'il n'entre pas dans son atelier. »

Nous nous sommes dirigées vers cette galerie, sous laquelle on pouvait faire la lessive, égorger un cochon ou exécuter diverses tâches qu'il était préférable de faire à l'extérieur. Comme une partie de la cour intérieure, la galerie avait été fermée à l'aide d'une cloison en bois percée de grandes fenêtres.

Cet atelier improvisé abritait un tableau de près de cinq mètres de large et de quatre mètres de haut. Il était recouvert d'un voile qui m'empêchait de voir ce qu'il représentait.

Hiskia m'a invitée à la suivre à l'étage, dans l'atelier du peintre, un grand espace qui occupait toute la largeur de la maison. La pièce était inondée de lumière naturelle, qui y pénétrait par les quatre baies vitrées. Quelques jeunes artisans, en plein travail, ont levé la tête à notre arrivée.

« Ce sont les apprentis de Rembrandt, a commenté Hiskia. Messieurs, je vous présente Geertje Dircx, la nourrice de Titus. »

Les garçons m'ont adressé un signe de tête poli sans cesser leur travail. D'autres apprentis occupaient le deuxième étage, cloisonné en espaces étroits.

« Voici le petit atelier. Tu n'auras pas à y venir, sauf si l'un des apprentis a besoin d'un modèle. Ils cherchent constamment des volontaires pour poser gratuitement, mais souviens-toi que ce n'est pas la raison de ta présence : tu es ici pour Titus. »

La première nuit, j'ai eu du mal à trouver le sommeil dans cette grande maison, saturée d'une odeur pénétrante de térébenthine et de peinture. Je ne me sentais pas seule ou malheureuse, juste mal à l'aise. J'entendais Saskia tousser dans son lit-clos, au-dessus de moi. Ses quintes m'ont réveillée à plusieurs reprises dans le courant de la nuit et, chaque fois, je me demandais si je devais aller à son chevet, avant d'entendre les pas de Rembrandt sur le plancher, puis sa voix grave et douce. Alors je refermais les paupières. J'ai dormi jusqu'au petit matin, quand Titus s'est mis à pleurer.

D'un bond, je me suis levée, j'ai cherché à tâtons les poulaines que j'avais laissées à côté du lit, j'ai enfilé une robe de chambre et je me suis pressée vers la pièce à vivre.

Saskia était réveillée, elle aussi. Elle m'a regardée avec soulagement quand je suis entrée : elle était trop épuisée pour réagir aux pleurs de son fils.

« Vous pouvez vous rendormir, ai-je dit en sortant Titus de son berceau.

— Je ne trouverai plus le sommeil. De grâce, Geertje, reste ici avec lui. »

J'ai hoché la tête. Comme il était l'heure de lui donner à boire, je l'ai installé dans les bras de sa mère pour préparer son biberon.

Assise près du foyer que j'avais pris soin de tisonner, j'ai nourri le bébé sous le regard de Saskia qui ne cessait de tousser. Rassasié, l'enfant a fini par se rendormir, et j'ai reposé le biberon en terre cuite sur la cheminée.

Saskia m'a souri.

« Je remercie le ciel que tu sois arrivée », a-t-elle murmuré.

En prenant garde à ne pas le réveiller, j'ai délicatement recouché l'enfant, puis je me suis occupée de Saskia. Dans la lumière du matin, ses yeux étaient brillants de fièvre. J'ai posé la main sur son front : sa peau était brûlante.

Sans commentaire, je suis allée à la cuisine chercher deux chiffons et une jatte d'eau froide. J'ai posé une chaise près du lit-clos et d'une main j'ai rafraîchi son visage, tandis que de l'autre je trempais le deuxième chiffon dans l'eau. Les tissus se réchauffaient si vite que je devais les changer tous les trente battements de cœur.

Les yeux fermés, Saskia s'en remettait à mes soins, murmurant « Merci » à intervalles réguliers.

La lumière de l'aube s'invitait lentement dans la pièce. Régulièrement, je retournais dans la cuisine tirer de l'eau fraîche à la pompe, puis je reprenais les soins.

Un peu plus tard, Rembrandt s'est montré à l'entrée de la pièce. Il se tenait dans l'embrasure de la porte, encore en chemise de nuit laissant voir ses jambes poilues. Je tentais de ne pas les regarder.

« Comment va-t-elle ?

— Madame dort à présent. Enfin.

— A-t-elle beaucoup toussé ? Je n'ai rien entendu.

— Pas tellement. Mais la fièvre était très forte. Elle est un peu retombée maintenant. »

J'ai posé la main sur le front de Saskia et j'ai hoché la tête.

Rembrandt a regardé la jatte d'eau et les chiffons humides.

« Merci, Geertje. Va t'habiller et manger un morceau. Titus peut se réveiller d'une minute à l'autre. »

Dans la cuisine, j'ai fouillé les placards jusqu'à trouver ce que je cherchais. Je posais sur la table les assiettes, les jattes et les gobelets en étain quand Neeltje est entrée. Elle s'est aussitôt dirigée vers le feu pour l'attiser.

« Maître Van Rijn trouve qu'il fait toujours trop sombre et trop froid dans cette pièce, a-t-elle dit.

— Pourtant il mange ici, non ?

— Seulement depuis que madame est malade. Elle dort beaucoup et le docteur Tulp a dit que nous ne devions pas garder de nourriture à proximité d'elle, à cause de sa toux. Enfin, rien de ce que nous mangeons nous-mêmes. »

J'ai posé le fromage et le beurre sur la table.

« Il a dit autre chose, le docteur ? »

Elle s'est signée, comme si le simple fait de prononcer le nom de la maladie impliquait déjà un risque de contamination.

« Qu'elle a la phtisie.

— Je le sais déjà, maître Van Rijn me l'a appris. Mais que pense le médecin ? Y a-t-il de l'espoir ?

— D'après lui, elle a été contaminée par des émanations nocives. Il a expliqué qu'un mauvais alignement des planètes perturbe les fluides corporels et nous rend malades.

— Pourtant, nous les respirons aussi, ces émanations. Pourquoi tout le monde ne tombe pas malade, alors ?

— Je l'ignore. Le docteur ne l'a pas expliqué. »

Debout dans la cuisine, Rembrandt a mangé un morceau de pain avec un peu de fromage, a avalé un gobelet de bière, puis il est allé travailler. J'ai demandé à Neeltje si les élèves du peintre, qui arrivaient l'un après l'autre, mangeaient sur place.

« Ils prennent leur petit déjeuner chez eux le matin. Ensuite, nous leur donnons un peu de hareng et de pain le midi. »

Elle a commencé ses tâches quotidiennes tandis que j'habillais Titus. Ensuite je lui ai donné sa bouillie dans la pièce à vivre, où Saskia pouvait nous voir. Appuyée contre un coussin, exténuée, elle parlait très peu. De temps à autre, ses yeux se fermaient, mais chaque quinte de toux la réveillait. Elle s'est endormie pour de bon avant que Titus ait fini de manger. Je suis sortie de la pièce avec lui, en prenant soin de refermer doucement la porte. Que faire à présent ? Qu'aurait fait Saskia à ma place ? Je n'en avais pas la moindre idée. J'aurais pu poser la question à Neeltje, mais je préférais recevoir des instructions de Rembrandt lui-même. Je me suis dirigée vers la cour intérieure, Titus dans les bras.

Le peintre était debout sur un escabeau, pleinement concentré sur sa tâche. Les toiles de protection avaient été retirées. J'ai dû lever la tête pour admirer le gigantesque tableau éclairé par la douce lumière du matin. Il s'agissait d'un *schuttersstuk*, un portrait de groupe, représentant les membres d'une milice. Seuls quelques rais de lumière traversaient le centre de ce tableau sombre. Mais c'est précisément ce qui donnait vie à l'œuvre et faisait ressortir ses couleurs : un mélange de rouge carmin, de vert mousse et de jaune d'été, avec des touches de marron et d'or. Les mousquetaires sortaient d'un bâtiment. À l'avant-plan, un homme en pourpoint noir ceint d'une écharpe rouge semblait indiquer aux autres la route à suivre. Un autre personnage se tenait à ses côtés, vêtu d'un brocart luisant.

Que dire d'autre ? La scène était si riche que je ne savais pas où poser les yeux. Aucun des personnages représentés n'était immobile : tandis que l'un contrôlait son mousquet, un autre jouait du tambour, d'autres tenaient une conversation animée. Une fillette se frayait un passage à travers le groupe.

J'avais déjà observé ce genre de scène à Hoorn, dans les minutes qui précèdent le départ de la milice bourgeoise, au moment où les hommes se rassemblent et se préparent à partir.

Je dois reconnaître que je ne comprenais pas ce tableau. Pourquoi Rembrandt avait-il préféré représenter cette scène en particulier, et non la marche glorieuse de la milice à travers la ville ? C'était un choix étrange.

Soudain Titus a poussé un cri de plaisir en apercevant son père. Le peintre s'est détourné.

« Je ne veux pas être dérangé quand je travaille, a-t-il lancé sèchement.

— Pardon, monsieur, mais j'aurais souhaité connaître vos instructions. Qu'attendez-vous de moi ? Que puis-je… ?

— Que tu t'occupes de mon fils, tout simplement. Fais ce que bon te semble, sors avec lui. Il aime les promenades…

— Très bien. J'en profiterai pour acheter quelques vivres. Monsieur a-t-il besoin de quelque chose ? »

Il a réfléchi un instant, le regard vague, puis a répondu qu'il commençait à manquer de pigments rouges. Au bout de la rue, je trouverais une boutique vendant du matériel de peinture.

J'ai parcouru la toile du regard. « Pour l'écharpe du capitaine, j'imagine ? »

Rembrandt a hoché la tête.

« Pour le capitaine, en effet. Frans Banning Cocq. Tu auras souvent l'occasion de le voir ici, il vient à tout bout de champ s'enquérir de l'état d'avancement de sa commande. »

Le ton était à la fois grognon et résigné, comme s'il avait dû se faire une raison de ces visites.

« Et qui est ce personnage ? ai-je demandé en indiquant du menton l'homme en brocart.

— Le lieutenant Willem van Ruytenburch. Au total, une milice telle que celle-ci compte environ cent quatre-vingts hommes, mais ces deux messieurs sont les dirigeants. »

Je trouvais Rembrandt bien bavard pour quelqu'un qui ne voulait pas être dérangé. Il m'a regardée avec attention : « Qu'en penses-tu ? »

Je me suis trouvée prise au dépourvu. Pourquoi l'avis d'une servante l'intéresserait-il ? J'ignorais que Rembrandt prenait en compte toutes les opinions, et peut-être davantage celles des « petites gens » que celles du patriciat.

« Un peu sombre à mon goût, ai-je répondu. Mais très joli. »

Le peintre a souri et s'est remis au travail.

8

À présent le soleil surplombait les toits et arrosait généreusement la ville. J'ai installé Titus dans une écharpe que j'ai nouée autour de moi et je suis sortie. J'ai marché dans la Breestraat sans me presser. La lumière printanière, déjà vive, me réchauffait le visage. Une agréable effervescence régnait dans la rue. Les boutiques étaient nombreuses, à chaque pas je respirais des senteurs différentes. L'odeur du pain frais se mêlait à celle des gaufres, remplacée un peu plus loin par les effluves que dégageaient les abats du boucher et l'atelier du tanneur.

Comme Rembrandt me l'avait expliqué, la boutique de peinture se situait au bout de la rue, à l'angle du canal de Kloveniersburgwal. J'ai acheté les pigments rouges, que j'ai fait mettre sur la note de maître Van Rijn, puis j'ai poursuivi ma promenade vers le pont. La vue sur les eaux vertes du canal, les hautes demeures me rappelaient Hoorn, dont les canaux étaient aussi bordés de très belles maisons, au moins aussi hautes et richement décorées. Mais ici les rues semblaient s'étendre à l'infini. Je n'avais encore vu qu'une partie de la ville.

Une étrange fébrilité s'est emparée de moi. Moi, Geertje Dircx, j'habitais dans une grande cité, chez un peintre célèbre. Qui aurait pu imaginer pareil destin en me voyant, jeune fille, nettoyer le poisson sur le port d'Edam ?

J'ai souri et dégagé Titus de l'écharpe, car il commençait à s'agiter. Tandis que l'enfant observait les alentours par-dessus mon épaule, j'ai continué de marcher à travers cette ville inconnue, aux aspects intrigants.

Je suis rentrée pour le repas de midi. Dans la cuisine j'ai nettoyé les harengs que j'avais achetés sur le marché.

« Tu veux bien les porter aux élèves du maître ? ai-je demandé à Neeltje.

— Ce n'est pas à moi de faire ça, je ne suis ici que pour nettoyer.

— Mais qui s'en chargeait avant mon arrivée ?

— Madame Saskia. Elle ne voulait pas que je me rende seule dans l'atelier. Mais quand elle est tombée malade, je n'ai pas eu le choix.

— Quel âge as-tu, Neeltje ?

— Quinze ans. »

Ce n'était pas non plus dans mes fonctions, mais je me suis tout de même chargée de l'assiette. J'avais déposé Titus près de Saskia, je pouvais donc monter moi-même les harengs.

Tous les yeux se sont braqués sur moi à l'instant même où je suis entrée dans l'atelier où travaillaient les élèves. J'ai entendu des murmures et des rires étouffés. La plupart avaient seize ou dix-sept ans, certains un peu plus. Le fait que j'aie dépassé la trentaine ne semblait pas les gêner.

La tête haute, j'ai traversé la pièce pour poser l'assiette sur la table et, à la seconde, un des élèves était posté à côté de moi – jeune, dix-huit ans au plus, grand et plutôt bien bâti.

Il a posé sa main sur mes fesses et ne l'a pas retirée quand je me suis redressée. Il me regardait en souriant.

« Content de te revoir, Geertje. Tu nous as apporté de quoi nous régaler, à ce que je vois ?

— Oui ! Bon appétit ! » À ces mots, j'ai pris un hareng sur l'assiette et, d'un mouvement vif, je l'ai lâché dans la chemise ouverte du jeune homme. Le poisson froid a glissé le long de son torse, jusque dans son pantalon. Le jeune peintre a laissé échapper un cri, la main sur son entrejambe.

Sans lui prêter plus attention, j'ai traversé la pièce et j'ai refermé la porte derrière moi. À travers l'épaisseur du bois, j'ai entendu les élèves rire à gorge déployée.

Dans le couloir, Neeltje s'esclaffait elle aussi.

« Qui était-ce ? ai-je demandé.

— Barent Fabritius. Ce n'est pas un mauvais garçon, mais il a les mains baladeuses. J'ai dû faire intervenir madame Saskia. Elle met un point d'honneur à ce que les apprentis du maître se comportent correctement. Elle est intransigeante avec eux. Mais… »

C'était clair, elle regrettait que madame ne puisse plus exercer sa surveillance, nous laissant livrées à nous-mêmes dans cette maison remplie d'hommes.

« J'ai travaillé dans une auberge pendant des années, ai-je dit. Ces gamins ne me font pas peur. Si tu as le moindre problème avec eux, viens me trouver. »

Le quartier où habitait Rembrandt était principalement occupé par de riches marchands juifs, originaires d'Espagne ou du Portugal, qui avaient dû fuir leur pays en raison de leur religion. Ils s'étaient mêlés aux artistes et, comme eux, rachetaient les maisons des propriétaires fortunés qui préféraient aller s'installer au bord des canaux tout récemment aménagés. Les Portugais s'habillaient comme les régents, cape noire surmontée d'un col blanc et haut chapeau. Leurs domestiques avaient la peau très sombre.

J'ai aussitôt aimé ce quartier, où tout était si différent de ce que je connaissais, et parce qu'il se situait à la périphérie de la ville, près du lac IJ et de la campagne. Je n'avais qu'à franchir la porte de la ville, Titus serré contre ma poitrine dans son écharpe, pour me retrouver en plein champ.

Les jours où Titus était malade et que je devais rester à la maison, je profitais par la fenêtre de la vue sur la verdure printanière et les arbres qui longeaient les canaux, écoutant le clapotis de l'eau qui s'écoulait de l'IJ par l'écluse de Sint Antoniesluis.

Les garçons de l'atelier me laissaient en paix depuis l'incident avec Barent Fabritius. Effectivement, ils n'étaient pas malintentionnés, même Barent, mais ils étaient jeunes et sensibles aux charmes féminins. Carel Fabritius m'avait priée d'excuser le comportement de son cadet.

« L'incident ne se reproduira plus. Je lui ai bien fait comprendre que c'était un honneur pour nous de suivre un apprentissage chez le grand maître Rembrandt Van Rijn et qu'il ne devait pas risquer de perdre sa place à cause d'une attitude inappropriée. »

En effet, ils ne m'ont plus importunée par la suite, même si, de temps à autre, les plus jeunes me suivaient du regard avec un peu trop d'insistance ou se laissaient aller à des plaisanteries équivoques sur mon passage. Mais je n'y prêtais pas attention. Quand j'avais le temps, j'échangeais volontiers quelques mots avec Carel et Samuel.

Âgé de quinze ans, Samuel Van Hoogstraten était

le plus jeune des onze élèves de Rembrandt, ce qui explique peut-être pourquoi il cherchait ma compagnie. Quand il se mettait à parler de sa famille et de sa ville, Dordrecht, sa voix était empreinte de nostalgie.

« Mon père était orfèvre et peintre. Il possédait son propre atelier de peinture, où mon frère et moi faisions notre apprentissage.

— Il est mort ? Quand ? ai-je demandé.

— Il y a deux ans.

— Tu n'avais que treize ans, alors. »

J'ai posé la main sur son épaule.

« Ton père doit beaucoup te manquer.

— C'était un grand admirateur de maître Van Rijn. À sa mort, ma mère m'a envoyé poursuivre mon apprentissage à Amsterdam. Je ne suis pas arrivé chez monsieur Van Rijn tout de suite, mais dès qu'une place s'est libérée, j'ai sauté sur l'occasion.

— Depuis combien de temps travailles-tu ici ?

— Trois semaines. » Il a souri d'un sourire timide, teinté de joie et de tristesse. J'ai souri aussi.

« Il te faudra du temps pour t'habituer à vivre si loin de chez toi, mais je pense que tu as conscience de ta chance de pouvoir peindre ici, aux côtés du grand maître.

— Parfaitement conscience », a confirmé Samuel avant de se remettre à broyer les pigments.

Sa fierté de jeune homme avait repris le dessus sur la nostalgie, et je l'ai laissé travailler.

Chaque jour, par la fenêtre de la pièce à vivre, je constatais l'avancement du *schuttersstuk*. Les personnages donnaient l'impression qu'ils allaient sortir du tableau. La première fois que je les avais contemplés, ils n'étaient que des visages anonymes, mais depuis j'avais eu l'occasion de rencontrer en chair et en os les hommes représentés sur la toile ; ils venaient de temps à autre contrôler l'avancement de l'œuvre. Je m'amusais de les voir en vrai dans l'atelier, comme s'ils étaient sortis du tableau pour prendre vie.

Rembrandt ne réussissait pas toujours à écourter leurs visites, et souvent, sans plus s'occuper d'eux, il se remettait au travail en silence.

L'arrivée du mois de mai fut marquée par une vague de chaleur sans précédent. J'avais ouvert toutes les fenêtres de la maison, mais je ne pouvais rien faire pour rafraîchir la galerie de la cour intérieure. Rembrandt suait à grosses gouttes dans son sarrau de peintre, de vastes auréoles de transpiration se formaient sous ses aisselles.

D'où il était, il pouvait voir Saskia allongée dans son lit-clos et, de temps à autre, il lui souriait ou lui envoyait un baiser. Mais le plus souvent, il restait pleinement concentré sur son travail, au point d'en oublier le monde qui l'entourait.

L'état de Saskia se dégradait rapidement. La fièvre ne tombait pas et elle était secouée jour et nuit de terribles quintes de toux, qui ravageaient tellement ses poumons qu'elle crachait du sang. Je ne l'appelais plus « madame ». Comment se soucier des bonnes manières quand une jeune personne s'accroche à vous en étouffant dans le sang qui lui obstrue la gorge ?

À la deuxième moitié du mois de mai, il ne restait plus rien de sa beauté fraîche et juvénile. Je ne l'avais jamais vue en bonne santé, mais le dernier portrait que Rembrandt avait fait d'elle me permettait d'établir une comparaison. La jeune femme du tableau aux joues rosies, qui me regardait en souriant, respirant la santé, une fleur à la main, était devenue une créature rachitique, au visage creusé et aux yeux cernés.

Neeltje et moi nous occupions à la fois de Titus, de

Saskia et de Rembrandt. Notre monde se resserrait. Les élèves filaient doux et travaillaient même sans attendre le maître ; nous ne recevions plus personne, hormis la famille de Saskia et le docteur Nicolaes Tulp.

Un jour, alors que la jeune femme était au plus mal, il est arrivé dans son coche, élégamment vêtu d'un tabard, d'une collerette et d'un chapeau. Il nous a salués rapidement, puis s'est rendu dans la pièce à vivre pour ausculter Saskia. Il lui a pris le pouls et a écouté ses poumons à travers une sorte de tube en bois. Je l'ai vu étouffer un soupir, puis il a souri à la malade.

Il nous a conseillé de ne pas ouvrir les fenêtres pour préserver la pureté de l'air à l'intérieur et il a pratiqué une saignée afin d'évacuer les fluides corporels infectés. Rembrandt l'a raccompagné jusqu'à la sortie. Je suis restée près de Saskia, j'ai posé la main sur son front brûlant. Malgré sa chemise de nuit trempée de sueur, la pauvre tremblait de froid.

« Soif », a-t-elle murmuré.

Je lui ai donné à boire et je suis allée chercher un tissu pour lui éponger le front. Titus n'était pas tranquille dans son berceau et poussait des cris plaintifs.

« Mon enfant, a marmonné Saskia, secouant la tête de gauche à droite. Où est mon fils ? Qu'est-ce qu'il a ?

— Il n'a rien. Il s'est simplement réveillé et demande un peu d'attention, c'est tout. Tout va bien.

— Il est malade ? »

Elle a essayé de se redresser, mais je l'en ai empêchée.

« Il n'est pas malade, il est en pleine forme. Ne vous inquiétez pas, reposez-vous.

— Je veux mon fils, mon pauvre bébé ! »

Saskia s'est mise à pleurer. Comme je m'y attendais, Rembrandt n'a pas tardé à arriver.

« Que se passe-t-il ?

— La fièvre est encore montée. Elle a peur que Titus ne soit malade lui aussi.

— Mon pauvre enfant ! » a de nouveau gémi Saskia, essayant encore de se redresser.

Rembrandt a sorti Titus de son berceau et l'a placé dans les bras de sa mère.

« Calme-toi, ma chérie, il est là. Regarde, il va très bien. Il te sourit. »

Titus avait faim et ne souriait pas du tout, mais Saskia s'est calmée et s'est mise à le bercer.

« Mon fils, mon bébé, a-t-elle dit d'une voix douce. Mon tendre petit Titus. »

D'une voix chevrotante, elle lui a chanté une berceuse. Son front luisait de sueur.

J'ai regardé Rembrandt et, d'un geste discret, il m'a signifié que nous devions la laisser faire. Il n'a repris l'enfant pour me le confier que lorsque la malade a été prise d'une nouvelle quinte de toux. Il a frotté le dos de sa femme et l'a réconfortée avec une patience émouvante. Quelques pas en arrière, j'observais la scène, Titus dans les bras.

Puis Rembrandt a arrêté de peindre. Des heures durant, il restait au chevet de sa femme, lui faisait la lecture ou lui parlait avec tendresse. Même lorsqu'elle dormait, il restait auprès d'elle, s'autorisant toutefois à s'installer dans un fauteuil plus confortable. Il la dessinait, réalisant des dizaines de portraits d'elle. À la fin de la journée, il les détruisait, surtout au dernier stade de la maladie. On aurait dit qu'il ressentait le besoin de tout reproduire, mais sans rien conserver, comme s'il savait déjà que le souvenir de toute sa souffrance serait trop difficile à supporter. Ainsi ont disparu dans le feu des paquets d'esquisses. Lorsque

Rembrandt n'y prêtait pas attention, je me précipitais pour sauver des flammes quelques croquis, que je cachais ensuite dans mon lit-clos. Moi-même, je ne savais pas très bien pourquoi j'agissais ainsi.

Début juin, l'état de Saskia s'est tant aggravé qu'elle a demandé à faire rédiger son testament. Le 5 juin, à 9 heures du matin, le notaire Pieter Barcman s'est présenté à la maison et a pris place à côté d'elle. Elle était à peine capable de parler. Dans un murmure, elle a dicté ses dernières volontés à l'officier public et a signé d'une main tremblante l'acte ainsi rédigé. Saskia a rendu son dernier souffle neuf jours plus tard, le 14 juin 1642. Elle n'avait pas trente ans.

Cinq jours après, un long cortège funèbre s'étirait dans la Breestraat. Le cercueil, couvert d'un drap noir à franges, était soutenu par huit porteurs, que suivaient les membres de la famille. Je marchais quelques pas derrière Rembrandt, Titus dans mes bras.

Nous étions en plein été et, avant que notre cortège y passe, les rues baignaient dans une atmosphère légère et joyeuse. Les badauds prenaient la peine de s'arrêter sur notre passage, soulevaient leur chapeau ou baissaient la tête. Les cloches de la Zuidertoren lançaient leurs notes graves dans le quartier, le carillon retentissait, repris par les cloches de l'Oude Kerk, un peu plus loin.

Le cortège a traversé le canal du Kloveniersburgwal et s'est engagé dans la Warmoesstraat, puis sur la place de l'église, l'Oude Kerkplein. Une foule y attendait la défunte, d'autres chapeaux se sont levés, d'autres têtes se sont inclinées.

Dans l'église nous avons pris place sur les banquettes. Je n'ai rien suivi de la cérémonie : à huit mois, Titus bougeait dans tous les sens et requérait mon attention. L'intensité des chants, qui se répercutaient sur les voûtes en plein cintre et les longues dalles funéraires sous mes pieds, est la seule chose dont je me souvienne véritablement. À chaque respiration, je prenais toute la mesure de notre condition de simples mortels et du fait qu'un jour, nous aussi, tous autant que nous étions, nous allions mourir. Tel était le sort réservé à chacun, le prix de notre passage sur terre. La seule espérance que nous pouvions nourrir à travers nos prières était que le jour de notre trépas arrive le plus tard possible et que notre fin soit douce.

Rembrandt avait acheté une tombe derrière la chaire, près de l'orgue. Pendant l'inhumation, j'ai parcouru des yeux l'assistance : les amis et la famille, les voisins, les connaissances. Mon regard s'est ensuite posé sur Rembrandt et mon cœur s'est serré.

C'était grâce à la maladie de sa femme que j'avais un emploi, peut-être à vie ; mais face à Rembrandt effondré près de la tombe de son épouse, je jure devant Dieu que, si j'en avais eu le pouvoir, j'aurais tout fait pour la faire revenir. C'était un homme brisé, anéanti par la douleur. Je n'aurais pas été étonnée de le voir mourir de chagrin à ce moment précis et rejoindre Saskia dans l'au-delà.

Les nuits qui ont suivi, Abraham s'est invité dans mes rêves et, tandis qu'apparaissait la grisaille matinale, j'ai souvent repensé au deuil et à toute la tristesse que le monde nous contraint à affronter. Mais apparemment, l'être humain est plus résistant qu'il ne le pense. Il ne flanche pas si vite sous le poids de la souffrance, même si elle semble insupportable.

9

La grande maison de la Breestraat était plongée dans le silence. Personne n'osait parler à haute voix ou rire. Chaque fois que j'entrais dans l'atelier de peinture avec une assiette de fromage et une carafe de bière, le silence était si lourd que je pouvais entendre les pinceaux caresser les toiles. Le bruit de mes poulaines sur le plancher rompait le calme et je me mettais spontanément à marcher sur la pointe des pieds.

Tandis que les élèves poursuivaient leurs propres travaux, Rembrandt se consacrait à la milice des mousquetaires.

Avec le recul, je me dis que ce tableau a sauvé sa carrière. Sans cette œuvre, il aurait probablement continué à faire des portraits de Saskia, ou peut-être même aurait-il cessé de peindre pendant des années. Mais cette commande, en dépit de l'état d'abattement où il se trouvait, devait être honorée, coûte que coûte. Les donneurs d'ordre l'attendaient avec impatience.

Rembrandt l'a terminée un jour torride de juillet. Il a décidé de la baptiser « Compagnie de milice du district II sous le commandement du capitaine Frans Banning Cocq ». Dans l'après-midi, les personnages qui y étaient représentés sont venus voir la toile, alors que la peinture n'était pas encore sèche.

Neeltje et moi avons préparé la grande table de la galerie, habituellement couverte de pots de peinture, pour servir les mets destinés à célébrer ce grand moment.

Les membres de la milice parlaient tous en même temps, observaient le tableau, pointaient certains détails du doigt, trinquaient et couvraient Rembrandt d'éloges. Je repérai aussi quelques visages moins joyeux, des mousquetaires qui n'appréciaient, semble-t-il, que moyennement d'avoir été relégués à l'arrière-plan, dans les zones d'ombre. Mais, en gros, l'enthousiasme était manifeste.

Moi-même, je n'avais pas eu le temps de contempler le résultat final, mais à présent je voyais à quoi le peintre avait occupé les deux jours précédant la venue de la milice, pour qui ce détail passait tout à fait inaperçu : la petite fille qui errait au milieu des mousquetaires avait le visage de Saskia.

Quelques jours plus tard, le *schuttersstuk* a été enroulé et transporté sur une charrette en direction de la Nieuwe Doelenstraat, où il a été exposé dans la grande salle des Couleuvriniers. Ces hommes maniaient la couleuvrine, une arme à main ancêtre du mousquet. Cette arme n'était plus utilisée, mais la salle de réception de la milice des mousquetaires lui devait son nom.

Rembrandt a reçu mille six cents florins pour cette œuvre, un montant colossal, qui a vite été dépensé pour rembourser les nombreuses dettes du peintre. Pourtant il gagnait bien sa vie : pour un portrait, il pouvait facilement demander une centaine de florins, une belle somme d'argent.

Dès le moment où j'ai été chargée d'organiser l'entretien de la maison, j'ai vite mesuré les problèmes financiers que dissimulait son élégante façade. Un jour, je suis tombée sur le livre de caisse, que j'ai rapidement parcouru. J'ignorais si j'en avais la permission, mais j'estimais que je ne faisais de mal à personne en y jetant un œil. Ce « coup d'œil » a finalement duré une heure. J'étais désormais fixée.

Rembrandt et Saskia avaient mené un train de vie princier, largement au-dessus de leurs moyens. Pour la maison, où le couple vivait depuis 1639, Rembrandt avait déboursé un important capital, comptant sans doute vendre assez de tableaux à l'avenir.

Mais le destin s'en était mêlé : Saskia était tombée malade, et, après sa mort, les toiles ne sortaient plus de l'atelier qu'au compte-gouttes.

Le maître recevait certes de nouvelles commandes, mais il ne semblait guère pressé de les réaliser. Carel Fabritius m'a parlé d'autres problèmes, et notamment de l'histoire du portrait du bourgmestre Andries de Graeff, que Rembrandt avait peint quelques années auparavant, et dont le résultat n'avait pas donné satisfaction à l'intéressé.

« Le bourgmestre a décrété que son portrait ne lui ressemble pas et n'a jamais voulu payer, m'a expliqué Carel.

— C'est vrai ? ai-je demandé, surprise. J'ai du mal à le croire. Les toiles du maître sont fidèles et réalistes.

— Justement, peut-être trop. Le maître Van Rijn refuse de flatter qui que ce soit, il peint les gens tels qu'ils sont, avec leur double menton, leurs boutons, leurs cernes, tout ! Cette recherche de fidélité ne plaît pas à tout le monde, et sûrement pas au bourgmestre.

— C'est une question de vanité, alors ! Rembrandt ne peut pas retoucher un peu le portrait ? »

Carel a éclaté de rire.

« C'est bien mal le connaître ! Non, jamais il ne le fera. Même si le client refuse de le rémunérer pour son travail.

— Combien le bourgmestre lui doit-il ?

— Cinq cents florins. »

Cinq cents florins ! Pratiquement deux fois mon salaire annuel ! Cet argent n'aurait certes pas permis au maître d'éponger toutes ses dettes, mais y aurait tout de même contribué. Je devais lui en parler. Au point où nous en étions, il ne pourrait bientôt plus rembourser le crédit de la maison et nous risquions de nous retrouver tous à la rue. J'avais conscience que je n'avais pas à me mêler de ses affaires, mais je ne pouvais pas laisser la situation aller ainsi à vau-l'eau.

J'ai pris une profonde inspiration et je suis allée trouver Rembrandt dans son atelier, où il travaillait sur une toile représentant Saskia.

Il régnait une chaleur étouffante, les fenêtres étaient fermées et les volets à demi clos. Les vitres du haut laissaient filtrer quelques rayons de lumière, accusant l'atmosphère sombre, presque lugubre de la pièce.

Rembrandt, qui me tournait le dos, n'a pas réagi lorsque je suis entrée. Peut-être ne m'a-t-il même pas entendue. J'ai frappé à la porte entrouverte, joint les mains devant mon tablier et attendu qu'il daigne se retourner.

Au bout d'un moment, il a fini par déposer sa palette et son pinceau. Il a soupiré.

« Qu'y a-t-il donc, Geertje ? »

Rassemblant tout mon courage, je me suis lancée :

« J'aimerais aborder un instant la question des finances, monsieur.

— Elle ne peut pas attendre ?

— C'est l'heure du déjeuner, de toute façon. Le repas est prêt dans la cuisine.

— Apporte-le ici, je te prie. Je ne veux pas m'interrompre. »

Mon regard s'est posé sur le portrait de Saskia, une œuvre splendide, mais qui n'était pas destinée à la vente. J'ai pris une profonde inspiration et j'ai vidé mon sac.

« À ce train-là, monsieur, nous n'aurons bientôt plus les moyens de manger. Les commerçants et les maraîchers ne veulent plus rien donner à crédit, les dettes s'accumulent. Je me fais du souci.

— Le paiement du *schuttersstuk* n'est pas encore arrivé ?

— Si, monsieur, mais il ne suffit pas.

— Vous plaisantez ? Mille six cents florins ! Une pareille somme serait insuffisante ? »

Je l'ai dévisagé, abasourdie par son ignorance de sa situation financière.

« Ce n'est rien en comparaison des dettes que vous avez accumulées. Il est impératif que vous honoriez de nouvelles commandes. Et il serait aussi bien utile de pouvoir récupérer les cinq cents florins que vous doit le bourgmestre. »

Son visage s'est durci et il s'est levé si brusquement que son tabouret s'est renversé. À grandes enjambées, il s'est dirigé vers la fenêtre, qu'il a ouverte d'un coup. Il a fait de même avec le volet, laissant à la fois la lumière et l'air frais du dehors inonder la pièce.

« Quel est le problème avec ce portrait ? ai-je tenté prudemment.

— Le problème, c'est que cet imbécile infatué qui nous sert de bourgmestre est imbu de sa personne et ne connaît rien à l'art. Tout ce qu'il souhaite, c'est avoir un portrait à sa gloire qui le mette en valeur, même s'il n'est pas du tout ressemblant.

— N'est-ce pas toujours le souhait des clients qui commandent un portrait ? »

Rembrandt s'est immobilisé.

« Je ne peins pas pour les vaniteux. Lorsque je fais un portrait, mon modèle doit accepter que je le représente tel que je le vois. »

Ces mots ne m'ont pas étonnée, ils reflétaient parfaitement les propos de Carel.

« Dois-je en conclure que vous renoncez à cet argent ? ai-je demandé après un court silence.

— Sûrement pas. Au besoin, je porterai l'affaire devant le tribunal. »

Je suis restée bouche bée.

« Mais le bourgmestre De Graeff fait lui-même partie du tribunal !

— Ainsi que ses trois homologues et les échevins. C'est bien pour cette raison que nous avons quatre bourgmestres à Amsterdam : afin d'éviter que le pouvoir ne se concentre entre les mains d'une seule personne.

— Dans ce cas, ils devront statuer sur le cas de monsieur De Graeff ?

— Oui, c'est ce qui se passera.

— Mais vous ne craignez pas que leur jugement soit partial ?

— Je suis curieux de voir comment ils réagiront. Mais, quel que soit le jugement, le plus important est qu'ils comprennent que Rembrandt Van Rijn ne se laisse pas marcher sur les pieds. »

L'affaire du portrait du bourgmestre n'a finalement pas été portée devant le tribunal, mais devant une commission composée d'artistes et de régents. Rembrandt trouvait humiliant que des confrères qu'il estimait inférieurs soient amenés à évaluer son travail. Pour se calmer, il a réalisé un dessin plus qu'évocateur : il s'est représenté sous les traits d'un artiste venant de déféquer et s'essuyant le derrière avec une feuille couverte de critiques. Tout autour de lui, des hommes élégamment vêtus commentaient abondamment sa peinture, tandis que quelques-uns de ses élèves, broyant des pigments, peinaient à retenir leurs rires devant l'absurdité des avis en question. Le bourgmestre Andries De Graeff était représenté par un âne.

Rembrandt voulait publier l'œuvre, mais je suis parvenue à récupérer le dessin. Furieux, il a retourné la maison pour le retrouver, lâchant juron sur juron, tandis que je jouais les innocentes.

L'audience s'est tenue peu de temps après et Rembrandt a obtenu gain de cause. Le bourgmestre De Graeff a été condamné à payer la somme due, ce qu'il a fait. Mais à partir de ce moment, les commandes se sont encore raréfiées. On commandait les portraits à d'anciens élèves de Rembrandt, comme Govert Flinck et Ferdinand Bol.

Le maître ne semblait guère s'en soucier. Il ne cherchait ni les honneurs ni le prestige, qu'il considérait comme une marque d'orgueil, et l'argent était vraiment le cadet de ses soucis.

« Des hâbleurs et des fanfarons, tous autant qu'ils sont ! m'a-t-il lancé un soir pendant le repas. Ils arrivent flanqués d'une suite de servantes et de secrétaires lorsqu'ils doivent poser et prennent une posture qui trahit leur arrogance. Mais lorsque je les représente tels qu'ils sont, évidemment, ces messieurs ne sont pas contents. Ils ont bien trop l'habitude que tout le monde leur fasse des courbettes ! »

Son aversion pour les donneurs d'ordre de haut rang conduisait régulièrement à des situations délicates lorsqu'ils se présentaient à l'atelier : Rembrandt leur faisait clairement sentir qu'ils n'étaient pas les bienvenus, qu'ils le dérangeaient dans son travail. Il ne leur offrait rien à boire et limitait les échanges au strict nécessaire. Il acceptait tout de même de recevoir les riches marchands, mais refusait catégoriquement de vendre ses tableaux dans sa boutique.

« Saskia avait l'habitude de s'en occuper, a-t-il expliqué un jour.

— Je peux m'en charger, si vous voulez », ai-je proposé.

Rembrandt m'observa avec scepticisme.

« Titus est un enfant très facile, qui ne me demande pas beaucoup de travail. Et il adore Neeltje. »

J'attendais la réaction du maître avec espoir. L'idée de gérer la boutique me plaisait, autant que celle de pouvoir mettre du beurre dans les épinards de la maison en développant la vente d'estampes et de dessins, qui marchait toujours bien. Mais Rembrandt restait dubitatif.

« Je vais y réfléchir », a-t-il conclu.

Peu de temps après, il s'est lancé dans un nouveau tableau historique et m'a demandé de tenir la boutique. Par manque de temps, il n'avait pas vraiment le choix. Même si les commandes ne rentraient pas, il avait toujours ses élèves. Entre les leçons, il travaillait aussi à l'œuvre historique qu'il avait baptisée « La Séparation de David et Jonathan ».

Un midi, alors que j'étais venue lui apporter son repas dans l'atelier, je traînai volontairement dans l'espoir d'apercevoir le tableau sur lequel il travaillait. Juste au moment où je tendais le cou pour observer la toile, Rembrandt s'est retourné. Il a ri et m'a fait signe d'approcher.

Je me suis postée à côté de lui et j'ai regardé. De près, je ne voyais que des coups de pinceau en apparence aléatoires. J'ai fait deux pas en arrière et j'ai distingué un manteau bleu clair plus vrai que nature, au point qu'il me donnait envie de le toucher du bout des doigts.

« Tu connais l'histoire ? » a demandé Rembrandt. Sans attendre ma réaction, il s'est mis à me la raconter : « Jonathan était le fils du roi Saül et le meilleur ami de David. Le roi souhaitait la mort de David, qu'il considérait comme une menace pour son trône et comme son pire ennemi. Il a donc ordonné son assassinat, mais David est parvenu à fuir à temps. La scène du tableau représente le moment où David fait ses adieux à son ami Jonathan. »

J'ai observé le tableau, le désespoir qui s'en dégageait, et soudain j'ai pensé à Abraham. Je me suis mordu la lèvre.

Rembrandt s'en est aperçu.

« Quelque chose ne va pas ? »

Je me suis ressaisie et j'ai dit d'une voix douce : « Je pensais à mon mari. Il est mort il y a des années, mais j'ai parfois l'impression que c'était hier.

— Le deuil ne connaît pas la notion de temps. »

De la pointe de son pinceau, Rembrandt a effleuré les cheveux de Jonathan.

« Depuis quand ton mari est-il mort ?

— Huit ans. Il avait trente-deux ans, l'âge que j'ai aujourd'hui. »

Rembrandt a poursuivi son travail en silence, pendant si longtemps que j'ai voulu partir. Il a posé son pinceau juste au moment où je m'apprêtais à sortir.

« Quel genre de Dieu donne si généreusement à l'homme pour tout lui reprendre ensuite ? » a-t-il dit d'une voix basse.

Je me suis assise sur un tabouret, laissant mes yeux errer sur le tableau.

« Je me suis posé la même question à la mort d'Abraham. Nous venions de nous marier, à peine quelques mois auparavant. Pourquoi Dieu a-t-Il emporté mon époux aussi vite ? Pourquoi ne m'a-t-Il pas au moins permis d'avoir un enfant ? Ç'aurait été une consolation. »

Rembrandt n'a pas répondu tout de suite.

« Saskia et moi avons connu de belles années, mais nous avons aussi perdu trois enfants. Un fils et deux filles. Rombertus n'avait que deux mois, mes deux filles même pas deux semaines. Qu'avons-nous fait au Seigneur pour mériter pareil chagrin ? »

Il n'attendait pas de réponse, je l'avais compris, mais mon besoin de le réconforter m'a poussée à en trouver une.

« Je ne crois pas que nous ayons fait quoi que ce soit de mal, les choses sont ce qu'elles sont, c'est tout. Mon employeuse précédente, Geertruida Groot, m'a dit un jour que les parents devaient apprendre à leurs enfants que la vie ne se déroule pas toujours comme nous l'espérons. Obtenir ce que nous voulons ne fait pas de nous de meilleures personnes. Le bonheur n'existe que par la grâce du malheur et le Seigneur veut que nous appréciions ce que nous avons. »

Rembrandt m'a lancé un regard en coin.

« Tu y crois ? »

Un peu décontenancée, j'ai répondu :

« Oui, évidemment.

— Moi, pas. En fait, je ne crois même plus en Dieu. Depuis bien longtemps. »

Interloquée, j'ai mis un moment à répondre.

« Mais ces tableaux historiques, alors ? Pourquoi peignez-vous des scènes bibliques ?

— Pour le drame et les émotions qu'elles portent en elles. C'est un genre très riche, dont on peut tirer bien plus de satisfactions que d'un portrait ou d'un paysage.

— Vous ne pouvez quand même pas refuser complètement de croire en Dieu ?

— On ne peut pas non plus croire juste un peu, a-t-il rétorqué. S'Il veut récupérer ma foi, il faudra qu'Il s'y prenne autrement. »

Nous touchions à un sujet que je préférais éviter. Effarée par ce que je venais d'entendre, je n'avais encore jamais rencontré quelqu'un qui déclare si ouvertement, et sans honte, qu'il ne croyait pas en Dieu. J'en venais à douter de ma propre foi.

Dans l'obscurité de la nuit, j'ai combattu les démons qui s'immisçaient en moi. Mais au matin j'ai constaté avec soulagement que je faisais toujours confiance au Seigneur.

10

L'été n'en finissait pas et la chaleur poussait souvent Rembrandt à sortir de son atelier. Dès que les portes de la ville s'ouvraient, il partait, son carnet d'esquisses sous le bras, longeait l'Amstel ou marchait en direction du village de Diemen.

Titus a eu un an le 22 septembre. Je l'ai emmené pour l'occasion sur la place du Nieuwmarkt, où je lui ai acheté une toupie.

Son père, parti toute la journée, est réapparu dans la cuisine à l'heure du dîner. Son imposante silhouette occultait en partie la lumière qui entrait par l'embrasure de la porte. J'ai levé la tête.

« C'est l'anniversaire de Titus aujourd'hui, ai-je annoncé, d'un ton où perçait le reproche.

— Je sais, a-t-il simplement répondu.

— J'aurais aimé faire quelque chose de spécial avec lui.

— Il n'a qu'un an, il ne se rend pas compte. »

Rembrandt s'est avancé et s'est servi un gobelet de bière.

« J'étais auprès de Saskia », a-t-il ajouté avant de quitter la pièce.

Ses escapades se faisaient de plus en plus fréquentes. Il a fallu que les élèves se plaignent de ne plus avoir de leçons pour que Rembrandt reste plus souvent à l'atelier.

Par un bel après-midi, j'ai assisté aux premiers pas de Titus, dans la pièce située à l'avant de la maison. J'avais repoussé les tables et les chaises pour lui faire de la place. Le soleil ne donnait pas directement sur la façade avant et nous avions ouvert les fenêtres d'en haut, si bien qu'il faisait frais. Accroupie, je tendais les bras et encourageais Titus à venir vers moi. Il était à croquer avec ses boucles châtaines, sa robe de velours bleu foncé et le hochet en argent qu'il serrait dans sa petite menotte. C'est Rembrandt qui le lui avait donné, pour jouer, naturellement, mais aussi pour tenir les mauvais esprits à distance.

« Viens voir Geertje, mon trésor. Allez, encore un pas ! Encore un ! Oui ! »

Titus est tombé dans mes bras et je lui ai embrassé les joues.

Quand je me suis relevée, j'ai vu que Rembrandt nous observait par la fenêtre ovale donnant sur la cage d'escalier.

Il a dévalé les marches.

« Depuis quand sait-il marcher ?

— Tout récemment. D'abord un pas, puis deux, et maintenant trois. Tout seul comme un grand ! » J'étais aussi fière que s'il avait été mon fils.

Rembrandt l'a pris dans ses bras en riant.

« Quel grand garçon ! Bravo !

— Papa ! » a dit Titus en attrapant la barbe de son père.

Rembrandt s'est tourné vers moi, surpris.

« Tu as entendu ça ? »

J'ai souri et j'ai hoché la tête.

« C'est la première fois ?

— Oui », ai-je menti. Il avait déjà prononcé le mot quelques fois, en désignant l'un des autoportraits de son père dans la maison ou lorsque nous passions devant la porte de son atelier.

« Neeltje m'a dit que tu avais reçu de la visite pendant que tu étais au marché. Ton frère, je crois.

— Pieter est venu ici ? »

Mon cœur s'est mis à battre plus vite sous l'effet de la joie.

« Où est-il ?

— Aucune idée, tu n'as qu'à le demander à Neeltje. Je dois me remettre au travail. »

Il m'a rendu Titus et s'est engagé dans l'escalier.

J'ai pressé le pas jusqu'à la cour intérieure, où Neeltje faisait la lessive. Elle m'a confirmé que Pieter était passé et qu'il reviendrait plus tard.

« À quelle heure ?

— Ça, je ne sais pas. Il ne l'a pas précisé. »

Pieter s'est présenté en fin d'après-midi. Neeltje et moi buvions un gobelet de bière dans la pièce de devant. Seul le montant inférieur de la porte était clos, de sorte à laisser pénétrer l'air frais à l'intérieur de la maison. Soudain, le visage de Pieter est apparu dans l'ouverture du haut.

Je me suis levée d'un bond, j'ai posé mon verre sur la chaise et je me suis précipitée pour lui ouvrir.

« Quel bonheur de te voir ! J'avais si peur que tu ne sois déjà rentré à Ransdorp », lui ai-je dit tout en le serrant dans mes bras.

Il m'a embrassée sur la joue, puis s'est légèrement écarté de moi. Son air grave m'a fait immédiatement comprendre qu'il n'avait pas de bonnes nouvelles. Mon cœur a fait un bond dans ma poitrine.

« C'est maman ?

— Papa. Il nous a quittés il y a une semaine. De manière très brutale. Il s'est écroulé d'un seul coup.

— Mais… comment est-ce possible ? Il était malade ?

— Pas du tout, il était au travail. Son cœur s'est arrêté. »

Je me suis mise à pleurer, Pieter m'a attirée vers lui et enlacée.

« Il n'était plus tout jeune et travaillait dur. Trop dur. On aurait dû s'y attendre… », a-t-il commenté.

Il s'y attendait peut-être, mais pas moi. À mes yeux, papa avait toujours été indestructible et en pleine santé. Il disait que le travail ne pouvait pas tuer, apparemment il s'était trompé.

Neeltje est entrée dans la pièce pour annoncer qu'elle avait informé le maître Van Rijn, qui offrirait volontiers à Pieter le gîte et le couvert.

« Je loge dans une auberge du quartier, mais pour le repas, je ne dis pas non. »

Nous avons donc mangé tous les quatre ce soir-là et, malgré la triste nouvelle du jour, nous avons passé un bon moment.

En observant Rembrandt en grande discussion avec mon frère, j'ai senti une vague de chaleur me traverser, provoquée par un mélange d'admiration et de fierté que j'avais du mal à cerner.

Pieter avait autre chose à nous annoncer : il allait entrer dans la VOC, la célèbre Compagnie néerlandaise des Indes orientales, comme maître charpentier. La nouvelle intéressait beaucoup Rembrandt, qui a demandé à Pieter de lui rapporter des coquillages et des étoffes d'Orient, promettant de bien le payer. Pieter s'est dit tout à fait disposé à lui rendre ce service, apparemment impressionné par le peintre.

Au moment du départ, les deux hommes se sont longuement serré la main et ont convenu de se revoir très vite. J'avais le cœur léger.

L'automne gagnait peu à peu, les jours raccourcissaient, le soleil répandait ses reflets d'or sur les arbres aux couleurs incandescentes. Fin novembre, le temps a changé : il s'est mis à pleuvoir jour et nuit. J'ai décidé de nettoyer le cabinet de curiosités. Je n'y avais encore jamais mis les pieds, car Rembrandt ne le souhaitait pas, mais il a reconnu que l'endroit était poussiéreux. Il a tout de même lourdement insisté pour que je redouble de prudence, ce que je lui ai promis.

Il m'a confié la clé de la pièce et je suis entrée, puis je suis restée clouée sur place, bouche bée. Je me trouvais dans un univers complètement différent. Des costumes indiens parés de plumes, des armures et des casques du siècle précédent. Des armes de toutes tailles et de toutes sortes, des flèches aux javelines en passant par les mousquets et les pistolets. Elles ne m'attiraient pas outre mesure, à l'inverse des objets exotiques. Des oiseaux empaillés multicolores, des pierres roses et blanches, issues du fond d'une mer lointaine, des étoffes bigarrées, des instruments de musique aux formes étonnantes, des cithares et des sifflets à nez, il y en avait partout ! J'ai soudain compris pourquoi Rembrandt était tellement intéressé par les voyages de Pieter et où son argent s'était envolé. Il devait en avoir fréquenté, des ventes aux enchères, pour se constituer une telle collection – une fortune.

Avec un maximum de prudence, j'ai nettoyé les lieux, en prenant bien garde de ne rien renverser. Alors que je venais de terminer, Rembrandt est apparu dans l'embrasure de la porte.

« Viens avec moi », a-t-il dit.

Je l'ai suivi dans son atelier, où il m'a indiqué un tabouret. Je me suis assise docilement. Il m'a regardée, a passé un collier de perles rouges autour de mon cou et m'a observée de nouveau.

J'ai souri, un peu mal à l'aise, mais il ne m'a pas imitée. Son regard s'est posé sur la toile vierge devant lui et j'ai compris que ce n'était pas moi qu'il voyait, mais la peinture qui allait me représenter.

« Regarde un peu sur le côté, si tu veux bien. Vers le bas. Parfait ! Ne souris pas. »

Ses coups de pinceau étaient vifs et rapides, comme si l'exercice ne devait pas durer trop longtemps ou comme s'il voulait profiter au maximum de la lumière déclinante.

Je voulais être un bon modèle. Je m'obligeais à rester aussi immobile que possible, même si mon dos devenait douloureux et que ma joue me grattait.

Chaque fois qu'il levait les yeux vers moi, je ressentais un fourmillement dans le corps et je clignais nerveusement des yeux. Il n'a pas fait de commentaire, peut-être ne remarquait-il pas mes réactions. Ou bien elles ne le gênaient pas.

De façon aussi abrupte qu'il avait commencé, il a soudain posé son pinceau.

« Merci », a-t-il dit.

J'ai essayé d'apercevoir ce qu'il avait peint, mais il a volontairement tourné le tableau contre le mur.

« Il n'est pas encore terminé. Quand il le sera, je te l'offrirai. »

Une semaine plus tard, il tenait parole. J'ai longuement admiré la toile, ne sachant pas quoi en penser. C'était indiscutablement un portrait joliment réalisé, mais je me trouvais pâle et fatiguée. Me voyait-il vraiment ainsi ? Quoi qu'il en soit, j'étais heureuse. Rembrandt avait peint mon portrait !

11

Nous avons été surpris à la mi-décembre par l'arrivée fulgurante de l'hiver. En me levant un matin, j'ai vu les rues, les toits et les parapets qui bordaient les ponts recouverts d'une fine couche de neige. J'ai donné à manger à Titus, je lui ai enfilé des vêtements chauds et j'ai descendu l'escalier. Rembrandt se trouvait dans la pièce à l'avant de la maison.

« Vous n'allez quand même pas sortir par ce temps ? a-t-il demandé en fronçant les sourcils.

— Bien sûr que si ! Il a neigé, c'est amusant, non ?

— Mais ma parole, tu es tombée sur la tête ? Tu as vraiment envie qu'il soit malade ?

— Je lui ai mis des vêtements chauds. L'air a rarement été aussi pur. Il gèle, le ciel est bleu. Les conditions sont idéales.

— La neige est froide et humide. Si Titus tombe, ses vêtements seront trempés et il attrapera froid à coup sûr. Non, il reste à l'intérieur. »

J'ai posé la main sur le bras de Rembrandt.

« Je comprends votre inquiétude, mais vous ne pouvez pas l'empêcher de vivre. Il doit sortir, s'amuser, jouer à l'extérieur. Les rues sont pleines d'enfants. »

Rembrandt gardait le silence. À travers les vitraux, on

entendait les cris des petits qui batifolaient dehors. Le peintre a jeté un œil par la fenêtre, puis a regardé son fils.

« D'accord, mais pas longtemps. Et s'il est mouillé, tu le ramènes immédiatement. »

J'ai hoché la tête et me suis dépêchée de sortir avant que Rembrandt ne change d'avis. Sur le perron, j'ai posé Titus par terre. Perplexe, il est d'abord resté figé. Puis il a tenté un pas. Étonné, il a regardé sa botte s'enfoncer dans la neige.

Je lui ai pris la main et on s'est engagés dans la Breestraat, où piétons et chevaux traçaient leur chemin sur le tapis blanc. Le milieu de la rue était déjà souillé de crottin et de boue qui remontait progressivement à la surface de la neige, mais sur les côtés, près des façades, elle était encore immaculée.

Maintenant, Titus s'amusait comme un petit fou. Les yeux écarquillés, il avançait en glissant un pied après l'autre sur cette drôle de matière. Un chien qui plongeait son museau dans la poudreuse l'a fait éclater de rire, tandis qu'il me le montrait du doigt. J'ai fait une boule de neige, que j'ai posée dans sa main.

« Lance-la ! »

Titus a jeté la boule dans ma direction. J'ai alors fait mine d'être touchée et de m'écrouler. Il s'est esclaffé et s'est accroupi pour faire une autre boule. Je l'ai aidé. Soudain, j'ai vu Samuel sortir de la maison.

Alors que je le visais avec une poignée de neige, j'ai vu son visage. J'ai lâché la neige et me suis approchée de lui.

« Samuel ? Tout va bien ? Tu as pleuré ? »

Il a esquissé un sourire gêné, comme les garçons de son âge le font parfois, s'est essuyé le visage du dos de la main et a secoué la tête.

« Que se passe-t-il ? Que fais-tu ici ?

— Rien. J'avais juste besoin de prendre l'air, a-t-il dit d'une voix rauque.

— Viens, marchons un peu. » Je lui ai pris le bras. Samuel a porté Titus le temps que nous descendions la Breestraat en direction de la porte de la ville.

« Ce n'est pas toujours facile d'être l'élève de maître Van Rijn. J'ai bien conscience que c'est un grand privilège pour moi et j'apprends énormément auprès de lui, mais… »

Il a détourné le visage, peut-être pour cacher les larmes qui lui montaient aux yeux.

« Je sais à quel point il peut être exigeant, je l'entends parfois s'emporter contre vous. Mais tu ne dois pas y voir une attaque personnelle.

— Je sais, nous avons tous droit à ses remontrances. Mais certains jours, je n'arrive plus à supporter cette pression.

— Il s'est passé quelque chose de particulier aujourd'hui ? »

Il a haussé les épaules.

« Non. Je n'ai pas le moral, c'est tout. C'est l'anniversaire de la mort de mon père et je crois que je préférerais tout simplement être à la maison.

— Je te comprends. Tu t'entendais bien avec ton père ? »

Samuel n'a pas eu besoin d'encouragements supplémentaires pour s'épancher sur sa famille. À la façon dont il parlait de ses parents, de ses trois frères et de ses quatre sœurs, je sentais combien il lui était pénible d'être seul à Amsterdam.

Entre-temps, nous étions arrivés à la porte de la ville, que nous avons passée pour nous arrêter juste de l'autre côté, sur la digue extérieure, d'où nous avons contemplé les champs recouverts de neige.

« J'aimerais bien peindre cette vue. Ce paysage pur et immaculé, ce ciel pâle, la tour de l'église au loin… C'est Diemen ?

— J'en ai bien l'impression.

— La beauté de cette campagne me plaît. Presque autant que celle de Dordrecht.

— La neige est blanche partout », ai-je remarqué. Il a pouffé de rire.

« Viens, rentrons. »

Samuel a calé Titus sur son bras en observant sa frimousse.

« Ce jeune homme commence à avoir le nez rouge, il est temps de le mettre au chaud. »

Nous avons fait demi-tour sans cesser de discuter de choses et d'autres. Samuel m'a posé des questions sur ma famille, il voulait savoir comment j'étais arrivée à Amsterdam. Avant même de nous en rendre compte, nous étions devant la maison. Pendant que nous tapions des pieds pour faire tomber la neige de nos semelles, nous avons entendu des pas marteler furieusement le plancher à l'étage, puis les escaliers. L'instant d'après, Rembrandt se tenait devant moi. Il a repris Titus en hurlant. Qu'est-ce qui m'avait pris de rester si longtemps dehors avec son fils ? Voulais-je que Titus tombe malade, et qu'il perde encore un enfant ? Avais-je la tête vide ?

J'étais abasourdie. Mes yeux allaient de son visage à celui de Titus qui, avec ses joues roses, respirait la santé. Je n'ai pas eu l'occasion de répliquer à la tirade de Rembrandt, d'ailleurs mieux valait ne pas essayer. Samuel s'est éclipsé. Moi, j'ai attendu que la colère du maître retombe. Il ne s'est calmé qu'au moment où Titus a commencé à pleurer.

« Tu vois ? Il ne se sent pas bien ! m'a reproché Rembrandt brutalement.

— Je crois plutôt qu'il pleure parce que son père lui hurle dans les oreilles, ai-je rétorqué en reprenant Titus dans mes bras avec détermination. Nous ne sommes pas restés longtemps dehors, monsieur. Titus a adoré la promenade ! Il était bien habillé, il n'a pas eu froid. À présent, je vais lui préparer du lait chaud à l'anis. »

Sans attendre la réaction du peintre, j'ai emmené Titus dans la cuisine. J'étais restée très calme, mais mes mains tremblaient et ma voix chevrotait quand je lui parlais.

Je n'avais pas l'intention d'affronter Rembrandt une fois de plus. Son lait bu, je suis montée avec Titus au grenier, où restaient quelques jouets qui avaient appartenu à Saskia.

Deux fenêtres percées dans le toit éclairaient l'endroit, qui occupait toute la surface de la maison. En fouillant dans les affaires entassées, j'ai peu à peu retrouvé mon calme. Titus arpentait la pièce sans savoir quoi choisir.

« Oui, voilà un rouet. Et ça, c'est un soufflet, malheureusement cassé. J'ignore pourquoi ton père garde toutes ces vieilleries, avec ce qu'il a déjà dans la maison ! Regarde ce que j'ai trouvé ! »

J'ai extrait un cheval à bascule d'entre les paniers. Je l'ai épousseté et j'ai assis l'enfant dessus. Il a semblé content. Tandis qu'il s'amusait sur l'animal en bois, j'ai tiré à moi un coffre que je venais de dégager, un bel objet en chêne, muni d'une ferrure imposante.

Accroupie devant, je l'ai ouvert. Il contenait des vêtements pour enfants, des blouses, des pantalons, des coiffes pour nourrissons, sans doute ceux de Rombertus et des deux Cornelia. J'ai laissé glisser les pièces entre mes mains, je les ai examinées les unes après les autres en imaginant ces enfants disparus, au point de presque les entendre pleurer et crier.

Aurais-je moi-même un enfant un jour ? Vivrais-je l'épreuve de l'accouchement, pourrais-je en parler en confidence avec d'autres mères ? Connaîtrais-je la sensation de porter un enfant, de le mettre au monde, de le couvrir d'amour ?

Hélas, je craignais de ne jamais goûter à cette joie et je me consolais en pensant que me seraient épargnés la douleur et les tracas, sans compter le risque de mourir en couches.

« Dada ! » s'est écrié Titus.

Je lui ai souri.

« Belle trouvaille, n'est-ce pas ? Tu crois qu'on peut le descendre ? »

Titus a tendu les bras vers moi, je l'ai serré très fort, ma joue contre ses boucles châtaines. Dans l'escalier j'ai demandé à Barent, qui passait justement par là, de bien vouloir descendre le cheval à bascule, qu'il a installé dans la pièce à vivre, près du foyer.

Titus se balançait avec entrain tandis que je ravaudais, quand Rembrandt est entré, visiblement pressé, comme s'il cherchait quelque chose. En voyant son fils, il s'est arrêté net.

« Je l'ai trouvé au grenier, ai-je dit en désignant le cheval. J'espère que j'ai bien fait de le descendre ?

— Oui… oui, bien sûr. Il appartenait à Saskia, elle l'avait gardé pour nos enfants. »

Le peintre s'est baissé à la hauteur de Titus et a fait basculer le cheval jusqu'à ce que l'enfant se lasse du jeu. Rembrandt l'a soulevé dans ses bras et s'est tourné vers moi.

« Tu prends bien soin de lui, Geertje. Je t'en remercie. »

Ce premier hiver passé dans la maison de la Breestraat a été rude. Comme la majorité des habitants de la ville, nous nous sommes progressivement enfermés chez nous, bien au chaud, comme des animaux réfugiés dans leur terrier attendant le retour des beaux jours. Il faisait tellement froid dans la pièce de devant que nous restions dans l'antichambre, où le foyer nous procurait une chaleur permanente très agréable. Les lumières hivernales répandaient une timide lueur sur les tableaux, accrochés là depuis des mois dans l'attente d'un amateur.

Rembrandt ne sortait plus de son atelier où crépitaient le feu de tourbe et les poêles en fonte. Le calme n'était interrompu de temps à autre que par le murmure des élèves discutant d'un problème spécifique ou par la voix du maître, qui leur prodiguait ses enseignements.

« Renforce la lumière sur son visage, Samuel. Elle vient de l'extérieur, du soleil, pas d'une bougie ! »

À mes passages dans l'atelier, j'apprenais souvent, moi aussi : un dessin à la craie ou au charbon de bois se fixait à l'eau de riz ou au lait de figue. La peinture ne se trouvait pas toute faite en boutique, mais se préparait à l'atelier. On m'envoyait souvent acheter le matériel nécessaire : du verre moulu, des pierres précieuses, des vernis, fabriqués à partir de plantes, ou d'élytres de scarabées.

Un jour, Rembrandt m'a demandé d'aller ramasser du crottin de cheval dans la rue. J'ai d'abord cru à une plaisanterie, jusqu'à ce qu'il m'explique comment il devait le mélanger avec du plomb et du vinaigre pour obtenir du blanc de céruse. Les pigments broyés donnaient des couleurs aux noms magnifiques : rouge carmin, jaune de chrome, bleu cobalt, terre de Sienne ou blanc crème.

Je m'attardais volontairement quand j'apportais le panier de tourbe pour observer le travail de Rembrandt et de ses élèves, émerveillée par leur talent. Je ne comprenais pas comment quelqu'un, avec rien d'autre qu'un pinceau et un peu de peinture, pouvait reproduire le monde avec autant de réalisme.

Parfois, très tôt le matin ou tard le soir, j'avais l'atelier pour moi toute seule. Alors je prenais place devant le chevalet de Rembrandt, j'effleurais les objets du doigt, sous le regard de Saskia. Les portraits de la disparue couvraient les murs de la maison ; elle était partout, elle me suivait constamment des yeux. Au début, cette présence me rendait nerveuse, mais au bout de quelque temps, je lui prêtais moins attention. Saskia était morte et j'étais en vie. Rembrandt l'avait aimée. Un jour, pourtant, il découvrirait qu'on pouvait aimer de nouveau.

Par un sombre après-midi d'hiver, j'ai fait quelque chose à quoi je pensais depuis longtemps déjà. Plongé dans son travail à l'étage, Rembrandt ne redescendrait pas avant plusieurs heures.

Dans la douce grisaille du crépuscule, j'ai commencé à explorer le coffre contenant les vêtements de Saskia, posé dans un coin de la pièce à vivre. Agenouillée par terre, je l'ai ouvert et j'en ai respiré l'odeur. S'entassaient là les vêtements dont elle s'était habillée tout au long de sa vie. Les uns après les autres, je les ai sortis – coiffes en dentelle, bas de soie, manches de différents coloris –, puis posés un à un sur le côté. J'ai caressé le brocart argenté de la robe qui se trouvait sous la pile, admiré la finition délicate de la dentelle. J'ai sorti le vêtement du coffre, qui contenait encore quelques autres dentelles blanches, des collerettes, des gants.

Une par une, je contemplais ces pièces, je les humais, je me demandais quelle sensation pouvait procurer sur la peau leur matière si douce.

Sans réfléchir, je me suis redressée et j'ai dénoué les lacets de mon corset, j'ai retiré mes manches. J'ai laissé glisser ma cotte rouge sur le plancher et j'ai enfilé la robe de soie rehaussée de motifs brochés d'or et d'argent. J'ai échangé ma coiffe en lin contre une en dentelle et j'ai passé des gants garnis de perles.

Tout m'allait. Saskia était à peine plus grande que moi, nous faisions presque la même taille. Nous avions aussi le même visage rond, je l'avais remarqué depuis longtemps.

Saskia m'est apparue dans le reflet de la fenêtre. Je savais que c'était moi, et pourtant, l'espace de quelques secondes, mes yeux l'ont vue, elle. On aurait dit que son être planait au-dessus de la cour intérieure, juste derrière la fenêtre, et qu'il m'observait.

J'ai soutenu son regard, laissé mes doigts caresser l'étoffe douce, qui dégageait une odeur agréable. Lentement, je me suis avancée vers la fenêtre. Troublée, j'ai examiné le visage qui me faisait face. *Saskia.*

Des bruits de pas dans l'escalier m'ont brusquement ramenée à la réalité. Ce ne pouvait pas être Rembrandt, pas à cette heure. Pourtant, je reconnaissais sa démarche lourde et appuyée, signe de sa lassitude. Rien à voir avec les pas légers, rapides, des élèves qui dévalaient littéralement les marches.

Aussitôt j'ai cherché frénétiquement la fermeture de la robe, mes doigts luttaient avec les lacets, qui restaient désespérément noués. Je n'avais pas le temps de me déshabiller et de tout ranger correctement, j'en avais conscience. Mais j'essayais tout de même, en priant pour que le peintre descende jusqu'en bas, où se trouvait la cuisine.

Un instant, les pas se sont éloignés et le bourdonnement du sang dans mes oreilles s'est atténué, avant de reprendre plus fort lorsque les pas, désormais rapides, se sont dirigés vers la pièce à vivre. J'aurais dû fermer à clé. Pourquoi n'y avais-je pas pensé ? Comme paralysée, j'attendais en comptant les secondes le moment fatidique où la porte s'ouvrirait avec fracas.

Le moment est arrivé. J'étais si tendue que j'en avais des vertiges.

Rembrandt, soudain figé dans l'encadrement de la porte, m'a dévisagée. Mon cœur s'emballait, j'avais les joues en feu. Il m'a fixée. Silencieuse moi aussi, je ne trouvais pas les mots, aucun qui puisse m'aider à lui expliquer la situation. Je ne pouvais rien faire, sauf rester plantée où j'étais dans l'attente de sa réaction.

Elle n'est pas venue. Rembrandt ne me quittait pas des yeux, dans un état de stupéfaction totale. Moi, paralysée, je ne remuais pas un cil, incapable de détourner mon regard du sien, qui me semblait incandescent.

J'ai senti ma respiration accélérer, les mots se bousculer dans ma tête et, juste au moment où je m'apprêtais à rompre l'oppressant silence, il s'est avancé lentement dans la pièce.

L'expression de son visage avait changé : un léger plissement des paupières, un pli près de sa bouche que je ne lui avais encore jamais vu. Il a marché tout droit vers moi et m'a saisi le bras. Une seconde, j'ai pensé qu'il allait m'arracher la robe. Il ne l'a pas fait : il m'a attirée vers lui.

Je n'avais jamais été si proche de sa personne, l'odeur de térébenthine me suffoquait, mais je n'ai pas protesté lorsqu'il m'a embrassée.

Il ne m'est pas venu à l'idée de le repousser, même lorsqu'il m'a entraînée vers le lit-clos. Je savais que j'étais sur le point de perdre mon honneur. Peut-être même allais-je me trouver enceinte. Mais je n'en avais cure, j'étais prête à tout accepter, même pour une seule fois. À l'instant où nos bouches se sont rencontrées, où j'ai senti ses mains sur ma peau, j'ai compris que j'étais amoureuse de Rembrandt. Je l'aimais différemment d'Abraham, d'un amour plus hésitant, mais aussi passionné.

Ainsi, dans ce lit-clos où il avait aimé Saskia, où elle avait mis leurs enfants au monde et où elle était morte, nous nous sommes aimés. Je ne pouvais repousser l'idée que ce n'était pas à moi qu'il faisait l'amour, mais quelle importance ? C'était bon de se sentir désirée.

Il s'est rhabillé pour retourner travailler. Moi, j'ai rangé soigneusement les vêtements de Saskia. Puis je suis descendue à la cuisine et j'ai préparé à manger. Pendant le repas, nous ne sommes pas revenus sur ce qui venait de se produire.

La journée du lendemain s'est déroulée comme n'importe quelle autre, en apparence, mais je sentais que quelque chose était différent. Un changement indéfinissable, dissimulé dans un regard, un sourire. L'idée d'avoir réussi à pénétrer les défenses du maître me remplissait de joie et de fierté.

J'étais bien consciente qu'il existait deux Rembrandt, et que je ne pourrais jamais posséder celui de Saskia. Peu m'importait. Que Rembrandt ne soit pas le genre d'homme qui m'attirait d'ordinaire, je m'en moquais aussi. Cette nouvelle donne bousculait tout ce que je croyais savoir sur l'amour. J'entrevoyais quelque chose d'inconnu. Quelque chose qui m'attirait irrésistiblement et m'effrayait tout à la fois.

12

Désormais, nous avons continué à nous retrouver au cours de la journée dans la pièce à vivre, porte verrouillée, pendant que les élèves peignaient dans l'atelier ; et le soir, lorsqu'ils étaient retournés dans la chambre qu'ils louaient en ville.

Naturellement, Neeltje a été l'une des premières à découvrir notre manège. Elle s'est abstenue de tout commentaire, et je ne me sentais pas non plus obligée de lui fournir des explications. Elle se comportait comme d'habitude, sans montrer un quelconque signe de désapprobation. J'en ai déduit que l'affaire la laissait indifférente.

Les élèves aussi ont remarqué un changement dans les rapports que j'entretenais avec Rembrandt, et dans ma position elle-même. Leur attitude ne laissait pas deviner s'ils avaient ou non un avis sur la question. Mais, un après-midi, j'ai tenté avec précaution de sonder Carel.

« Tu sais, Geertje, a-t-il dit sans s'arrêter de peindre, d'après moi, tu as sauvé Rembrandt. Il était au bord du précipice. C'est excellent pour nos leçons de peinture, et j'ai fait remarquer aux autres élèves qu'ils te devaient une fière chandelle. À part ça, ce qui se passe entre Rembrandt et toi ne regarde que vous deux.

— Tu as raison, mais tout de même… Saskia est à peine enterrée. Les gens vont jaser s'ils apprennent la nouvelle.

— Ils ont déjà commencé ! Sitôt que tu as pris la place de Saskia au comptoir de la boutique, les cancans n'ont pas traîné. On n'y peut rien.

— Je ne m'en fais pas pour moi, j'ai l'habitude. Mais je ne voudrais pas nuire à la réputation de Rembrandt. »

Carel a éclaté de rire.

« Le maître ne s'embarrasse pas de ce genre de considération…

— Peut-être, mais nous avons cruellement besoin de nouvelles commandes, Carel. Les seuls revenus dont nous disposons pour le moment, ce sont vos droits d'apprentissage.

— Aide-le à retrouver le bonheur, Geertje. » Carel a posé son pinceau, il a plongé son regard dans le mien. « S'il est heureux, tout rentrera dans l'ordre. »

Au milieu d'une fraîche matinée printanière de l'année 1643, un jeune homme vêtu d'un manteau bordeaux, de hauts-de-chausses noirs et de souliers à boucle d'argent s'est présenté à la porte de la maison de la Breestraat et il a demandé à parler à maître Van Rijn.

J'avais appris à ne pas déranger Rembrandt pour un oui ou pour un non, et j'ai d'abord demandé à l'inconnu la raison de sa visite.

« J'aimerais le saluer, a répondu brièvement le jeune homme. Voilà deux ans que nous ne nous sommes pas vus, j'étais en voyage. Dites-lui que Jan Six souhaite le voir. »

Ce nom ne m'était pas étranger, je l'avais déjà

entendu dans la bouche de Rembrandt. La famille Six avait fait fortune dans le commerce des pigments et des vernis. Rembrandt avait peint un portrait d'Anna Six et rencontré son fils Jan à cette occasion. Malgré les douze ans qui les séparaient, les deux hommes s'entendaient bien.

J'ai demandé à Neeltje d'aller chercher Rembrandt. Jan Six contemplait les tableaux exposés partout dans la pièce.

« Puis-je vous offrir à boire ? lui ai-je demandé en me dirigeant vers le seau à glace en marbre qui se trouvait dans l'antichambre.

— Volontiers, je vous remercie. »

Jan était arrêté devant l'un des tableaux, qu'il ne quittait pas des yeux. « Quelle merveille… »

Je suis revenue avec un verre de vin, le lui ai tendu. Il m'a remerciée, puis tout de suite interrogée :

« Et vous êtes… ?

— Geertje Dircx. » J'ai fait une petite révérence, sans baisser les yeux comme le font les servantes. « Je suis ici pour prendre soin de Titus. »

Jan s'est tourné spontanément vers le portrait de Saskia et son visage s'est assombri.

« J'ai appris la nouvelle. Sa disparation a dû être un choc énorme. Saskia était le grand amour du maître, elle était tout pour lui.

— En effet.

— L'avez-vous connue ? » Avant que je puisse répondre, des bruits de pas ont retenti dans l'escalier et Rembrandt est entré.

« Jan ! » s'est-il exclamé en marchant vers le visiteur.

Les deux hommes ont échangé une poignée de main longue et chaleureuse.

« Quel plaisir de te revoir ! Voilà bien trop longtemps, a dit Rembrandt. Je vois que Geertje t'a déjà proposé à boire. Viens, allons nous asseoir. »

Sans cesser de parler et de se taper sur l'épaule, ils se sont dirigés vers la pièce à vivre où ils se sont installés près du foyer. J'ai servi aussi un verre de vin à Rembrandt, puis j'ai disparu vers la cuisine pour y chercher des olives, du fromage et quelques moules, que j'ai posés sur la table. Juste comme je m'apprêtais à prendre congé, Rembrandt m'a saisi le poignet et, ses yeux dans les miens, a prononcé : « Merci », avant de me relâcher.

Je suis sortie de la pièce, le sourire aux lèvres. En refermant la porte, j'ai remarqué que Jan avait le regard braqué sur moi.

À compter de ce jour, Jan est venu nous rendre visite presque quotidiennement. Avec enthousiasme, il nous racontait son voyage en Italie, les villes splendides qu'il y avait découvertes, les femmes, leur mode de vie et tous les objets d'art qu'il y avait achetés. Comme Rembrandt, Jan éprouvait une admiration sans bornes pour l'Antiquité gréco-romaine.

Il m'a plu dès notre première rencontre. Pas plus que Rembrandt, il ne s'embarrassait de conventions, et il suivait sa voie sans se soucier des autres. Il se montrait aimable et courtois à mon égard, et me traitait presque d'égal à égale. Lorsque le maître était occupé, nous échangions toujours quelques mots en l'attendant et admirions ensemble les tableaux de l'artiste exposés dans la boutique.

Il achetait souvent quelque chose, une esquisse ou un dessin réalisés par Rembrandt au cours de ses pérégrinations dans la campagne autour d'Amsterdam.

Une fois, il a même acquis une grande œuvre historique. Grâce à Jan, l'argent rentrait de nouveau, ce qui était fort appréciable. Mais, plus important encore, son soutien a fini par réconcilier les amateurs d'art avec les œuvres du maître.

J'avais bien compris que Rembrandt ne s'était pas rendu très populaire durant les dernières années à Amsterdam, mais j'ignorais à quel point. À l'exception de Jan Six, il semblait s'être querellé avec tout le monde et, s'il avait encore des élèves, c'était grâce à son génie, en raison duquel on lui pardonnait son caractère rustre et irascible.

Rembrandt ne savait pas entretenir les relations d'amitié. Il avait peu de contacts avec la famille de Saskia, de même qu'avec sa propre famille à Leyde, qu'il ne voyait jamais ou presque.

Et pourtant… Saskia l'avait aimé et, moi aussi, j'avais découvert un autre homme. Nous avions connu celui qui ne pouvait croiser la route d'un mendiant sans lui faire l'aumône, celui dont les portraits débordaient d'une immense empathie, si différente des autres facettes de sa personnalité.

Il se montrait toujours bon et gentil avec moi, parce qu'il éprouvait de l'affection à mon égard, et peut-être davantage, du moins l'espérais-je. Mais je n'ignorais pas qu'il avait aussi besoin de moi pour prendre soin de Titus. N'importe qui aurait pu entretenir la maison, mais le lien que j'avais tissé avec son fils me rendait irremplaçable.

Il avait pris l'habitude de rembourser en tableaux et en estampes ceux à qui il devait de l'argent, quitte à leur promettre des œuvres qu'il n'avait pas encore commencées et dont il ne cessait de reporter la réalisation par manque de temps. Parfois, je me désespérais de le voir revenir d'une vente aux enchères les bras chargés de curiosités, alors que le bureau débordait de créances impayées. Mais je n'y pouvais rien, ce n'étaient pas mes affaires.

Je dormais toujours dans le lit-clos de la cuisine, même si j'aurais pu aussi bien rester dans la pièce à vivre, étant donné la fréquence à laquelle je partageais sa couche. Cependant, notre relation est longtemps restée secrète vis-à-vis du monde extérieur. Le concubinage était interdit par la loi, passible d'une lourde amende et, en cas de récidive, de bannissement. Si les fidèles de l'Église réformée savaient risquer l'exclusion, Rembrandt, n'appartenant à aucune communauté, se souciait peu du sujet. « Je vis comme ça me chante », disait-il volontiers.

En tout cas, jusque-là, le consistoire protestant m'avait laissée en paix. En l'absence de preuve de péché, il ne pouvait rien m'arriver.

Un jour, Rembrandt me demanderait en mariage, j'en étais convaincue. Il attendrait sans doute un an après la mort de Saskia, par convenance. Jusque-là, il resterait aux yeux du monde le maître Van Rijn, et moi, la gouvernante de Titus.

Hiskia est venue nous rendre visite. Elle avait annoncé par lettre qu'elle devait passer quelques jours à Amsterdam fin avril et qu'elle aimerait profiter de l'occasion pour voir sa famille. Le frère de son mari défunt, qui vivait en ville, l'hébergerait. Elle se déclarait impatiente de voir Titus. L'hiver long et rude l'avait quelque peu découragée d'entreprendre le voyage depuis la Frise, tout au nord du pays, et elle imaginait que son neveu avait bien grandi depuis la dernière fois qu'elle l'avait vu.

« Dieu merci, elle n'a pas demandé à loger ici, a commenté Rembrandt en posant la lettre sur la table. C'est quelqu'un de bien, et elle a fait énormément pour Saskia, mais elle a la fâcheuse manie de se mêler de ce qui ne la regarde pas.

— Saskia était-elle du même avis ? ai-je demandé.

— Disons qu'elle était habituée. Orpheline à l'âge de douze ans, elle a grandi chez Hiskia et Gerrit. Elle les considérait comme ses parents de substitution, Gerrit était d'ailleurs son tuteur. Même après son mariage avec moi, ils ont continué à la traiter comme une enfant et à se mêler de nos affaires. Heureusement qu'ils habitent en Frise, sans quoi on les aurait vus tous les jours ici.

— De quoi se mêlaient-ils exactement ?

— De nos dépenses. À leur avis, nous vivions au-dessus de nos moyens, nous dépensions trop d'argent dans un train de vie luxueux. »

Hiskia et Gerrit n'avaient sans doute pas tort, pensée que j'ai gardée pour moi. Je me suis contentée de hocher la tête en signe de compréhension.

Je ne savais pas au juste quoi penser de Hiskia. À quarante ans, elle paraissait beaucoup plus, notamment à cause de son air maussade. Elle avait beau être riche, la vie ne lui avait pas fait de cadeaux. Ses parents étaient décédés alors qu'elle n'avait qu'une vingtaine d'années et il ne lui restait plus qu'un frère et une sœur de la famille nombreuse dont elle était issue. La disparition de Saskia, en particulier, lui avait causé un chagrin immense. Le deuil qu'elle portait en elle se devinait clairement à la courbure de son dos, à ses épaules tombantes et à son regard morne.

Pourtant, je n'ai ressenti aucune compassion en me

retrouvant face à elle, d'abord à cause du regard scrutateur et méfiant dont elle m'a gratifiée. De plus, elle ne m'a pas saluée, elle s'est contentée de me toiser. Je n'ai pas fait de révérence, mais j'ai soutenu son regard, réjouie d'être aussi grande qu'elle.

Titus, qui me tenait la main, a enfoui son visage dans ma cotte lorsque sa tante s'est penchée vers lui et a fait mine de l'embrasser.

« Il est un peu sauvage, comme tous les enfants de son âge », ai-je dit.

Hiskia a répondu sèchement : « Je sais, j'ai des enfants. »

J'ai haussé les épaules. Titus dans les bras, je suis allée à la cuisine, laissant Rembrandt, qui venait justement d'entrer dans la pièce, s'occuper de sa belle-sœur.

Bientôt il est venu chercher Titus pour qu'il passe un moment avec sa tante. J'ai choisi de rester dans la cuisine tandis que Rembrandt discutait avec elle dans la pièce à vivre. Neeltje leur a apporté à manger et à boire.

« De quoi ils parlent ? lui ai-je demandé à son retour.

— Du testament de Saskia. Et de toi.

— De moi ?

— Madame a entendu les rumeurs qui circulent en ville au sujet de ta relation avec maître Van Rijn. Elle lui a demandé ce qu'il en était.

— Et… sa réponse ? » Neeltje m'a fixée d'un regard lourd de sens.

« Il a décrété que ces bruits ne la regardaient pas. »

J'ai froncé les sourcils, car Rembrandt venait en quelque sorte de confirmer les rumeurs.

« Je ne sais pas si tout le monde croit à ces ragots, a repris Neeltje. Tout le monde sait à quel point le maître aimait madame Saskia. La plupart ne prennent pas au sérieux les racontars. »

Pour ma part, je savais exactement ce que pensaient Hiskia et les autres : qu'un homme fort et vigoureux de trente-sept ans profiterait de tout ce qu'une jeune gouvernante était prête à lui offrir. Ce n'était pas une relation amoureuse, mais un désir charnel. Personne n'y attachait de véritable sens.

Hiskia sans doute pas davantage. Mais elle tenait tout de même à vérifier, à l'étage supérieur, si une autre femme avait oui ou non pris la place de sa sœur cadette.

À mon grand soulagement, je ne l'ai plus croisée de la journée. Elle est partie bien avant le repas et, le soir, j'étais à table comme d'habitude en compagnie de Rembrandt et Neeltje. Pour le peintre, c'était un signe d'orgueil de faire manger le personnel et les domestiques dans une autre pièce, « à la manière des régents ». Quand Saskia était encore en vie, la servante de l'époque, puis Neeltje avaient toujours partagé les repas avec les maîtres.

Autant j'appréciais cette attention, autant, ce soir-là, j'aurais préféré manger seule avec Rembrandt, car je brûlais d'envie d'aborder la visite de Hiskia.

Neeltje, intelligente comme elle l'était, l'a vite compris et a quitté la pièce, son assiette à peine finie. À ma grande déception, Rembrandt était d'humeur taciturne. « Je lui ai assuré qu'il n'y avait pas de problème », s'est-il contenté de dire, coupant court à la discussion que j'espérais.

13

Ainsi passèrent les semaines. Le mois de juin est arrivé. Plus l'anniversaire de la mort de Saskia approchait, plus Rembrandt se repliait sur lui-même. Sans ressource pour le sortir de son abattement, je le laissais en paix. Le deuil requiert du temps.

Mais ce qui m'inquiétait, c'est qu'il ne m'invitait plus à le rejoindre dans son lit-clos et me consacrait beaucoup moins d'attention. Il sortait tous les jours hors des murs de la ville et s'absentait pendant des heures. Lorsqu'il revenait, il sentait l'herbe fraîchement coupée et l'air de la campagne. Il gardait le silence mais semblait moins maussade.

Fin juillet, il m'a annoncé : « Nous partons quelques jours. »

Les bras chargés de linge repassé, je l'ai regardé avec étonnement.

« Où allons-nous ?

— Là où il te plaira. Hoorn ? Edam ? Y a-t-il là-bas des gens que tu aimerais revoir ? »

J'étais littéralement folle de joie qu'il me propose de partir quelques jours avec lui, mais je n'ai pas choisi Hoorn ou Edam. Après la mort de mon père, ma mère avait déménagé à Ransdorp pour se rapprocher de

Pieter et de sa famille. Et d'Amsterdam, aussi. Elle espérait sûrement que je lui rende visite un jour, mais l'occasion ne s'était pas encore présentée. J'avais envie d'aller à Ransdorp.

« Ce n'est pas loin, tant mieux pour Titus. Nous pourrions faire l'aller-retour dans la journée, au besoin. À condition de partir tôt le matin…

— Nous logerons sur place. J'imagine que le village comporte une auberge ? Va préparer tes affaires, nous partons demain. »

Quelle mouche l'avait piqué ? Pourquoi ce changement d'humeur ? J'ai décidé de ne pas m'éterniser sur la question pour ne pas me gâcher la fête : j'étais si heureuse de cette escapade, bien plus importante pour moi que le simple dépaysement, puisque c'était la première fois que Rembrandt et moi allions nous afficher ensemble en public. Ce voyage avait donc des allures d'officialisation. Une année s'était écoulée depuis la mort de Saskia et, même si le maître pleurait encore sa disparition, il se préparait aussi à une nouvelle vie.

Il allait me demander en mariage !

Penchée sur les paniers que j'avais posés dans le lit-clos pour pouvoir y ranger plus facilement nos vêtements, je me suis redressée. J'en avais des frissons. Était-ce possible, était-ce vraiment là son intention ?

Je parcourais des yeux la pièce à vivre, considérant la magnifique cheminée aux lions de grès, la table en bois d'ébène, les chaises tendues de velours vert de bonne facture et, plus loin, l'armoire à linge et les vitraux, qui tamisaient la lumière naturelle en une mosaïque bigarrée reflétée sur le sol. C'était ma maison. Dès le premier jour où j'avais rencontré Rembrandt et appris que sa femme n'en avait plus pour longtemps à vivre, j'avais su que cet endroit m'était destiné. Quelques mois plus tard, je nourrissais l'espoir secret de devenir la maîtresse des lieux. Ce serait bientôt officiel. J'ai souri et me suis remise à préparer les bagages en fredonnant.

Rembrandt a profité du paysage pendant toute la durée du voyage : les eaux du canal, les digues qui zigzaguent au milieu des prés veinés de vert, les barges, gambettes et autres oiseaux limicoles tournoyant autour des étangs et des zones vasières. Son enthousiasme est encore monté d'un cran lorsque Ransdorp est apparu au loin.

« Je comprends maintenant pourquoi on appelle cette région le Waterland, le pays de l'eau, a-t-il déclaré. Magnifique, et juste à côté de chez nous. Merci, Geertje. Il ne m'était encore jamais venu à l'idée de venir jusqu'ici. »

Au village, Rembrandt a contemplé les maisons de bois, peintes en vert foncé et en blanc crème, les petits ponts basculants, les canaux couverts de lentilles d'eau et de cygnes, et, partout, ce vert décliné dans toutes ses nuances.

Titus était moins joyeux. Il avait eu un peu mal au cœur sur le bateau et n'avait pas réussi à dormir, ce qui le rendait grognon.

« Il faudrait qu'il dorme une petite heure, ai-je dit en essayant de le distraire avec un morceau de biscuit. Mais je crains qu'il n'y ait trop d'agitation chez mon frère, avec ses cinq enfants. »

En entendant le mot « dormir », Titus, malgré sa fatigue, s'est mis à hurler qu'il ne voulait pas aller au lit.

Rembrandt a essayé de le calmer.

« Je pars à l'auberge avec lui. Va voir ta famille, nous te rejoindrons plus tard.

— Tu es sûr ? Tu ne préfères pas que je reste avec vous ?

— Voilà si longtemps que tu ne l'as pas vue. Vas-y, nous nous en sortirons très bien ! »

Je l'espérais, bien qu'il n'ait encore jamais lui-même couché son fils. Mais je n'ai pas protesté, j'avais trop envie de voir mon frère et surtout ma mère.

Avant que Rembrandt entre dans l'auberge avec nos bagages et Titus, je lui ai expliqué la route à suivre pour arriver chez mon frère. Puis j'ai tourné les talons et pressé le pas à travers le village.

Pieter et Marij habitaient un peu en dehors de Ransdorp, au bord d'une rivière appelée la Gouw. Après une bonne marche, j'ai enfin aperçu leur maison en bois et son toit de chaume un rien fatigué. Ce n'était pas une ferme à proprement parler, mais ils avaient des chèvres, des poules et un cochon. Un groupe d'enfants gambadait sur le terrain boueux devant la maison. Tous se sont figés en me voyant.

J'ai crié leur nom et ils se sont avancés timidement vers moi pour me saluer. Marij est apparue à la porte, d'abord un peu méfiante, puis elle m'a reconnue et s'est précipitée à ma rencontre.

« Geertje ! »

Elle m'a enlacée et embrassée sur la joue.

« Comment es-tu venue ici ?

— J'ai pris le bateau ! ai-je dit en souriant.

— Il y avait si longtemps ! Tu as bonne mine, a-t-elle constaté en hochant la tête. Pieter va être drôlement surpris.

— Et maman aussi, j'imagine ! Comment va-t-elle ?

— Elle n'est plus toute jeune, mais elle va bien. Je vais la chercher. Ah, tiens, quand on parle du loup ! »

J'ai levé les yeux vers la maison et j'ai senti mon

cœur faire un bond à la vue de cette vieille dame qui avançait en traînant les pieds.

Mon père et ma mère nous avaient eus relativement tard, mon frère et moi. De plus, depuis notre dernière rencontre, quelques années avaient passé, mais je ne pensais pas que le temps se montrerait aussi implacable.

« Maman… », ai-je dit en m'avançant vers elle, puis je l'ai enlacée prudemment. Moi qui jadis disparaissais littéralement dans ses deux bras puissants contre sa poitrine généreuse, je ne sentais à présent que des os.

« Geertje, ma fille ! Mais que fais-tu ici ? »

Elle me tenait serrée comme si elle craignait que je ne sois qu'une apparition, qui s'évaporerait aussi vite qu'elle était apparue.

« C'est une surprise, ai-je dit. Quel plaisir de te revoir, maman ! Comment vas-tu ? »

Tout en parlant, nous sommes allées nous asseoir sur les chaises en osier que Marij et son fils aîné Dirck avaient sorties et installées au soleil. Johanna, la fille de Marij, a apporté un cruchon de bière et quelques gobelets, qu'elle a distribués et remplis à ras bord.

« Va chercher ton père, a demandé Marij. Dis-lui que Geertje est ici. »

Johanna est partie à toutes jambes sur ses sabots, suivie de ses deux frères cadets.

« Comment allez-vous ? ai-je demandé. Vous avez l'air en forme, en tout cas. Les enfants ont bien grandi ! »

Marij a suivi sa progéniture du regard en souriant.

« On n'a pas à se plaindre, en effet. Nous avons eu la chance de garder la plupart de nos enfants, Dieu soit loué. Et toi, Geertje ? Tu travailles toujours chez ce peintre ?

— Oui. Il m'a d'ailleurs accompagnée, il nous rejoindra plus tard. »

Je me suis tournée vers ma mère et j'ai changé de sujet en attendant de leur donner l'explication à tous en même temps, en présence de Pieter. Nous avons parlé de la mort soudaine de mon père, de la décision difficile de ma mère de quitter Edam pour venir s'installer à Ransdorp.

« Ma sœur et le reste de ma famille me manquent, mais c'est mieux ainsi, a-t-elle dit. J'ai une belle maisonnette au village, Pieter et Marij sont aux petits soins avec moi, et je suis auprès de mes petits-enfants. C'est une grande chance. J'ai souvent imploré Dieu pour qu'Il t'envoie ici un jour et voilà mon vœu exaucé ! Depuis combien de temps ne nous sommes-nous pas vues, toi et moi, Geertje ? »

Mon dernier passage à Hoorn remontait à quelques années. Longtemps, elle avait raison.

« Je travaillais, maman. Je n'avais pas le temps de parcourir le pays.

— Je le sais, Geertje, ce n'est pas un reproche. »

Elle a posé sa main ridée sur la mienne et l'a tapotée doucement.

« Je suis heureuse que tu sois là. Tu comptes rester quelques jours ? »

Un cri a retenti au loin : mon frère arrivait à grandes enjambées. Les enfants devaient courir pour le suivre. Je suis allée à sa rencontre. Il m'a prise dans ses bras, mes pieds ont quitté le sol.

« Geertje ! Quelle bonne surprise ! » Avec un large sourire, il m'a reposée par terre et a placé ses deux mains sur mes épaules.

« Pourquoi ne pas nous avoir informés de ta venue ? Tu as de la chance, je pars après-demain.

— Où ça ?

— En Orient.

— Mais c'est à l'autre bout du monde ! »

Il a hoché la tête.

« Tu aimes la vie en mer ?

— Que veux-tu, il faut bien faire quelque chose. Le travail à quai se fait rare, alors qu'on cherche beaucoup d'artisans prêts à embarquer. Je n'aime pas laisser Marij et les enfants pendant des semaines, mais d'un autre côté je suis bien payé.

— C'est ce qui compte », ai-je confirmé et nous sommes allés nous asseoir. Nous avons continué à discuter, nous avons ri. Pieter a pris des nouvelles de mon travail à Amsterdam.

« Tout va bien, ai-je dit. Je m'y plais beaucoup, Rembrandt Van Rijn est un bon employeur. »

Un ange est passé. Il m'a semblé qu'ils étaient un peu mal à l'aise, Pieter me fixait.

« J'espère que ça s'arrête là, a-t-il ajouté.

— C'est-à-dire ?

— J'espère que ça s'arrête là, a-t-il répété. Les gens parlent, des rumeurs circulent à votre sujet.

— Des rumeurs ? Ici, à Ransdorp ?

— Oui, bien sûr. La moitié des villageois se rend presque tous les jours à Amsterdam pour le travail et Rembrandt Van Rijn est un homme très connu. »

Ses yeux ne me quittaient pas. Il a repris :

« Dis-moi qu'il s'agit de racontars, Geertje, dis-moi que ces rumeurs sont fausses.

— J'ignore ce que tu as entendu dire exactement…

— Que tu couches avec le maître, a assené Marij, qui n'était pas le genre de femme à tourner autour du pot. Depuis que ces rumeurs ont commencé à se propager, Pieter dort mal. Il a pensé plusieurs fois à se rendre à Amsterdam pour te poser la question. »

Plusieurs réponses possibles se sont bousculées dans ma tête, de l'aveu au démenti, en passant par toutes les variantes intermédiaires. Puis j'ai pris conscience que Rembrandt allait arriver avec Titus d'une minute à l'autre et qu'il ne servait à rien de nier l'évidence.

« C'est vrai, ai-je avoué, mais ce n'est pas ce que tu crois, Pieter. Nous avons attendu un an, par respect pour Saskia, et nous nous marierons bientôt.

— Il t'a déjà fait sa demande ? » Pieter s'était penché vers moi.

« Pas encore, mais elle ne saurait tarder. Je sais qu'elle viendra tôt ou tard, je le sens.

— Tu le sens ?

— Il m'aime, il me l'a dit. »

Cette dernière affirmation n'était pas rigoureusement exacte, mais Pieter n'avait pas à le savoir. Le regard glacial de mon frère accentuait le malaise que je sentais grandir en moi. C'était comme s'il était devenu, d'un instant à l'autre, un étranger dont je devais me méfier.

« Rembrandt Van Rijn ne se mariera pas avec toi, Geertje. Lorsque je suis passé chez vous, il m'a révélé qu'il ne pouvait pas se remarier. Sa femme l'a fait écrire noir sur blanc dans son testament : si Rembrandt se remarie, tous ses biens devront être restitués à la famille de Saskia. Tu crois vraiment qu'il a l'intention de laisser faire ça ? »

J'étais pétrifiée.

« Il a vraiment dit ça ?

— Tu ne penses quand même pas que j'inventerais une chose pareille ? »

Je n'arrivais pas à en croire mes oreilles.

« Mais pourquoi t'a-t-il parlé, à toi ? Et pourquoi à moi il n'a rien dit ?

— Je n'en sais rien. Peut-être avait-il peur que tu ne le quittes. En fait, il avait un peu bu quand il m'a parlé. Tu étais dans la cuisine à ce moment-là. »

Je n'arrivais pas à croire ce que j'entendais. Et pourtant, je savais qu'il disait la vérité. Pieter n'avait aucune raison d'inventer une chose pareille. Sous le choc, je restais immobile, le regard perdu dans le néant.

« Et par ailleurs, qu'il ait ou non l'intention de te demander en mariage ne change rien au problème, a poursuivi Pieter d'un ton étrangement froid. Vous vivez comme mari et femme, en dehors du sacrement du mariage. Tu n'es rien d'autre qu'une putain. »

Il m'a craché ce dernier mot à la figure avec une telle rage contenue que mon corps tout entier s'est raidi. Bouche bée, incrédule, je cherchais sur son visage le signe qu'il ne pensait pas ce qu'il venait de dire, mais j'y lisais tout le contraire.

Un silence pesant s'est installé. Même les enfants se sont tus. Marij fixait des yeux les bouts usés de ses sabots et ma mère évitait mon regard.

Finalement Pieter a rompu le silence. Son visage s'est teinté d'émotion.

« Nous sommes des gens modestes, sans prétention, mais nous avons reçu une bonne éducation, conforme aux principes de l'Église réformée. Nous savons distinguer le bien du mal. Notre père aurait réagi de la même façon et, en tant que chef de famille, c'est aussi en son nom que je m'exprime. Si tu n'abandonnes pas ta vie de pécheresse, tu ne seras plus la bienvenue dans cette maison. »

Je me suis levée, Pieter m'a imitée. Mais au lieu de

baisser les yeux, comme il l'espérait peut-être, je l'ai gratifié d'un regard furieux.

« Mon père ne m'aurait jamais mise à la porte de chez moi, ai-je dit. Nous aurions eu une discussion et il aurait essayé de me faire changer d'avis. Et surtout, jamais il ne m'aurait traitée de putain en présence de ma famille. Si tu ne retires pas ce que tu as dit, c'est moi qui refuserai de remettre les pieds ici. Et je ne te considérerai plus comme mon frère. »

Nous étions face à face. Pieter me dépassait d'une tête. Nous nous étions déjà retrouvés en pareille situation dans notre jeunesse, sauf qu'à l'époque nos disputes portaient sur des motifs bien plus futiles. Mais la détermination qui se peignait sur nos visages et le ton glacial de nos voix n'avaient pas changé. Jadis, la rage finissait toujours par retomber, la réconciliation suivait. Mais cette fois, je craignais que l'issue ne soit différente. J'en ai eu la certitude quand Pieter a posé les mains sur ses hanches.

« Hors de ma vue », a-t-il prononcé.

En silence j'ai tourné les talons et j'ai quitté les lieux. Sans me retourner, je me suis engagée sur le chemin qui conduisait au village. Personne n'a tenté de me rattraper.

14

Mes larmes ont coulé sur tout le chemin du retour. En l'espace d'un instant, j'avais perdu non seulement mes rêves, mais aussi ma famille. Je n'en voulais pas à ma mère de ne pas avoir pris ma défense. Elle était âgée et dépendait financièrement de Pieter. Qu'aurais-je pu lui offrir si elle avait choisi mon camp ? En revanche, je ne m'attendais pas que Pieter se montre aussi impitoyable.

Et Rembrandt ? Était-ce vrai ? M'avait-il sciemment dissimulé le contenu du testament de Saskia ? Peut-être n'avait-il pas l'intention de laisser ce document contrecarrer ses projets et déciderait-il tout de même de me demander en mariage ?

Une lueur d'espoir s'est ravivée en moi. J'ai séché mes larmes, bifurqué dans la Dorpsstraat et pressé le pas vers l'auberge. L'aubergiste m'a indiqué quelle chambre occupait Rembrandt et je suis montée.

Quand j'ai ouvert la porte, Titus dormait à poings fermés. Le peintre, installé dans un fauteuil, dessinait, un gobelet de bière posé sur la table basse à côté de lui. Il m'a regardée avec surprise : « Déjà de retour ? »

Enfin, il a vu les traces de larmes sur mes joues et s'est levé d'un bond.

« Que se passe-t-il ? Il est arrivé quelque chose ? »

Je me suis effondrée sur le bord du lit où dormait Titus et de nouveau j'ai fondu en larmes. Rembrandt s'est assis à côté de moi, un bras autour de mes épaules. Je me suis appuyée contre lui et, entre deux sanglots, je lui ai tout raconté.

« Vraiment ? a dit Rembrandt en secouant la tête. Ne te préoccupe pas de ce qu'il pense. Nous vivons comme bon nous semble, nous n'avons de leçons à recevoir de personne. »

Il m'a embrassée de ses lèvres douces et chaudes. Je me suis écartée de lui, mes yeux dans les siens. Son visage était tout proche, avec son nez puissant et sa mâchoire carrée, à moitié couverte par sa barbe bouclée.

« Est-ce vrai ? Le testament de Saskia t'interdit de te remarier ? »

Il a poussé un profond soupir.

« Oui, c'est exact. Si je me remarie, je devrai léguer à Titus la moitié de l'héritage de Saskia, alors que je peux en disposer à ma guise si je reste seul.

— Mais pourquoi a-t-elle rédigé un pareil testament ? Voulait-elle t'empêcher d'être de nouveau heureux ?

— Ce genre de disposition n'est pas inhabituel, surtout chez les gens fortunés. Saskia vient d'une famille aisée et, comme tu le sais, ses parents et la plupart de ses frères et sœurs sont morts. Elle voulait s'assurer que ce soit bien Titus qui hérite de l'argenterie et des bijoux de sa grand-mère. Si Titus venait à mourir – que Dieu nous en préserve –, sa part reviendrait à la famille de Saskia. À Hiskia et à son frère Edzart, plus exactement. »

Il me fallut quelques instants pour prendre la pleine mesure de ces paroles.

« Donc tu ne pourras jamais te remarier ? Tu es condamné à rester seul toute ta vie ?

— Ta première conclusion est exacte, mais pas la deuxième. Du moins, je l'espère... »

Il m'a attirée vers lui et m'a embrassée, d'abord avec douceur, puis de façon plus intense, presque désespérée. « Ne me quitte pas », disait ce baiser, et j'y ai répondu avec le même désespoir. Soudain, Rembrandt a relâché son étreinte.

« Je veux te donner quelque chose, une chose qui m'est très chère. »

Il a tâté son pourpoint, dans la doublure duquel il avait fait coudre une pochette. J'avais toujours cru qu'il l'utilisait pour y dissimuler de l'argent, même s'il portait aussi une bourse. Il en a sorti un anneau serti de diamants disposés en forme de rose. La bague de Saskia. Je l'avais vue à son doigt jusqu'au jour de sa mort.

« Il y a longtemps, j'ai offert cette bague à Saskia. Elle est à toi, si tu l'acceptes, a dit Rembrandt. Je ne peux pas t'épouser, mais cette bague signifie que je te considère comme ma femme, que je t'aime et que je te promets fidélité. Aux yeux de l'Église, nous vivrons dans le péché. Moi, je n'en ai cure. Mais peut-être ne partages-tu pas ma position. Tu as constaté par toi-même la réaction de ton frère, d'autres nous condamneront. C'est pourquoi je voudrais que tu réfléchisses bien à ce que je vais te demander. Veux-tu vivre à mes côtés, comme si tu étais ma femme, même si notre union n'est pas officielle ? Acceptes-tu de porter cette bague, Geertje ? »

Je ne respirais plus. Désemparée, j'ai regardé le bijou, puis l'homme, qui me fixait avec gravité et, semblait-il, sincérité.

« J'ai conscience que je t'en demande beaucoup », a-t-il ajouté. Il devenait soudain nerveux. « Mon attitude est sans doute cavalière et égoïste, mais je...

— Oui, ai-je coupé. Oui, je veux partager ta vie

comme si nous étions mari et femme. C'est un honneur immense de porter la bague de Saskia et tu peux compter sur moi pour en prendre soin. »

Rembrandt a levé l'anneau à la hauteur de ses yeux et l'a observé quelques secondes. Son visage s'est assombri, puis il m'a souri.

« Tends ta main. »

J'ai obéi et le peintre a glissé l'anneau le long de mon doigt.

Nous sommes rentrés à Amsterdam reprendre notre vie, mais tout était différent. Les jours semblaient plus légers, la maison plus chaleureuse, comme si elle m'accueillait avec joie. Pourtant, la déception durait, et la certitude qu'il n'y aurait rien d'autre. Rembrandt m'avait gratifiée d'un magnifique geste d'amour, qui restait un prix de consolation.

Le jour qui a suivi notre retour à la maison, il m'a offert aussi les autres bijoux de Saskia : un bracelet en or, des perles, d'autres bagues et un collier. La bague à la rose étant trop précieuse pour être portée tous les jours, je l'ai remplacée par un anneau en or. Quand nous sortions, Rembrandt et moi, nous promener en ville le dimanche ou rendre visite à des amis, je choisissais des bijoux plus somptueux.

Beaucoup de gens les reconnaissaient, surtout les femmes, et très vite mon nouveau statut est devenu l'un des sujets favoris des cercles des régents. Pendant notre promenade dominicale, je sentais des regards brûlants se poser sur moi.

Fin décembre, en revenant d'un tour sur la grande place du Dam, Rembrandt, Titus, Neeltje et moi sommes passés devant l'église de Zuiderkerk au moment où le culte se terminait. Rembrandt a traversé la place pour aller saluer Jan Six et la mère de celui-ci.

Un peu en retrait, je l'ai suivi avec Neeltje et Titus. Jan m'a saluée d'une révérence courtoise, mais sa mère n'a pas daigné m'adresser un regard. Un petit groupe élégamment vêtu qui passait à côté de nous m'a toisée avec mépris. L'une des femmes a dit : « Fût-il vêtu de pourpre, le singe est toujours singe ! » et tous ont éclaté de rire. Neeltje s'est tournée vers moi, inquiète, mais j'ai fait mine de n'avoir rien entendu. Aussi calme et sûre de moi que possible, j'ai continué à observer l'effervescence sur la grande place.

« On dirait que tous ces gens n'ont d'yeux que pour moi, ai-je dit à Neeltje. Pourtant, ils devraient s'être habitués, non ?

— Je crains qu'il n'en soit toujours ainsi, aussi longtemps que vous ne serez pas mariés. »

Neeltje s'est rapprochée de moi, comme si elle voulait faire écran pour me protéger. Sa solidarité me touchait. Je pouvais compter mes soutiens sur les doigts d'une seule main et, dans l'absolu, je comprenais pourquoi. Notre mode de vie était répréhensible, mais les autorités de la ville fermaient les yeux. Le consistoire protestant se montrait toutefois plus sévère : il avait déjà menacé à plusieurs reprises de nous interdire l'accès au repas d'après culte et, si nous ne cédions pas, de nous exclure de la communauté. Depuis la mort de Saskia, Rembrandt n'allait de toute façon plus à l'église, et j'avais suivi son exemple. Toutefois, l'idée de me voir exclue de la communauté ne m'enchantait pas. J'espérais que les choses n'iraient pas aussi loin.

« Regardez qui voilà ! Le maître Van Rijn en personne ! » s'est soudain écriée une voix enjouée.

Nous nous sommes retournés. Une femme aux

vêtements de bonne coupe se dirigeait vers nous, suivie à quelques pas d'une servante.

« Qui est-ce ? ai-je murmuré à Neeltje, car je ne me souvenais pas d'avoir déjà vu cette femme auparavant.

— Si je ne m'abuse, c'est madame Oopjen Coppit, une vieille amie de maître Van Rijn. Je croyais qu'elle habitait à Naarden. »

La femme a salué Jan et Anna Six, puis a entamé une conversation des plus animée avec Rembrandt, qui semblait très heureux de cette rencontre. À un moment, elle m'a regardée en toussotant, et Rembrandt s'est alors empressé de faire les présentations.

« Geertje, je te présente Oopjen Coppit, une amie de longue date. Oopjen, je te présente Geertje, ma compagne. »

Oopjen m'a souri. Elle portait une robe de soie noire d'une simplicité trompeuse, et sa chevelure frisée ne restait pas en place sous sa coiffe en dentelle de Flandre.

« Quel plaisir de faire ta connaissance, Geertje ! J'ai entendu dire, en effet, que Rembrandt avait eu la chance de retomber amoureux. »

Son ton était cordial, sans aucun signe d'arrière-pensée.

« Neeltje m'a appris que vous habitez à Naarden », ai-je dit. Bien qu'elle m'ait tutoyée sans hésitation, j'avais pour ma part du mal à me comporter avec une telle familiarité vis-à-vis de personnes de plus haut rang social.

« J'y ai habité autrefois, mais je suis revenue à Amsterdam avec mon fils. »

Oopjen toucha le bras de Rembrandt du bout de son éventail. « Viens donc dîner un jour à la maison avec Geertje. Tu pourras revoir mon fils, et par la même occasion faire la connaissance de mon nouvel époux.

— Ce sera avec grand plaisir », a répondu Rembrandt.

J'ai su à sa voix qu'il était sincère. Sur le chemin

du retour, je lui ai demandé comment il avait fait la connaissance d'Oopjen Coppit.

« J'étais un ami proche de son premier mari, Marten Soolmans, a-t-il expliqué. Nous nous sommes connus quand nous avions quinze ans. Originaire d'Amsterdam, il était venu étudier à Leyde. Nous étions presque voisins : j'habitais dans la Weddesteeg et lui sur le Rapenburg. Quelques minutes de marche séparaient nos deux maisons. Nous nous sommes rencontrés dans une taverne du quartier, Les Trois Harengs. Marten était le genre de garçon populaire que tout le monde veut avoir pour ami et, pour une raison que j'ignore, il s'est intéressé à moi. Nous sommes toujours restés proches, même lorsque j'ai déménagé à Amsterdam. Quelques années plus tard, il s'est marié avec Oopjen et l'a rejointe ici. Et devine quoi ? a-t-il demandé.

— Ils se sont installés dans ton quartier ?

— Exactement ! Il habitait encore plus près de moi, dans la Nieuwe Hoogstraat. À l'époque, je travaillais à l'atelier de Hendrick Uylenburgh, le cousin de Saskia. J'avais déjà reçu quelques commandes importantes, mais c'est grâce à la commande de Marten que j'ai pu entrer en relation avec des donneurs d'ordre de la haute société. Il voulait deux tableaux à peu près grandeur nature d'Oopjen et de lui debout. J'y ai travaillé presque jour et nuit, avec toute mon âme. Marten et Oopjen sont régulièrement venus poser quand j'en avais besoin, puis ils ont continué à me rendre visite pour suivre l'avancement du travail. Ils se présentaient le plus souvent en fin de journée, et nous ouvrions une bouteille de vin. Je garde de bons souvenirs de cette époque. »

Sa voix s'est teintée de tristesse. J'ai posé la main sur son bras.

« Ils ont donc bien connu Saskia. Que nous soyons ensemble ne risque-t-il pas de la mettre mal à l'aise ?

— Je ne crois pas. Marten est décédé un an avant la mort de Saskia, et Oopjen s'est elle-même remariée depuis.

— Tu as perdu ton ami d'enfance. Quelle tragédie ! ai-je constaté.

— En effet, pauvre Marten. Il n'avait que vingt-huit ans. Oopjen et lui vivaient à Naarden, nous nous voyions donc plus rarement, mais je n'en ai pas moins été très affecté lorsque j'ai appris la nouvelle. Après sa mort, Oopjen et leur fils Jan sont restés quelque temps à Naarden, mais elle a décidé de retourner à Amsterdam. »

Rembrandt a marqué une pause, les yeux dans le vide. Il a repris : « Quel âge peut bien avoir ce garçon à présent ? Une dizaine d'années ? La dernière fois que je l'ai vu, il portait encore une robe et s'amusait à faire des bulles de savon.

— Tu crois qu'Oopjen était sincère lorsqu'elle nous a invités à dîner ? Je serai vraiment la bienvenue ? »

Rembrandt m'a pris la main qui était encore posée sur son bras, et l'a serrée dans la sienne.

« J'en suis absolument certain. »

Oopjen et son deuxième mari, Martijn Daeij, vivaient au bord du Singel, dans une majestueuse maison avec pignon à redents. Début janvier, nous sommes allés chez eux leur présenter nos vœux. Titus, qui nous accompagnait, a été pris en charge à notre arrivée par une servante. Elle n'a pas eu grand-chose à faire. Âgé de sept ans, Jan, le fils issu du premier mariage d'Oopjen, a immédiatement emmené Titus dans la cour pour lui apprendre à jouer aux osselets. Du haut de ses deux ans, Titus était probablement trop jeune pour comprendre, mais pendant que nous discutions autour d'un verre de vin dans la pièce à vivre très chic, nous entendions les voix joyeuses des deux garçons, preuve que Titus s'amusait bien.

J'ignore si cette bonne humeur était communicative ou si Rembrandt était simplement heureux de voir Oopjen, mais il était détendu et jovial. J'avais rarement l'occasion de le voir ainsi, en compagnie d'autres personnes, plaisantant et racontant des anecdotes. Je savourais ce moment, j'étais détendue, moi aussi.

Oopjen était gentille et charmante, et son mari tout autant. À un moment, la conversation s'est concentrée entre les deux hommes, si bien qu'Oopjen et moi nous sommes naturellement tournées l'une vers l'autre pour parler entre femmes.

« Comme ton prénom est joli et original ! ai-je dit. D'où vient-il ?

— De ma grand-mère paternelle. C'est du frison, un diminutif du prénom Opina. Il paraît étrange, surtout à Amsterdam où l'on n'a pas l'habitude de ce genre… d'exotisme ! » Oopjen a ri, je l'ai imitée. « Et toi, Geertje, d'où es-tu ? »

J'ai évoqué mon passé à Edam et à Hoorn. En fait, je n'avais pas l'intention de parler de ma relation avec Rembrandt, mais Oopjen prêtait une oreille si attentive et se montrait si intéressée que spontanément je me suis confiée à elle. Sa réaction m'a confirmé qu'elle était de mon côté.

« Tu sais, Geertje, Amsterdam est peut-être une grande ville, mais en matière de cancans, elle ne vaut pas mieux qu'un village. Les gens parlent sans arrêt, de préférence des autres. Comme s'ils étaient eux-mêmes exempts de tout reproche. Rappelle-toi que tous ont leurs secrets et leurs torts, ces hommes et ces femmes qui te condamnent aujourd'hui. Redresse les épaules et avance la tête haute.

— Je fais de mon mieux, mais je n'y arrive pas toujours. J'admire Rembrandt pour sa facilité à ignorer le regard des autres. »

Oopjen a souri.

« La seule chose qui compte pour lui, c'est son art ! Et un cercle très réduit de personnes à qui il octroie son amitié et son amour. Je n'irai pas jusqu'à dire qu'il est un homme facile à vivre, mais au moins, avec lui, on sait à quoi s'en tenir.

— Oui, il vit comme bon lui semble. Même le consistoire protestant le laisse indifférent. Il estime que l'Église n'a pas à lui dicter la façon dont il doit croire en Dieu.

— Je n'ai aucun mal à l'imaginer dire une chose pareille. Tu devrais suivre son exemple, Geertje. Dieu est le seul à connaître tes intentions véritables et la communauté d'Amsterdam n'a pas à s'immiscer entre Lui et toi. »

Nous parlions librement, car Rembrandt et Martijn s'étaient levés pour admirer un tableau de Rubens, dont Rembrandt était un grand admirateur. J'ai repensé aux tableaux d'Oopjen et de son premier mari que Rembrandt avait dit avoir peints et j'ai demandé à les voir.

« Avec grand plaisir ! Ils sont dans le vestibule », a répondu Oopjen en se levant.

En fait, je les avais déjà aperçus en arrivant. On ne pouvait pas les manquer. Mais je n'avais pas eu le temps de les détailler. Nous nous sommes plantées devant.

Les deux tableaux étaient rien de moins qu'époustouflants. Marten et Oopjen, respectivement âgés de vingt et vingt-deux ans, y étaient représentés en grandeur nature. Marten portait un costume de soie noir garni de nœuds aux pointes argentées et d'une collerette en dentelle. Ses élégants souliers étaient presque entièrement cachés par les énormes rosaces qui y avaient été attachées. D'autres ornementations soulignaient la lisière de ses hauts-de-chausses.

En comparaison, Oopjen aurait presque donné une impression de simplicité, même si les habits de soie qui l'habillaient, la délicatesse de la mousseline mouchetée, du col et des poignets en corolles dentelées, confirmaient sans doute possible la qualité des étoffes. Sa tenue était agrémentée de bijoux et d'accessoires, dont un éventail de plumes d'autruche, des boucles d'oreilles, un collier à quatre rangs de perles et des bagues somptueuses.

La fidélité aux modèles de ces deux œuvres atteignait une perfection incroyable. J'avais le sentiment que j'aurais pu reconnaître d'un coup d'œil le premier mari d'Oopjen si je l'avais croisé dans la rue. Même si les tableaux dataient de dix ans, Oopjen n'avait pas beaucoup changé. Son sourire immortalisé sur la toile était le même qu'aujourd'hui. Un sourire doux et chaleureux, qui inspirait confiance.

« Splendides, n'est-ce pas ? a dit Oopjen d'une voix douce. Chaque fois que je les regarde, je suis éblouie par le talent de Rembrandt. Il était encore si jeune, à l'époque ! Il venait de s'installer comme peintre lorsqu'il a réalisé ces œuvres. »

La robe ample que portait Oopjen m'inspira une question : était-elle enceinte ? Si oui, où était l'enfant à présent ? Il devait être plus âgé que son fils Jan. J'ai préféré éviter le sujet.

« Ton mari n'est pas gêné d'avoir constamment sous les yeux ces souvenirs de ton premier mariage ? ai-je demandé.

— Deux tableaux authentiques de Rembrandt ? Non, pas vraiment ! a-t-elle répondu en riant. Quand nous passons l'été à la campagne dans notre maison de Groenekan, près d'Utrecht, nous les emportons. Nous n'osons pas les laisser ici sans surveillance, j'y tiens énormément, et d'ailleurs ils ont une grande valeur. Plus tard, ils reviendront à mes enfants et à mes petits-enfants. Je suis sûre qu'un jour ils vaudront une fortune. »

Nous avons rejoint les hommes dans la pièce à vivre. La servante avait posé des bouchées à la reine toutes chaudes sur la table. Nous en avons mangé quelques-unes, nous avons bu quelques verres de vin, puis le moment est arrivé de rentrer.

Ils habitaient si près de chez nous que nous étions venus à pied. Nous avons profité du retour pour nous promener à travers la ville. Rembrandt portait Titus, qui s'était endormi sur son épaule. Je lui disais combien j'avais apprécié Oopjen.

« Elle est si gentille ! Elle me traite d'égale à égale et jamais je n'ai eu l'impression qu'elle portait le moindre jugement sur notre relation.

— Elle connaît le mal que peuvent faire les médisances et les ragots. »

Je lui ai jeté un regard de côté.

« Qu'est-ce que tu entends par là ?

— Oopjen a eu son lot. Elle attendait un enfant lorsqu'elle s'est mariée pour la première fois, avec Marten Soolmans. C'est pour cette raison qu'ils ont déménagé à Naarden, pour fuir les regards désapprobateurs. Elle n'avait pas imaginé l'ampleur des reproches qui l'assailliraient une fois que je l'aurais représentée enceinte. Elle est bien placée pour comprendre ta situation. »

15

Les paroles d'Oopjen m'avaient incitée à réfléchir. Elle avait raison, nous étions tous pécheurs, et les régents et les riches marchands qui s'asseyaient au premier rang de l'église le dimanche ne valaient pas mieux que les autres, tant s'en fallait. Cette pensée m'a mis du baume au cœur. Ma confiance est remontée d'un cran lorsque Rembrandt m'a expliqué ce que j'ignorais : une grande partie de la fortune qui avait servi à bâtir les majestueuses maisons longeant les canaux dans le quartier du Grachtengordel provenait du commerce des esclaves.

« C'est la poule aux œufs d'or, tous les notables de la ville en tirent profit. Les Bicker, les Six, les Bartolotti, tous. Et pourtant la Bible interdit la traite des êtres humains. Alors, qu'ils ne viennent pas jouer les donneurs de leçons ! »

À partir de là, je me suis de moins en moins souciée du regard des autres et j'ai réussi à profiter davantage de ma vie avec Rembrandt, Titus, Neeltje et notre petit cercle d'amis, qui se composait d'Oopjen et de Martijn, et de quelques autres personnes passionnées de peinture comme Rembrandt. Jan Six venait régulièrement à la maison, tout comme l'ami de jeunesse de

Rembrandt, Jan Lievens, qui venait d'emménager en ville. C'était un homme enjoué aux cheveux foncés, rebelles, qu'il tentait de discipliner sous un chapeau marron à bord souple.

La première fois que je l'ai rencontré, Rembrandt et lui ne s'étaient pas vus depuis des années. Les deux hommes ont échangé une franche et longue accolade. Rembrandt m'a crié d'apporter une bonne bouteille de vin. Il m'a expliqué que Jan et lui avaient été bons amis quand ils vivaient tous deux à Leyde. Ils avaient d'ailleurs suivi un apprentissage chez le même maître, Pieter Lastman.

« Nous posions l'un pour l'autre, a dit Jan en riant. Personne n'a accumulé autant de portraits de Rembrandt que moi !

— Exact ! Dommage que tu m'aies abandonné pour partir à Londres. Raconte-nous, comment était-ce, là-bas ? »

J'ai tourné autour des deux hommes en leur proposant noix, olives et huîtres, puis je me suis assise près d'eux, Titus sur mes genoux, pour écouter leurs histoires. Je n'avais jamais vu Rembrandt aussi heureux. Les souvenirs de sa jeunesse semblaient adoucir ses rides, le rendaient différent. Je parvenais soudain à reconnaître le jeune homme de ses autoportraits, et ne le quittais plus des yeux.

Quand Jan est parti, nous sommes restés assis à table un moment, nous avons fini les restes et vidé la bouteille de vin.

« Tu avais l'air heureux de le revoir. Vous étiez de très bons amis ?

— En effet, même s'il jouait à me passer devant pour accaparer les commandes. Jan était très ambitieux, et sûr de lui au point d'en être agaçant. Il avait aussi du mal à accepter la critique.

— On ne dirait pas que tu parles d'un ami proche…

— Je dois le reconnaître, j'étais un peu comme lui, mais dans une moindre mesure. D'un autre côté, il m'obligeait aussi à me dépasser. Son attitude n'a pas entaché notre amitié et je suis heureux qu'il soit venu vivre à Amsterdam. Il est toujours plaisant d'avoir un ami avec qui discuter de peinture. Mais c'est aussi un concurrent. Jan a toujours été très doué et il s'est certainement encore amélioré à Londres auprès d'Anthonie van Dijck.

— Personne ne peint aussi bien que toi, ai-je décrété sans avoir jamais vu l'œuvre de Jan Lievens.

— Je sais, mais Jan a le contact facile. Pour parvenir à ses fins, il n'aura aucun scrupule à s'acoquiner avec la coterie des régents. Pas plus qu'il n'en aura à adapter légèrement son style pour satisfaire leurs envies. C'est le moyen le plus sûr d'avoir des commandes à foison. »

J'ai bu une gorgée de vin, puis agité le verre dans sa direction avant de reprendre :

« Pourquoi ne pas en faire autant ? Tu pourrais te plier de temps en temps aux désirs des uns et des autres, tenir compte de leurs souhaits ? Ce serait un moyen de changer pas mal de choses…

— Tu veux que je passe la brosse à reluire ? Tu plaisantes, j'espère ? » Il me regardait soudain avec dégoût.

J'ai posé mon verre.

« Je voulais dire simplement…

— Je sais très bien ce que tu voulais dire ! Tu veux que j'utilise mon art pour satisfaire l'orgueil de quelques coqs arrogants ? Que je me mette à plat ventre en échange de quelques piécettes, c'est ça ? Comme si l'argent était tout ce qui importe dans la vie ? »

D'abord sous le choc de sa réaction, je me suis vite ressaisie.

« Ce n'est pas tout ce qui importe, bien sûr que non, mais il faut y penser ! Sauf si tu tiens à te voir dépossédé de tous tes biens et à dormir dans la rue ! L'argent ne t'intéresse peut-être pas, Rembrandt, mais tu es père. Ton fils mérite d'avoir une vie décente ! »

Cette fois, mes mots ont fait mouche. Il s'est calmé instantanément, a ouvert la bouche pour répondre, mais au lieu de cela s'est levé et s'est dirigé vers la porte.

« Tu es exactement comme Saskia », a-t-il grogné avant de sortir.

J'ai bu encore une gorgée. Malgré cette dispute, j'ai souri. Il n'aurait pas pu me faire plus beau compliment.

Nous n'avons plus abordé le sujet. En vérité, Rembrandt supportait la critique aussi mal que Jan Lievens. Il s'est enfermé dans un silence buté pendant quelques jours. Il en serait sorti plus vite si je lui avais présenté mes excuses, mais je ne lui ai pas fait ce plaisir. Certaines vérités doivent être dites, qu'elles plaisent ou non. J'étais navrée pour les élèves sur qui Rembrandt passait sa colère, mais j'avais dit ce que je pensais. S'il se retrouvait à la rue, il entraînerait un petit garçon dans sa chute, et moi, je perdrais mon travail. Il était hors de question que je reste les bras croisés.

Mais Rembrandt ne pouvait pas faire sa mauvaise tête trop longtemps, il le savait. Aussi s'est-il jeté dans une série d'esquisses et de dessins, sa façon à lui de reconnaître ses torts. Ces œuvres étaient toujours très demandées et leur vente me permettait de payer les notes les plus importantes.

Toutefois Rembrandt avait raison sur un point : Jan Lievens était un concurrent supplémentaire. Aimable et arrangeant comme il l'était, il a vu son carnet de commandes se remplir en un temps record. Des projets de prestige, qui plus est, commandés par l'aristocratie, qui préférait travailler avec lui.

Rembrandt était vexé de sa réussite. Il n'en disait rien, mais je le lisais sur son visage lorsqu'il partageait une bière avec Jan, qui en profitait pour parler fièrement de ses succès. Je le devinais aussi à ses silences, à sa manière d'écarter les récits de Jan et de changer rapidement de sujet. Jan, qui semblait ne rien remarquer, en revenait invariablement à son sujet favori, c'est-à-dire lui-même, avec une lourdeur peu appropriée à mes yeux à une relation d'amitié. D'un autre côté, Rembrandt ne se distinguait pas non plus par son empathie, ce qui expliquait peut-être pourquoi les deux peintres s'entendaient si bien. Ils se fréquentaient beaucoup, partaient pour de longues balades ensemble en dehors de la ville, s'arrêtaient pour manger dans une auberge ou pour se reposer contre un tronc d'arbre, et dessinaient ensemble les paysages.

Ainsi passait le temps. J'étais satisfaite de ma vie et de l'amour que Rembrandt me donnait. J'aimais Titus comme j'avais aimé les enfants de la famille Beets, de façon inconditionnelle, résignée que j'étais à ne jamais en avoir moi-même. Tel était le châtiment que je me devais d'accepter pour expier ma vie de pécheresse, tel était notre châtiment à tous les deux. Titus resterait enfant unique et, guidé par cette certitude, Rembrandt l'avait toujours à l'œil tel un chien de garde. Le petit restait enfermé dès que le temps devenait un peu brumeux ou pluvieux. Au moindre souffle de vent, même par beau temps, Rembrandt m'obligeait à l'emmailloter comme si nous affrontions le Grand Nord.

Je laissais le maître s'égosiller sans broncher. Comme il passait le plus clair de son temps dans son atelier, je pouvais agir à ma guise. Or, je n'avais pas l'intention de laisser Titus devenir une chiffe molle, d'autant qu'il était très vif et entreprenant. J'adorais me balader en ville avec lui, attraper des grenouilles, imiter le mugissement des vaches. Je lui ai appris à jouer aux osselets et, pour ses quatre ans, j'ai invité quelques enfants du quartier à la maison.

Le 11 novembre de cette même année, j'ai fêté pour la première fois la Saint-Martin avec lui. C'était en réalité une fête catholique, et donc interdite, mais les gens ne s'en souciaient guère. Pas plus qu'ils ne se préoccupaient de son origine : une fête de charité pour les plus démunis. Les enfants s'amusaient et c'était l'essentiel.

J'ai confectionné avec Titus une lanterne en évidant une betterave, dans laquelle j'ai déposé une bougie. Le soir, tout en aidant l'enfant à mettre sa cape, je lui ai demandé : « Tu sais ce qu'on va faire ? On va fêter la Saint-Martin. Tu es grand maintenant, tu peux aller de porte en porte chanter des chansons aux gens. Ils te donneront des friandises. Tous les enfants participent à cette fête. Écoute, j'en entends déjà quelques-uns. »

Nous avons prêté l'oreille : quelque part dans la rue des enfants chantaient à tue-tête.

« Saint Martin était un homme très gentil, lui ai-je expliqué. Il prenait soin des autres, surtout des plus pauvres. Un jour, alors qu'il faisait très froid dehors, il a vu un mendiant assis au bord du chemin. Le pauvre homme était à moitié nu et grelottait de froid. Sans hésiter, saint Martin a coupé son manteau en deux et en a donné une moitié au pauvre.

— Oh ! s'est exclamé Titus en regardant sa propre cape.

— Tu as une belle cape bien chaude, mais tout le monde n'a pas cette chance. C'est pour cette raison qu'on fête la Saint-Martin.

— Je dois donner mes friandises, alors ?

— Non, tu pourras les garder ! Et plus tu chanteras bien, plus tu en auras ! »

L'argument était convaincant : il a couru vers la porte. Nous nous sommes joints aux enfants du quartier, dont le petit groupe, avec ses calebasses et ses betteraves illuminées, formait un tableau joyeux. Tout comme j'avais aménagé la betterave de Titus, les lanternes des autres représentaient bonshommes, étoiles et lunes, à travers lesquels on voyait vaciller la lueur de la bougie.

Sur les places et au coin des rues s'élevaient des feux de joie, et les maisons avaient été décorées de guirlandes. Les plus grands enfants, déguisés et masqués, criaient et cognaient aux portes. Titus était légèrement mal à l'aise, mais il profitait tout de même de la fête, et je m'amusais moi aussi. Je regrettais que Rembrandt n'ait pu se joindre à nous. Il prétendait avoir horreur des fêtes des saints, mais je savais qu'en réalité il préférait travailler dans son atelier, même si la tombée de la nuit allait bientôt le contraindre à arrêter. J'avais du mal à comprendre comment quelqu'un qui aimait tant peindre des œuvres historiques pouvait se montrer aussi hermétique à tout ce qui touchait à l'Église. Il m'avait bien expliqué qu'il n'était pas du tout guidé par la foi, mais sensible à la beauté de ces récits dramatiques, qui se prêtaient tellement bien à la représentation de l'âme humaine. Cependant, à mon avis, il aurait mieux fait de consacrer plus de temps à Titus, au lieu de s'enfermer dans son atelier pour peindre les relations entre père et fils – un comble ! Tandis que Titus grandissait à vue d'œil, Rembrandt le voyait peu. En tout cas, son absence renforçait mes liens avec le petit garçon.

De temps à autre, profitant que Titus faisait la sieste, je posais pour Rembrandt et parfois aussi pour ses élèves. Samuel pouvait désormais signer ses toiles, ce qui signifiait qu'il avait fait de grands progrès. Il semblait mieux dans sa peau, il s'était fait des amis à Amsterdam et je le surprenais même à pousser la chansonnette tout en peignant.

« Je vais faire un portrait de toi, Geertje, m'a-t-il annoncé. Dans les vêtements que tu portais lorsque tu es entrée ici pour la première fois. La cotte rouge et le bustier noir.

— Mais ce sont des vêtements traditionnels que je ne mets plus…

— Je les trouve très beaux. Tu voudrais les reprendre pour moi ? Je ferai une esquisse… »

Bon gré, mal gré – même si j'étais secrètement flattée – je me suis laissé pousser vers l'escalier.

« Je n'ai pas beaucoup de temps, je dois encore aller au marché.

— Ça ne prendra pas longtemps », a promis Samuel.

Quelques instants plus tard, vêtue de mon costume traditionnel du Waterland, je me tenais dans l'atelier, devant Samuel qui m'observait, les sourcils froncés.

« Prends ça, m'a-t-il demandé en me tendant un grand panneau de bois. Fais comme s'il s'agissait de la partie basse d'une porte à battant et penche-toi pardessus.

— Comme si je regardais dehors ?

— Oui, imagine que tu as entendu un bruit à l'extérieur. »

J'ai obéi, et Samuel a commencé son esquisse.

Bientôt, il a hoché la tête, manifestement satisfait.

« Parfait, j'ai ce qu'il me faut pour commencer. Je vais travailler sur cette base, ensuite je te peindrai.

— Très bien, je file au marché avant que Titus se réveille. »

Il n'a pas eu le temps de répondre, je suis partie sans changer de vêtements, même si j'avais perdu l'habitude de me promener dans cet accoutrement. Ce n'étaient pas des habits de paysanne, mais on ne pouvait pas non plus les qualifier de citadins, et à mon goût je me faisais déjà assez remarquer.

Les semaines suivantes, j'ai posé tous les jours pour Samuel. Rembrandt était souvent présent aux séances et lui prodiguait quelques conseils, mais il n'avait plus le ton d'un maître qui s'adresse à un élève : Samuel avait dix-sept ans à présent. Il était devenu, je le reconnaissais, un jeune homme séduisant. Avec ses cheveux châtain clair qui lui tombaient sur les épaules et ses yeux d'un marron chaleureux, il attirait l'attention des jeunes filles. Certaines rôdaient autour de la maison et me demandaient de lui transmettre leurs amitiés.

Noël et le Nouvel An passèrent, le portrait avançait. Et puis la nouvelle est tombée comme un couperet. À la mi-janvier, une lettre est arrivée pour Samuel, expédiée de Dordrecht, portée par un courrier, ce qui était rarement bon signe. Tout l'atelier s'est arrêté de peindre pendant que Samuel ouvrait la missive.

Il l'a lue sans aucune émotion visible. Puis il a levé la tête et les larmes ont commencé à couler.

« Ma mère est morte. »

Âgée de quarante-sept ans, Maeyken Van Hoogstraten laissait derrière elle sept enfants, dont Samuel, l'aîné. Une fois le choc passé, le jeune homme a fait le nécessaire pour se rendre à Dordrecht. Le jour de son départ, j'ai pressenti qu'il resterait là-bas, et je l'ai serré un long moment dans mes bras.

« Je ne pourrai pas terminer ton portrait, mais je vais demander à maître Van Rijn de le faire pour moi.

— Ne t'en fais pas, rentre vite auprès des tiens. Tes frères et tes sœurs ont besoin de toi. »

Je l'ai pris une deuxième fois dans mes bras, puis il a salué Rembrandt et les autres élèves, a jeté sur son épaule son sac contenant ses effets personnels, nous a fait un signe de la main, et il est parti. Toute la journée, j'ai ressenti une infinie tristesse au fond de moi.

Un mois plus tard, j'ai reçu une lettre. Samuel m'y racontait qu'il avait emménagé avec ses frères et sœurs dans la maison familiale, et que ses oncle et tante les avaient rejoints. Comme je l'avais prévu, il ne comptait pas revenir à Amsterdam de sitôt et me demandait de lui expédier les affaires qu'il y avait laissées.

« Mon apprentissage auprès de maître Van Rijn était presque terminé, écrivait-il. Je vais ouvrir ma propre école de peinture, dans l'ancien atelier de mon père. »

Si je voulais lui écrire, ce qui lui ferait grand plaisir, je devrais adresser la missive à la maison L'Éléphant, dans la Weeshuisstraat. Il espérait aussi que Rembrandt accepterait de terminer mon portrait.

C'était le cas : le maître avait même déjà commencé. Je continuais de poser, debout devant le faux battant de porte. Rembrandt était dans la rue, plissant les yeux, étudiant les jeux de lumière.

« Regarde un peu vers la droite », me demandait-il.

Il a terminé le tableau dans son atelier, mais finalement le résultat était bien différent de celui qu'avait imaginé Samuel. Rembrandt est venu me chercher et m'a emmenée par le bras dans le petit atelier, au milieu duquel trônait mon portrait, posé sur un chevalet. La peinture, brillante, n'était pas encore sèche.

Je me suis arrêtée à quelques pas du tableau. Ce n'était pas la première toile que je voyais de moi, mais chaque fois j'éprouvais le sentiment unique de me savoir immortalisée pour l'éternité. Le portrait était si fidèle qu'il en devenait presque angoissant.

Samuel m'avait peinte alors que je regardais droit devant moi, mais Rembrandt avait choisi de me faire détourner les yeux, de me donner un regard scrutateur, une expression un rien méfiante sur les traits.

« C'est vraiment mon regard ?

— Parfois, a répondu Rembrandt. Comme si tu cherchais à observer la vie sous un autre angle. J'ai toujours voulu fixer cette expression. Qu'est-ce que tu en penses ?

— Je le trouve splendide », ai-je répondu avec sincérité.

Rembrandt a hoché la tête. Visiblement, il ne s'attendait pas à autre chose.

16

Le temps passait, Titus grandissait. On lui avait expliqué que Saskia était sa mère, mais il ne semblait pas vraiment comprendre ce que signifiait cette information. À cinq ans, presque six, il lui arrivait parfois de regarder ses portraits accrochés dans la maison, sans jamais poser de questions.

Elles arriveraient tôt ou tard. J'étais heureuse d'avoir connu Saskia, car je pourrais lui parler d'elle. Elle était déjà gravement malade quand je l'avais connue, et pourtant j'avais été impressionnée par l'amour qu'elle portait à son fils et par sa volonté de continuer à prendre soin de lui, en dépit de son état.

Déjà cinq ans s'étaient donc écoulés ? Le temps courait si vite… Il laissait ses traces : j'avais aujourd'hui trente-sept ans. Je n'étais pas encore âgée, mais pas non plus dans ma première jeunesse. Je le voyais aux rides qui se dessinaient sur mon visage, à ma silhouette qui s'empâtait inexorablement.

Quand Samuel et Rembrandt avaient réalisé mon portrait, j'avais encore, presque intacte, mon apparence de jeune fille. Puis, peu à peu, la fatigue avait creusé mes traits, des cernes et des rides étaient apparus.

Rembrandt consignait tout sur ses toiles, avec une

précision impitoyable. Je posais alors pour un tableau historique, un récit biblique sur Tobie et Sarah, qui m'obligeait à figurer à moitié nue dans un lit-clos, un bras écartant le rideau afin de regarder au loin. Le tableau était magnifique, mais je le contemplais le moins souvent possible.

Je profitais de l'enfance de Titus, consciente qu'elle se terminerait bientôt. Dans quelque temps, il irait à l'école. Mon expérience auprès de la famille Beets m'avait appris que les enfants changeaient très vite à partir de là.

Rembrandt semblait lui aussi prendre la mesure du temps écoulé car il a entrepris de croquer le portrait de Titus, juste au moment où son fils en avait probablement le moins envie.

« Non ! Je ne veux pas ! » criait-il en mettant ses mains devant son visage. Son attitude faisait rire son père, qui n'en continuait pas moins à le dessiner.

J'avais appris, les années précédentes, à regarder la peinture d'un œil plus critique. Je savais par exemple que l'art des portraits obéissait à des règles strictes, qui valaient aussi pour ceux des enfants. Il fallait montrer comme ils étaient bien élevés, prêts à mener une vie chrétienne vertueuse.

Les dessins et portraits de Titus que réalisait Rembrandt ne respectaient pas du tout ces principes. Fidèle à lui-même, le peintre préférait peindre son fils tel qu'il était.

En septembre, juste après son sixième anniversaire, Titus est entré à l'École latine et la maison est devenue soudain beaucoup plus calme. Si j'avais eu des enfants à moi, je m'en serais occupée constamment, leurs cris et leurs rires auraient rempli continûment les pièces et les couloirs. Cette ancienne souffrance, que je pensais éteinte, reparaissait et me rendait maussade. J'ai commencé à me sentir souffreteuse, de plus en plus souvent fatiguée au point que je devais me reposer le midi.

L'arrivée de l'été a un peu amélioré mon état de santé. Je ne ressentais plus aussi fréquemment le besoin de dormir pendant la journée et, suivant les recommandations du docteur, je sortais régulièrement me promener.

Lors d'une journée ensoleillée, j'observais le va-et-vient des embarcations à proximité de l'écluse d'Anthoniesluis quand j'ai entendu crier mon nom.

« Geertje ! Hé, Geertje ! »

La voix venait du canal : j'ai scruté les bateaux et j'ai aperçu une femme, en costume traditionnel du Waterland, qui agitait la main dans ma direction. Je ne l'ai reconnue qu'une fois le bateau tout proche : c'était Geesken de Ransdorp, la femme qui m'avait permis d'entrer au service de Rembrandt et Saskia.

Elle a bondi sur le quai et je lui ai donné l'accolade.

« Geesken ! Quel plaisir de te revoir ! Qu'est-ce que tu deviens ? »

Ma joie l'a quelque peu surprise et, à vrai dire, j'étais moi-même étonnée de ma réaction. En réalité, je me réjouissais surtout d'avoir des nouvelles de ma famille. Sans tourner autour du pot, je l'ai tout de suite questionnée et elle m'a répondu de bonne grâce. Ma mère allait bien, mais Pieter et Marij avaient perdu leur plus jeune enfant. Le deuil avait été long et difficile.

« Tu sais comment vont les choses. Dieu ne nous donne pas nos enfants, Il nous les prête, et on ne sait jamais exactement quand Il les rappellera. Il nous faut l'accepter, si dur que ce soit. Marij est d'ailleurs de nouveau enceinte. Et toi, comment vas-tu ? m'a-t-elle demandé en regardant mon ventre.

— Bien, merci.

— Tant mieux. Tu as des enfants ? »

J'ai secoué la tête.

« Pourtant, voilà quelques années maintenant que tu vis avec ce peintre. Pas d'enfants, donc ? C'est vrai que l'enfant aurait été un bâtard, ce qui n'a rien de réjouissant, j'imagine ? »

J'étais tellement abasourdie par tant de balourdise que j'en suis restée bouche bée.

« Je dois y aller, ai-je finalement balbutié.

— Moi aussi. À bientôt ! »

Je l'ai regardée sauter dans la barge laitière et donner des consignes aux deux valets qui l'accompagnaient. Avec sa cotte rouge, son chapeau de paille et son visage buriné par le temps, elle ressemblait finalement à ce qu'elle était : une femme de rang modeste, une paysanne. Quant à moi, même si mes habits étaient plus soignés et plus onéreux, je me sentais largement inférieure à elle.

Peu de temps après, Neeltje nous a annoncé qu'elle allait quitter son poste. Elle avait rencontré un jeune homme, elle était enceinte et devait se marier. Son prétendant, fortuné, venait de Haarlem, où le couple comptait emménager, près de sa famille à lui. Le choc a été grand, mais je la comprenais. Si elle ne saisissait pas cette chance, elle resterait célibataire et servante toute sa vie.

En larmes, nous nous sommes fait nos adieux, promis de correspondre, même si nous savions toutes les deux que nous ne le ferions pas. Neeltje savait à peine écrire et, une fois à Haarlem, elle commencerait à vivre sa propre vie.

Son départ m'a plongée dans l'abattement. Elle me manquait et il était difficile de lui trouver une remplaçante qui la vaille. Après deux semaines et plusieurs entretiens, je n'avais encore trouvé personne. Les filles qui se présentaient à la Breestraat étaient trop jeunes et inexpérimentées, trop maigres ou carrément rachitiques, quand je ne découvrais pas après quelques questions qu'elles avaient été renvoyées de leur place précédente pour paresse ou pour vol.

Je ne me sentais toujours pas très bien, l'entretien de la maison me pesait de plus en plus. Un jour, on a frappé à la porte. Une jeune femme se tenait devant moi.

« J'ai entendu dire que vous recherchiez une servante. Est-ce toujours le cas ? »

Je devinais à son accent qu'elle n'était pas d'Amsterdam, je la comprenais à peine. Je lui ai répondu que je n'avais encore trouvé personne et lui ai proposé d'entrer. Nous sommes allées nous asseoir dans la boutique, je lui ai servi un gobelet de bière. Ce n'était pas la coutume, mais elle avait manifestement fait un long et fatigant voyage jusqu'ici.

« Dis-moi qui tu es et d'où tu viens, lui ai-je demandé en m'asseyant face à elle. À ton accent, je suppose que tu n'es pas d'Amsterdam.

— Je m'appelle Hendrickje Stoffels, je viens de Bredevoort.

— Bredevoort ? Je ne connais pas.

— Vers l'est, près de la frontière avec le Saint-Empire romain germanique. Mon père est sergent dans l'armée. Vous vous demandez sans doute comment j'ai appris que vous cherchiez quelqu'un ? Nous avons une connaissance commune : Geesken, de Ransdorp. Il se trouve qu'elle s'est fiancée avec un soldat de mon village, l'un des hommes de mon père. Geesken savait que je cherchais du travail, elle m'a écrit. »

J'ai renoncé à savoir comment Geesken, une laitière

de Ransdorp, s'était débrouillée pour se fiancer avec un soldat de l'est du pays. Ce détail ne m'intéressait pas, contrairement aux services que Hendrickje venait me proposer. Elle avait l'air résistante et en bonne santé.

Elle avait vingt-deux ans et, semblait-il, déjà beaucoup d'expérience. Nous avons discuté encore un moment, je voyais qu'elle s'efforçait de faire bonne impression, craignant sans doute de manquer la place. Elle n'avait nulle raison de s'inquiéter, ma décision de l'engager était déjà prise.

Je lui ai montré la maison, notamment le lit-clos au grenier, où Neeltje avait dormi. Hendrickje a observé les lieux, a posé ses affaires et a demandé : « Et maître Van Rijn ? Où est-il ?

— Au travail. Je te le présenterai ce soir.

— Son accord n'est pas nécessaire pour mon engagement ?

— Non, j'en ai la charge exclusive. Le maître ne souhaite pas s'embarrasser des questions liées au ménage. Nous pouvons toutefois passer par le petit atelier, où je te présenterai à ses élèves. »

Hendrickje a hoché la tête et m'a suivie dans l'escalier. J'ai ouvert la porte et annoncé : « Messieurs, désormais vous n'aurez plus à attendre la tourbe fraîche pour le poêle, et on vous servira de nouveau du poisson frais à table. Je vous présente Hendrickje, qui vient nous prêter main-forte. »

Les garçons se sont tournés vers l'arrivante et aussitôt le silence s'est fait dans la pièce. Surprise, je les ai dévisagés les uns après les autres. Certains se lançaient des regards furtifs, le sourire aux lèvres, tandis que d'autres, bouchée bée, ne quittaient pas Hendrickje des yeux. Et j'ai compris.

Personnellement, j'avais surtout prêté attention à la

couleur saine de sa peau et à la vigueur de son corps, mais je n'avais pas remarqué à quel point elle était belle. Je me suis promis de la tenir à distance des jeunes apprentis.

À la tombée de la nuit, quand il est devenu impossible de peindre à cause du manque de lumière, Rembrandt est sorti de son atelier. Je préparais le repas avec Hendrickje quand nous avons entendu ses pas dans l'escalier.

« Voilà le maître », ai-je annoncé en me rinçant rapidement les mains.

Hendrickje m'a imitée et a séché les siennes avec nervosité sur sa cotte. Je comprenais son appréhension : la renommée de Rembrandt s'était encore accrue ces dernières années et, même s'il ne recevait plus de commandes des régents, il était très demandé dans le pays, où il était le peintre le plus reconnu. Ce n'était pas rien de se retrouver soudain nez à nez avec une telle célébrité. Hendrickje semblait s'attendre à voir débarquer Dieu en personne, et j'ai failli éclater de rire lorsque Rembrandt est entré dans la pièce, avec son sarrau couvert de peinture. Ses cheveux étaient en pagaille, il n'était pas rasé et un relent pénétrant de sueur et de térébenthine flottait autour de lui.

Hendrickje n'a pas semblé s'en offusquer. Son visage s'est illuminé et elle a exécuté une révérence obséquieuse.

« Maître Van Rijn, c'est pour moi un immense honneur de vous rencontrer », a-t-elle déclaré, avant même que je puisse la présenter.

Rembrandt a levé un sourcil et m'a regardée.

« À qui ai-je l'honneur ?

— Hendrickje Stoffels, la nouvelle servante, ai-je dit. Elle a commencé cet après-midi.

— Très bien ! » Rembrandt s'est laissé tomber sur une chaise et a tiré à lui un gobelet vide qui était posé sur la table. « Qu'elle commence donc par me servir à boire, je meurs de soif. Sais-tu cuisiner ?

— Certainement ! » Hendrickje a saisi le cruchon et a rempli le gobelet de Rembrandt avec agilité, sans renverser une goutte.

« Ma mère m'a appris, elle était la meilleure cuisinière du village. Je n'exagère pas !

— D'où viens-tu ? Tu t'exprimes d'une étrange façon.

— De Bredevoort, monsieur. À l'est, mais je ne vous apprends sans doute rien… »

J'étais certaine que Rembrandt n'avait jamais entendu parler de cette bourgade, mais j'admirais le tact dont Hendrickje faisait preuve. Je les observais tandis qu'ils discutaient. Ce que j'espérais n'est pas arrivé : Hendrickje n'a pas semblé se soucier de l'apparence négligée, presque rustre, de Rembrandt, et celui-ci ne l'a pas non plus traitée avec indifférence et rudesse. À sa façon, il se montrait presque courtois, si bien que Hendrickje s'est très vite sentie à l'aise.

Le cruchon de bière toujours entre les mains, elle continuait de bavarder avec le maître au lieu de reprendre son travail. J'ai finalement mis un terme à leur échange en demandant au peintre d'aller se changer et en renvoyant Hendrickje à ses fourneaux.

« Lorsque tu auras servi le repas, tu pourras dîner ici, dans la cuisine, ai-je précisé. Le maître et moi mangeons à l'étage.

— Très bien », a répondu Hendrickje.

L'espace d'un instant, je me suis sentie coupable. Neeltje avait toujours mangé avec nous en haut, dans la pièce à vivre, mais quelque chose me disait qu'il était temps de rompre avec cette habitude.

17

Une semaine plus tard, mon sentiment de culpabilité a augmenté d'un cran. Je suis tombée malade et Hendrickje s'est si bien occupée de moi que je me suis demandé pourquoi je lui en voulais, et je suis arrivée à la conclusion que j'étais tout simplement jalouse. J'enviais sa jeunesse et sa beauté. Je me suis si vite remise sur pied, en grande partie grâce à ses bons soins, que j'ai décidé de mettre mes réticences de côté et d'apprendre à mieux la connaître. Elle était encore jeune : que savait-elle des soucis et des angoisses qui vous tourmentent quand vous avancez en âge ?

Un jour, je l'ai entendue pleurer dans sa chambre, au grenier. On aurait dit les sanglots d'un enfant malheureux. Ils m'ont fendu le cœur, j'ai monté les escaliers quatre à quatre. J'ai frappé à la porte : « Hendrickje ? »

Les pleurs ont cessé, des pas ont résonné. Le visage de Hendrickje est apparu dans l'entrebâillement. Elle avait séché ses larmes, mais leurs traces étaient encore visibles.

« Je suis désolée, je sais que je dois encore vider les latrines, mais… »

Elle s'est mordillé la lèvre.

« Ne t'inquiète pas, le travail peut attendre, ai-je dit. Que se passe-t-il ? »

Elle cherchait ses mots, tiraillée entre plusieurs sentiments.

« Ma famille me manque tellement, a-t-elle murmuré. Je n'imaginais pas que ce serait aussi dur.

— Viens, allons en bas », lui ai-je proposé.

Elle m'a suivie dans les escaliers. Nous nous sommes installées à la table de la cuisine. J'ai pris le cruchon de vin rouge en étain et je nous ai servi deux verres.

« Parle-moi de Bredevoort. Tes parents sont-ils encore en vie ? Tu as des frères et sœurs ?

— Ma mère est encore de ce monde, et oui, j'ai des frères et sœurs. Je suis la benjamine d'une fratrie de six enfants. Deux de mes frères, Hermen et Frerick, sont dans l'armée. L'un est soldat, l'autre tambour. J'ai aussi deux sœurs, Martina et Margriete. Martina est mariée à un soldat. L'armée est très présente dans notre vie.

— Et ton père ?

— Il est mort. L'année dernière, la poudrière du village a explosé. Mon père faisait partie des victimes, tout comme mon frère Berent.

— Quelle tragédie ! »

Elle a hoché la tête, le visage douloureux.

« Ma mère s'est remariée six mois plus tard avec notre voisin, Jacob, veuf et père de trois enfants. Ils se sont soutenus mutuellement. Mais nous étions trop nombreux à la maison. » Elle s'est tue un instant, tirant sur une effilochure à sa manche.

« J'ai donc décidé de partir, a-t-elle repris.

— Il n'y avait plus de place pour toi ?

— Pas beaucoup, non, mais ce n'était pas le problème. Je suis partie à cause de mon beau-père. »

Son regard fuyant et le ton de sa voix ne laissaient planer aucun doute sur le sous-entendu.

« Oh non, quelle ordure ! Tu en as parlé à ta mère ?

— J'ai préféré me taire. Elle avait l'air tellement heureuse d'avoir retrouvé quelqu'un qui pouvait prendre soin d'elle et des enfants. Jacob avait de l'argent, elle n'avait plus besoin de travailler comme lavandière. Mais une nuit, alors qu'il avait essayé de se glisser dans ma chambre, j'ai compris que je devais partir dès que possible. Je ne voulais pas rester à Bredevoort, je voulais fuir loin, très loin.

— Et tu es donc venue à Amsterdam. »

Elle a confirmé d'un signe de tête. Ses yeux étaient encore emplis de larmes. Le silence s'est fait, mais il n'avait rien de pénible. Nous avons bu notre vin, unies par un sentiment de camaraderie.

« Tu es très belle, ai-je dit en reposant mon verre. C'est un cadeau du ciel, mais qui peut se révéler empoisonné.

— J'aurais en effet préféré que Dieu se garde d'un tel cadeau. J'aurais pu rester auprès des miens.

— Quand j'étais plus jeune, j'ai connu le même problème à Edam. Je n'avais pas ta beauté, mais je devais tout de même me méfier des hommes.

— Tu es originaire de là-bas ? »

Voilà qu'elle me tutoyait, mais je ne m'en suis pas offusquée. Je n'étais pas une femme de rang, nous venions du même milieu, elle et moi. Je lui ai parlé de ma vie, de ma famille, d'Abraham.

« Vous n'étiez mariés que depuis quelques mois quand il est mort ? C'est terrible…

— Il y a longtemps. J'ai fait mon deuil à présent, même si parfois, sans crier gare, la douleur refait surface. Je crois le reconnaître dans la rue, et mon cœur fait un bond dans ma poitrine. C'est comme si j'espérais encore qu'il revienne.

— Je comprends ce que tu ressens. J'éprouve la même chose avec mon père. Pourquoi tu ne t'es jamais remariée ? »

J'ai haussé les épaules.

« Je n'ai pas rencontré d'homme qui m'en ait donné l'envie et je peux m'en passer. J'ai toujours subvenu moi-même à mes besoins.

— Si seulement j'avais ta force de caractère !

— Je suis convaincue que tu l'as au fond de toi, ai-je répondu en lui donnant une petite tape sur la main. Regarde, tu as fait tout ce chemin seule depuis Bredevoort. Ce n'est pas rien, quand même ! »

Elle a souri, puis m'a regardée d'un air hésitant.

« Je peux te poser une question indiscrète ? »

J'ai un peu tardé à répondre :

« De quoi s'agit-il ?

— De maître Van Rijn et toi. »

Ma figure n'a pas dû l'encourager à poursuivre, car elle s'est immédiatement rétractée, comme une coquille qui se referme.

« Je suis navrée, je sais que cela ne me regarde pas. Oublie ce que je viens de dire. »

J'ai avalé une gorgée de vin, puis je lui ai montré ma bague en or.

« Cet anneau a appartenu à Saskia. Rembrandt m'a offert tous les bijoux qui lui appartenaient. La plupart ont trop de valeur pour être portés tous les jours, mais je ne me sépare jamais de cette bague. »

J'ai évoqué notre relation, et Hendrickje a demandé : « Cela ne te dérange pas d'avoir rompu les liens avec l'Église ?

— Pas le moins du monde. Si Dieu est amour, Il

comprendra. Adam et Ève n'étaient pas mariés, eux non plus. »

J'ai poussé ma chaise en arrière et je me suis redressée.

« Remettons-nous au travail à présent. Nous avons du pain sur la planche. »

Malgré notre meilleure entente, je conservais certaines réserves vis-à-vis de Hendrickje, notamment parce qu'elle mettait longtemps à revenir à la cuisine lorsqu'elle avait dû se rendre à l'atelier de peinture. Je me demandais ce qu'elle cherchait exactement là-bas. Un jour, alors que son absence se prolongeait, je suis montée en chaussettes sur la pointe des pieds et me suis engagée dans le couloir sans faire de bruit.

À travers la porte entrouverte, j'ai vu Hendrickje à côté du chevalet de Rembrandt. Elle tenait un pinceau avec lequel elle effleurait délicatement la toile, sa main guidée par celle du peintre. Il lui donnait des consignes. D'où j'étais, je ne percevais que quelques bribes de leur conversation, mais assez pour y déceler patience et douceur.

Mon cœur s'est mis à battre au ralenti. Prise de vertige, je me suis retenue à la poignée de la porte et j'ai respiré profondément. Il lui apprenait à peindre ! Je n'avais jamais eu le privilège ne serait-ce que d'approcher son chevalet, et voilà qu'il la laissait barbouiller l'une de ses toiles ! Ce n'était certes pas une œuvre importante, et il pourrait toujours recouvrir ses essais, mais là n'était pas la question.

J'ai ouvert un peu la porte et j'ai dit, du ton le plus calme dont j'étais capable à ce moment :

« Oh, tu es là. J'ai besoin de toi à la cuisine, Hendrickje.

— J'arrive, a-t-elle répondu sans même se retourner.

— J'ai besoin de toi maintenant », ai-je répété si sèchement qu'elle n'a pas pu faire autrement que m'obéir.

Avec un soupir, elle a posé le pinceau, après un regard vers Rembrandt. J'ai craint un instant qu'il ne sape mon autorité en l'autorisant à rester, mais heureusement il s'en est abstenu. Cependant, il lui avait adressé un clin d'œil, ce qui était peut-être pire.

Hendrickje est passée devant moi pour s'engager dans le couloir, où je l'ai suivie. J'avais laissé au bas de l'escalier mes poulaines, que j'ai enfilées au passage ; tandis que je vacillais sur une jambe, la jeune fille m'a demandé : « Tu nous espionnais ? »

Le dos bien droit, j'ai plongé mes yeux dans les siens, contente d'être un peu plus grande qu'elle. « Pourquoi ? J'aurais des raisons de le faire ?

— Nous ne faisions rien de mal, Geertje. Je voulais simplement m'essayer à la peinture, savoir l'effet que ça fait. »

Elle soutenait mon regard, et l'assurance avec laquelle elle m'avait adressé cette réplique, sans ciller, m'angoissait probablement plus que tout.

Bientôt, je suis retombée malade et, de nouveau, Hendrickje a pris soin de moi. Je l'ai laissée faire, car j'avais besoin d'elle.

Je comprenais que Rembrandt garde ses distances avec moi, il devait terminer sa toile. La violence de mes accès de fièvre lui rappelait aussi sans doute l'époque difficile qui avait précédé la mort de Saskia. Mais tout de même… Pourquoi ne passait-il pas au moins de temps en temps pour prendre de mes nouvelles ?

La fièvre est tombée progressivement, et un matin, alors que j'étais allongée sur le flanc, le regard perdu dans la pièce à vivre, la porte s'est ouverte et Rembrandt est entré. Heureuse de le voir, je me suis redressée d'un coup, mais un vertige m'a obligée à me recoucher.

« Reste allongée, ne te fatigue pas, a-t-il dit en approchant un tabouret à côté du lit. Comment tu te sens ?

— Un peu mieux. La fièvre a disparu.

— C'est ce que Hendrickje m'a dit, en effet. Elle a bien veillé sur toi.

— Oui. »

Un ange est passé. Rembrandt était penché en avant, les mains croisées entre les genoux. Il semblait vouloir dire quelque chose, mais sans savoir comment commencer. J'ai senti son malaise.

« Qu'y a-t-il ? » ai-je demandé.

Il a levé les yeux, où j'ai lu un mélange de crainte et de douleur.

« Qu'est-ce qu'il y a ? ai-je répété.

— La famille de Saskia sait que je t'ai donné ses bijoux.

— Aïe ! Et j'imagine que cette nouvelle ne leur plaît pas ?

— Pas vraiment, non. Hiskia est dans tous ses états. Il est évidemment dans son intérêt que l'héritage de sa sœur reste intact. À ma mort, tout reviendra à Titus, mais s'il lui arrive quelque chose, c'est Hiskia qui héritera. Selon elle, je n'avais pas le droit de te donner ce qui appartient à mon fils, et encore moins ce qui était à sa mère. » Il s'est raclé la gorge. « Il faut reconnaître qu'elle n'a pas tout à fait tort. »

Je l'écoutais me donner ces explications sans le

quitter des yeux, avec l'étrange pressentiment d'un malheur imminent.

« Tu veux que je te rende les bijoux de Saskia ? ai-je prononcé d'une petite voix.

— Non, je te les ai donnés parce que je t'aime et je veux que tu les gardes pour cette même raison. Mais d'un autre côté, nous devons trouver un moyen de rassurer Hiskia, faute de quoi nous devrons nous expliquer devant un tribunal. Elle a déjà entamé certaines démarches en ce sens. Il n'est pas impossible que, demain, un tribunal la désigne comme unique gestionnaire de l'héritage de sa sœur.

— Serait-il vraiment en droit de le faire ?

— Je le crains. Je suis en défaut, je n'aurais pas dû te donner ces bijoux. »

Donc, il voulait bel et bien les récupérer. Il espérait sans doute que je les lui rende de mon plein gré.

Fatiguée, je me suis appuyée contre les coussins. Les bijoux, et en particulier la bague de diamants, signifiaient beaucoup pour moi, bien plus que leur valeur pécuniaire. Ils témoignaient de mon statut de compagne de Rembrandt, me protégeaient en quelque sorte contre les ragots et les regards hautains. Je ne pouvais pas les rendre, Rembrandt ne pouvait pas me demander pareil sacrifice !

Il ne l'a pas fait explicitement, mais le silence qui a envahi la pièce, empreint d'une tension palpable, en disait beaucoup. Rembrandt a fini par toussoter et a suggéré :

« Il y a peut-être une autre solution.

— Laquelle ?

— J'ai sollicité l'avis d'un avocat, maître Pieter Cloeck. Tu le connais, il habite le long du Singel, à la Vergult Aschtonnetje. »

J'ai hoché la tête.

« Maître Cloeck m'a conseillé de dresser un inventaire de nos biens, à Saskia et à moi. Hiskia et le reste de la famille pourront ainsi constater que tout est encore ici. Si tu fais établir un testament où tu stipules que tu légueras les bijoux à Titus à ta mort, tout rentrera dans l'ordre et tu pourras les garder. »

J'ai compris qu'il ne pouvait me contraindre à les rendre. Tout le monde m'avait vue les porter, ils étaient à moi. Je pouvais les léguer à qui je voulais. Mais pourquoi n'aurais-je pas choisi Titus ? Il était parfaitement logique que les bijoux de sa mère lui reviennent.

« Bien sûr que les bijoux iront à Titus, c'est une évidence. Je ne voudrais pas qu'il en soit autrement. »

Rembrandt avait l'air si soulagé que son visage s'est détendu instantanément.

« Très bien ! Je savais que tu comprendrais ! »

Il a pris ma main et l'a embrassée.

« Nous pourrons nous rendre chez le notaire Laurens Lamberti dès cet après-midi.

— Cet après-midi ?

— Il y a un problème ? Il n'habite pas très loin, près de la Zeedijk. Tu m'as bien dit à l'instant que tu te sentais mieux ? Nous pourrions attendre quelques jours, mais je crains que Hiskia ne… »

Je l'ai interrompu d'un geste de la main.

« Ne te fatigue pas, ça ira. Combien de temps faut-il pour rédiger un testament ?

— Pas longtemps. Tu n'as qu'à dire ce que tu veux voir y figurer, le notaire prend note, établit le document, que tu n'as plus qu'à signer. Nous pouvons même dresser une première ébauche si tu le souhaites… Un brouillon, en quelque sorte », a-t-il ajouté devant mon regard interrogateur.

J'aurais préféré me reposer un peu, mais Rembrandt avait déjà en main une feuille de papier et l'encrier. Même si je me sentais de plus en plus mal, nous avons rédigé l'ébauche en question. Ou, plus exactement, Rembrandt l'a rédigée. Moi, j'ai marqué mon accord sur toutes ses propositions.

L'exercice n'avait rien de bien compliqué, j'avais juste besoin qu'on m'explique la signification de quelques termes juridiques qui surgissaient de temps à autre. Si je venais à mourir sans enfants, je léguerais à ma mère mes vêtements et je ferais un legs à Trijn Beets, qui recevrait cent florins et le portrait que Rembrandt avait fait de moi. Le reste irait à Titus.

Quand tout a été couché sur le papier, je me suis endormie quelques heures. À mon réveil, je me suis levée et habillée, c'était à peine si je tenais debout. J'ai ajusté ma coiffe, Rembrandt m'a aidée à mettre ma cape et nous sommes sortis. Nous étions en janvier, il faisait froid, le vent du nord me faisait frissonner. Rembrandt a passé le bras autour de mes épaules et m'a conduite jusqu'à un coche qui nous attendait près de l'écluse d'Anthoniesluis.

« Le Molensteeg me semblait un peu trop éloigné pour qu'on s'y rende à pied dans ton état », s'est-il justifié.

Il m'a ouvert la porte et, en le remerciant, je me suis installée sur la banquette de cuir froid. Rembrandt est venu s'asseoir à mes côtés, a refermé la portière et le cocher a fait claquer les rênes.

Le Molensteeg n'était pas très éloigné, mais je pris conscience en route qu'il m'aurait été pénible de marcher jusque là-bas. Le voyage n'était pas plus rapide en coche et la traversée de la Breestraat, très encombrée, m'a semblé interminable. On s'est trouvés dans l'impossibilité de traverser le Nieuwmarkt, mais nous avons finalement pu bifurquer vers la Zeedijk, avant de prendre à gauche vers le Molensteeg, où le coche est parvenu à se faufiler de justesse ; les quelques piétons que nous avons croisés ont dû se plaquer contre les façades pour nous laisser passer. Je m'étonnai que le notaire Laurens Lamberti habite dans une ruelle aussi modeste.

Nous nous sommes arrêtés devant une demeure haute et étroite. Rembrandt m'a aidée à sortir de la voiture. Une fois à l'intérieur de la maison, j'ai constaté le contraste saisissant entre le quartier sans prétention, presque miséreux, et l'aménagement de la demeure : sol en marbre, tables basses du plus bel effet et chaises élégamment disposées le long des murs. Au-dessus de la cheminée trônait le portrait d'un homme grisonnant d'une soixantaine d'années, en qui j'ai reconnu le notaire lorsqu'il est arrivé en chair et en os, quelques instants plus tard.

Laurens Lamberti nous a accueillis avec chaleur et nous a précédés dans son bureau, où un feu avait été allumé. Un clerc se tenait prêt derrière son secrétaire, flanqué de deux messieurs que je n'avais jamais vus. Ils ont fait un pas en avant.

« Je vous présente les témoins, Jan Guersen et Octaeff Octaefszoon, a expliqué Lamberti. Asseyons-nous, je vous prie. »

Nous nous sommes exécutés. J'ai essuyé mes paumes moites sur ma cotte. Était-ce la fièvre ou l'anxiété ? Mais de quoi aurais-je eu peur ? Peut-être était-ce l'atmosphère solennelle, ou le mot « testament » qui me forçait à penser à ma mort. J'ai soudain senti la sueur perler dans mon dos et me suis mise à espérer que l'opération ne durerait pas trop longtemps.

Par chance, Rembrandt avait songé à emporter le projet de testament que nous avions rédigé ensemble. Il l'a remis au notaire, qui en a fait la lecture, me posant au passage quelques questions sur mon état de santé et ma famille. Il s'est ensuite mis à écrire. Une demi-heure après notre entrée, j'ai apposé ma signature au bas du document et tout était réglé. Rembrandt affichait un large sourire. S'il avait fait preuve d'un calme olympien juste avant la signature, il était à présent enjoué et radieux.

Heureusement, il ne souhaitait pas s'éterniser et nous avons pris rapidement congé. Le notaire était trop occupé pour prolonger les politesses : les clients suivants attendaient déjà dans le vestibule.

Notre coche avait dû libérer la rue, mais il nous attendait un peu plus loin, sur l'Oudezijds Voorburgwal. Je me sentais exténuée, j'avais tellement le vertige que j'ai eu du mal à remonter en voiture. Rembrandt m'a de nouveau aidée. J'ai posé la tête sur son épaule jusqu'à notre arrivée à la maison. Entre-temps, son humeur joyeuse s'était dissipée. Durant tout le trajet, il a regardé par la fenêtre sans prononcer un mot. À ce moment, j'étais trop fiévreuse pour y réfléchir. Je n'ai compris que plus tard.

18

Avec le recul, je ne m'explique pas comment j'ai pu être à ce point aveugle. Tous les signes avant-coureurs étaient là, visibles comme le nez au milieu du visage. Peut-être me suis-je laissé duper à cause de la maladie, qui m'a affaiblie pendant plusieurs semaines, ou du dévouement avec lequel Hendrickje prenait soin de moi. À l'époque, je prenais son attitude pour de la bienveillance, au point d'avoir honte de me montrer si désagréable à son égard. Mais je crois maintenant qu'elle me jetait consciemment de la poudre aux yeux.

Rembrandt n'avait pas beaucoup de temps à me consacrer, c'est ce qui me faisait le plus souffrir. Lorsque vous aimez quelqu'un, vous êtes constamment en alerte, à l'affût de tout ce qui pourrait menacer votre bonheur. Mais vous péchez aussi par naïveté, vous vous laissez facilement berner, sans doute pour éviter d'affronter une réalité trop douloureuse.

Je ne sais pas exactement quand leur relation a commencé. Hendrickje passait de plus en plus de temps dans l'atelier pour poser et, en ce cas, la porte restait close. Mais lorsque j'entrais inopinément, je ne percevais jamais rien qui soit susceptible d'éveiller mes soupçons, même si je sentais poindre en moi un sentiment déplaisant chaque fois que je les voyais ensemble.

J'ai vraiment ouvert les yeux en juin. Le 5 juin 1648, pour être précise. Je m'en souviens comme si c'était hier, car nous célébrions ce jour-là la fin de la guerre avec l'Espagne.

Dans toute la ville, et en particulier sur le Dam, la fête battait son plein. Nous étions sortis tous les quatre, Titus sur les épaules de Rembrandt, Hendrickje et moi de chaque côté du peintre. C'était une magnifique journée de printemps, aux portes de l'été, le soleil perçait généreusement entre les nuages. Les branches des arbres disparaissaient sous le feuillage encore jeune.

Le carillon de la Zuiderkerk sonnait à tout rompre depuis des heures et la ville entière était dans la rue.

Hendrickje avançait presque en sautillant. D'un pas souple, elle gambadait près de Rembrandt, bavardant et pointant du doigt ce qui l'étonnait, faisant des plaisanteries pour amuser Titus. Elle portait un bliaud bleu ajusté et ses boucles châtaines étaient à moitié couvertes d'une coiffe en dentelle blanche. Elle avait les joues rosies par l'effervescence ambiante et à la voir marcher de cette façon, jeune et radieuse, on aurait pu nous prendre pour une famille heureuse dont elle aurait été la fille aînée.

Rembrandt était lui aussi d'excellente humeur. Il parlait, riait, saluait des connaissances, répondait avec patience aux nombreuses questions de Titus.

Nous arrivions dans le centre de la ville, cependant que les carillons des églises retentissaient les uns après les autres. S'y ajoutait au loin la pétarade des canons. Titus sursautait, mais Rembrandt lui a expliqué qu'il s'agissait de tirs de joie.

Plus nous approchions du Dam, plus la foule

augmentait, on aurait dit que la population entière s'était amassée là. Les fenêtres des maisons autour de la place étaient ouvertes et les habitants se penchaient pour observer l'agitation en contrebas.

Des gamins des rues grimpaient aux arbres et aux poteaux de bois, et même les bateaux qui mouillaient le long du Damrak étaient chargés de fêtards qui ne voulaient rien manquer des célébrations. Du haut de l'ancienne tour de l'Hôtel de Ville qui, prête à être détruite, s'élevait encore devant la nouvelle, les trompettes claironnaient. Des étendards multicolores décoraient les façades.

Hissée sur la pointe des pieds, je tendais le cou pour observer le spectacle du Dam, que je ne pouvais qu'entrapercevoir d'où nous étions. J'ai néanmoins repéré, près du poids public, une fontaine de vin où chacun pouvait se servir gratuitement. Il y avait trois théâtres à ciel ouvert. Deux d'entre eux étaient fermés par des rideaux, le troisième venait de s'ouvrir avec un roulement de tambour. Sur l'estrade, à grand renfort de gestes dramatiques, un groupe de comédiens mimaient une scène que je n'ai pas pu reconnaître.

Tandis que tout le monde se pressait vers le théâtre, une musique a retenti en provenance de l'autre côté du Dam. C'était la milice bourgeoise des mousquetaires d'Amsterdam ! Un cortège bigarré de hallebardiers, de piquiers et de tambours s'avançait sur la place, drapeaux et étendards flottant au vent au-dessus des têtes des spectateurs. L'attention de la foule s'est tournée vers le cortège, une masse de gens s'est mise en mouvement, menaçant notre équilibre.

« Où est Hendrickje ? » a demandé Rembrandt, portant toujours Titus sur ses épaules. Il a regardé autour de lui, tourné plusieurs fois sur lui-même pour chercher la jeune femme.

J'en ai fait autant, mais je ne voyais Hendrickje nulle part. Il y avait tant de monde que nous étions serrés les uns contre les autres, épaule contre épaule, constamment poussés en tous sens.

« Viens, je n'aime pas ça, partons d'ici. »

Rembrandt m'a prise par le bras et m'a aidée à sortir de la cohue. Il ne cessait de chercher Hendrickje des yeux, un profond sillon entre les sourcils.

Les mousquetaires ont pris un virage et se sont retrouvés à quelques mètres de nous, coiffés de leur haut chapeau et ceints de leur écharpe rouge, bleue et orange. Les gens poussaient et tiraient, nous devions batailler pour rester debout.

« Bon sang ! » Rembrandt s'énervait, de plus en plus soucieux.

« Regarde, papa ! Là-bas ! Hendrickje ! » a crié Titus en montrant l'horizon du doigt. Du haut des épaules de Rembrandt, il avait une vue imprenable sur la place. L'enfant agitait les deux bras en l'air et criait le nom de Hendrickje.

« Elle nous voit ? a demandé Rembrandt.

— Oui, elle vient vers nous ! »

Soudain elle est apparue dans la foule, les joues rouges. Elle avait perdu sa coiffe, ses boucles pendaient autour de son visage.

« Je n'arrivais pas à vous retrouver, la foule m'entraînait toujours plus loin ! Quelqu'un m'a fait tomber, j'ai bien failli être piétinée. Heureusement, une dame m'a aidée à me relever, et puis je… »

Elle s'est interrompue et a éclaté en sanglots. Rembrandt a posé Titus par terre et a serré Hendrickje dans ses bras. Elle a pleuré contre lui, si longtemps que ma compassion peu à peu a laissé place à de l'agacement. La situation n'était tout de même pas si grave.

« Rentrons ! ai-je sèchement décrété. On n'y voit rien de toute façon et, si ça continue, il va y avoir un blessé. »

Sans attendre de réponse, j'ai saisi Titus par le bras et je suis partie, obligeant Rembrandt à nous suivre. Hendrickje et lui nous ont emboîté le pas. De temps à autre, je lançais un regard par-dessus mon épaule et constatais qu'il avait laissé un bras autour d'elle.

Tout avait changé sans que je puisse rien y faire. Du jour au lendemain, Hendrickje nous a rejoints à table dans la pièce à vivre. Lorsque j'ai protesté, Rembrandt a répondu : « Neeltje a toujours mangé avec nous. Je ne vois pas pourquoi Hendrickje devrait rester seule dans la cuisine. »

Je n'avais pas grand-chose à opposer à cet argument, hormis peut-être le fait que nous n'avions pour ainsi dire plus de moments à deux. Nous passions encore nos nuits ensemble, dans notre étroit lit-clos. Je tentais de me rassurer : aussi longtemps que je partagerais sa couche et que je pourrais me blottir contre son dos, je n'avais pas de souci à me faire.

Mais je ne pouvais m'empêcher de m'inquiéter, et je restais allongée des nuits entières, les yeux ouverts dans l'obscurité, écoutant la respiration de Rembrandt. La peur de le perdre me serrait la gorge et m'empêchait de dormir. Hendrickje hantait tous mes rêves et, le matin, lorsque je la retrouvais dans la cuisine, j'avais beaucoup de mal à me montrer gentille avec elle.

À ma grande frustration, Titus semblait l'apprécier. Elle faisait toutes sortes de jeux avec lui, comme chat perché ou colin-maillard, et elle l'emmenait souvent se promener en ville. Ils allaient attraper des grenouilles, comme j'en attrapais moi-même avec lui autrefois, lorsque j'en avais encore le temps et la force. Cependant, pour Titus, je me faisais violence et me forçais à rester aimable.

La vie a continué ainsi pendant encore au moins un an. Je dormais avec Rembrandt, mais j'ignorais ce que celui-ci partageait avec Hendrickje lorsque j'étais sortie ou qu'elle posait pour lui derrière une porte close. Par contre, je savais qu'elle était heureuse. Je l'entendais souvent rire et même chanter dans la maison. Jamais très fort : elle se contentait de fredonner, avec la légèreté de ceux qui sont satisfaits de leur existence.

À l'inverse, je ne percevais guère de changement chez Rembrandt, ce qui me rassurait plutôt. Si lui aussi s'était mis à chantonner ou à siffloter, j'aurais vraiment commencé à me faire du mauvais sang, mais il se comportait comme d'habitude. Il riait et parlait certes davantage pendant le repas, mais je parvenais à me convaincre que Hendrickje n'en était pas forcément la raison. Je n'osais penser que tel pût être le cas.

Lors d'une de mes nuits d'insomnie, je pris une décision : accepter ses sentiments pour Hendrickje, même si cela impliquait qu'il entame une relation avec elle. Après tout, nous n'étions pas mariés, il ne commettait donc pas d'adultère. Officiellement, il ne me devait rien.

Rembrandt avait plus d'une fois froncé les sourcils devant la froideur que je manifestais à l'égard de Hendrickje, avertissement que j'avais pris à cœur. Il n'aimait pas les histoires et les tensions à la maison, et la dernière chose à laquelle il aspirait était bien de voir deux femmes se crêper le chignon sous son toit.

Aussi longtemps qu'il me faisait encore l'amour et

que je gardais la bague de Saskia, je restais la femme la plus importante de sa vie. Je m'accrochais à cette espérance.

Et puis, un jour, le couperet a fini par tomber. D'habitude, Rembrandt montait dans son atelier juste après le petit déjeuner. Ce matin-là, il est resté dans la cuisine. Hendrickje s'est éclipsée et j'ai tôt compris ce qu'il se tramait.

« Assieds-toi un instant, Geertje », a dit Rembrandt d'un ton à la fois doux et ferme.

Mes mains ont commencé à trembler. J'ai posé les assiettes un peu trop brutalement dans l'évier et j'ai pris place devant lui, scrutant son visage. Ce que j'y ai lu n'était guère rassurant. L'air grave, il évitait clairement de me regarder en face. Les épaules basses, il faisait mine de jouer avec le couteau à beurre.

Je ne le quittais pas des yeux, mon cœur battait la chamade, mais j'apparaissais calme comme quelqu'un qui se prépare à l'inéluctable.

« Depuis un moment notre relation bat de l'aile, a-t-il commencé après un silence tendu. Tu l'auras remarqué aussi.

— J'ai surtout remarqué à quel point Hendrickje te plaît », ai-je répondu, amère.

Rembrandt n'a pas réagi, laissant place à un nouveau silence pénible, seulement interrompu par le cliquetis du petit couteau sur la table.

« Oui, elle me plaît, a-t-il fini par répéter.

— Comment ?

— Je l'aime. »

Je ne le quittais pas des yeux.

« Tu l'aimes.

— Oui.

— Tu as bientôt quarante-quatre ans, elle n'en a que vingt-trois. C'est encore une enfant !

— Hendrickje est une jeune femme, pas une enfant.

— Qui a vingt ans de moins que toi ! »

Il a posé le couteau sur la table, s'est redressé.

« Peu importe, ce n'est pas la question. Le fait est que je suis amoureux d'elle.

— Donc, tu ne m'aimes plus ? »

Nouveau silence, je retenais mon souffle. La réponse qu'il s'apprêtait à donner serait déterminante. Une confirmation marquerait la fin de tout. Mais, s'il avait encore des sentiments pour moi, il restait une lueur d'espoir.

Nos regards se sont croisés un très bref instant, au cours duquel j'ai vu ce que je redoutais de voir. S'il éprouvait peut-être encore un sentiment pour moi, il ne s'agissait plus que de la pitié. Je ne pouvais pas le supporter.

« Si, je t'aime toujours, mais plus de la même façon. Je te suis reconnaissant pour tout ce que tu as fait, pour moi, pour Titus.

— En parlant de ton fils, tu as pensé à sa réaction ? Tu as vraiment l'intention de lui enlever sa mère pour la deuxième fois ?

— Tu n'es pas sa mère, et Hendrickje…

— Je me suis occupée de lui pendant huit ans ! Je l'ai aimé comme mon propre fils ! Bien sûr que je suis une mère à ses yeux… »

Rembrandt a levé les mains en un geste suppliant.

« D'accord, je ne le nie pas, mais ça ne change rien. Et heureusement, Hendrickje s'entend bien avec lui. »

J'ai exprimé un ricanement incrédule.

« Tu n'es pas sérieux ? Tu crois vraiment que c'est comparable ?

— Écoute-moi, Geertje. C'est ainsi et pas autrement. Titus devra s'y faire. J'aime Hendrickje et c'est avec elle que je veux continuer ma vie. »

Son attitude trahissait une certaine fébrilité et il avait le regard fuyant, comme si cette conversation était la dernière corvée dont il devait s'acquitter avant de pouvoir mener sa vie comme bon lui semblait.

Jusque-là, j'étais parvenue à retenir mes larmes, mais la digue s'est rompue et je me suis littéralement effondrée. Secouée de sanglots, j'ai caché mon visage dans mes mains.

Rembrandt est venu s'asseoir à côté de moi et m'a attirée contre lui.

« Je suis désolé, vraiment. »

J'aurais voulu me dégager, au lieu de quoi je me suis appuyée contre son épaule et me suis laissé consoler. Dans la chaleur familière de ses bras, je ne pouvais pas croire que tout était fini entre nous.

J'ai fini par me calmer et Rembrandt a relâché son étreinte, mais il est resté près de moi et a repris d'une voix douce : « Essayons de nous comporter comme des adultes, Geertje. Je n'ai aucune intention de te flanquer à la porte sans ressources. Je te propose de te donner chaque mois cinq florins si tu acceptes de me rendre les bijoux de Saskia. »

Je n'entendais plus ses paroles ; mon avenir, mes derniers espoirs de bonheur venaient de s'écrouler, impossible de penser à autre chose. J'avais presque quarante ans, je n'avais ni emploi, ni mari, ni enfants pour prendre soin de moi. Née à Edam et liée à Rembrandt de façon illégitime, je ne pouvais pas être considérée comme résidente d'Amsterdam ni, par conséquent, compter sur l'aide financière d'une œuvre de charité. Et certainement pas non plus de la part de l'Église. En somme, j'étais vieille, finie.

Mais le pire était de perdre l'amour de Rembrandt, de ne plus jamais entendre son rire, de ne plus jamais sentir son regard chaud posé sur moi. Une autre femme jouirait désormais de ce privilège, se blottirait dans ses bras au cœur de la nuit sombre et profiterait de ses caresses.

« Geertje ? Tu m'as entendu ?

— Quoi ?

— Les bijoux de Saskia…

— Oui, quoi ? »

Sa mâchoire serrée trahissait sa nervosité. Il tenait à récupérer ces bijoux. Dès qu'il se serait débarrassé de moi, il donnerait la bague à Hendrickje. Cette pensée a été la goutte qui a fait déborder le vase.

« Ils sont à moi, tu me les as donnés.

— Je sais, mais les choses ont changé aujourd'hui…, a-t-il répondu en ponctuant sa phrase d'un geste d'impuissance.

— Tu veux les offrir à Hendrickje ?

— Absolument pas. Je compte les placer en lieu sûr pour les remettre à Titus, le moment venu. Je n'aurais jamais dû les donner à quiconque, ils appartiennent à mon fils. Ils sont tout ce qui lui reste de sa mère. »

J'ai hésité. D'un côté, il n'avait pas tort ; de l'autre, rien ne disait qu'il n'autoriserait pas Hendrickje à les porter jusqu'à ce que Titus souhaite les récupérer.

« J'en prendrai soin », ai-je promis.

Rembrandt m'a agrippé le poignet et l'a maintenu avec fermeté. Il ne me faisait pas mal, mais son geste n'avait rien d'agréable.

« Rends-les-moi, m'a-t-il ordonné. Tu comprends quand même combien ils sont importants pour moi ? »

Il avait l'air si désespéré que j'étais sur le point de céder à ses désirs. Bien entendu, je le comprenais. Entièrement. Cependant quelque chose au fond de moi me lançait un avertissement, me disait que ce n'était pas raisonnable, car alors il aurait tout et, moi, plus rien.

« Tu viens de me promettre ton aide, de ne pas me mettre à la porte sans ressources.

— C'est exact, je t'ai proposé cinq florins par mois.

— Cinq florins par mois… Et comment suis-je censée vivre avec une somme aussi dérisoire ?

— Je peux te donner plus si tu me rends les bijoux.

— Tu pourrais aussi changer d'avis et me garder ici. Tu es très amoureux de Hendrickje, soit. Mais cet amour ne sera pas éternel. Elle perdra un jour sa beauté et sa jeunesse. Et tu éviterais de causer un grand chagrin à Titus…

— Geertje… »

Il a relâché mon poignet et a passé le doigt sur la bague en or que je portais. L'anneau de Saskia.

« Tu peux garder la bague, mais rends-moi le reste.

— Je préfère te garder, toi. Est-ce vraiment impossible ? Tout est donc fini pour de bon ? »

Il a gardé le silence. J'étais tentée de m'accrocher à lui, de l'implorer pour qu'il nous laisse encore une chance, mais je lisais sur son visage qu'il avait déjà pris ses distances. Je n'avais plus d'autre choix que de partir avec dignité, de quitter les lieux la tête haute. C'est ce que j'ai fait, en emportant mes économies et les bijoux.

19

Aveuglée par mes larmes, j'avançais dans la rue en traînant mes affaires. Je n'avais pas dit un mot de plus à Rembrandt, j'étais partie immédiatement après notre conversation. Je n'avais pas revu Hendrickje, ni Titus.

Rembrandt avait fouillé mes affaires à la recherche des bijoux. Je m'en étais rendu compte en constatant que le lit-clos n'était pas aussi impeccable que lorsque j'avais quitté la pièce le matin même. Mes vêtements n'étaient plus empilés comme à l'accoutumée. Ce qu'il ignorait, c'est que je me méfiais des voleurs à cause des nombreux visiteurs que nous voyions passer, et que je cachais tous mes objets précieux à l'intérieur d'un pot, dans la cuisine. Je me suis demandé ce qu'il avait cherché à faire exactement, car même d'un point de vue légal, les bijoux de Saskia m'appartenaient. Ils figuraient d'ailleurs sur mon testament.

Après notre conversation, des clients étaient entrés dans la boutique. Pendant que Rembrandt s'occupait d'eux, j'étais allée chercher les bijoux, j'avais rassemblé le reste de mes affaires et j'étais partie.

J'ai franchi le canal et me suis engagée dans l'Uilenburgerstraat, avec l'intention de m'éloigner du quartier où tout le monde me connaissait. J'ai traversé un autre pont qui m'a amenée dans un secteur que je fréquentais peu. On l'appelait l'île de Rapenburg, même s'il ne s'agissait pas d'une île à proprement parler, puisqu'elle était encore rattachée à la ville par un côté. Les autres étaient effectivement entourés par les eaux de l'IJ. On trouvait là, entre autres, les chantiers navals de la Compagnie néerlandaise des Indes orientales, de nombreuses tavernes, des entrepôts de bois et des cales de halage. Des bateaux en construction attendaient sur les chantiers et l'odeur du bois fraîchement raboté dominait.

J'ai demandé à un passant s'il connaissait des chambres à louer dans les parages. L'homme m'a indiqué une auberge, Le Rafiot noir.

La salle était bondée. Des rires et des chants retentissaient autour de moi dans une atmosphère saturée de tabac. Je me suis faufilée entre les clients jusqu'au comptoir, où j'ai demandé une chambre à l'aubergiste.

Par chance, il lui en restait une. Une belle fille habillée dans un genre tape-à-l'œil – corset de velours rouge, nombreux lacets – m'a précédée dans l'escalier et m'a montré où était ma chambre.

Je l'ai remerciée, puis j'ai poussé la porte. À mon arrivée une souris a filé à toute vitesse sur le plancher, et le châssis de la fenêtre laissait passer les courants d'air. Mais, dans l'ensemble, la chambre m'a semblé plutôt propre. Le mobilier se composait d'un lit, d'une table, de deux chaises et d'un coffre pour ranger mes effets personnels.

« Parfait, ai-je confirmé à la jeune fille qui m'attendait sur le palier. Je la prends. »

Ma chambre était au bord de l'eau, côté ville, et donnait sur une tour, la Montelbaenstoren. J'y ai dormi deux nuits.

Le premier jour, je suis restée assise pendant des

heures à regarder le ballet des bateaux arrivant à Amsterdam ou quittant la ville. Mes yeux étaient si gonflés d'avoir pleuré que je n'osais pas me montrer.

Le rabotage et le sciage du bois, les coups de marteau et d'outils en tous genres résonnaient toute la journée sans interruption, et la nuit, dans mon sommeil, je les entendais encore. Cependant, ils ne me dérangeaient pas ; au contraire, ils me ramenaient à Edam. J'étais de nouveau cette enfant qui, à l'abri de son lit-clos, écoutait son père travailler jusque tard le soir, tandis que sa mère œuvrait dans la cuisine. Le lendemain matin, ils me crieraient de me lever, le foyer crépiterait et une bouillie de petit-lait m'attendrait en bas.

Le besoin irrépressible de rentrer chez moi m'a envahie. Après tout, rien ne me retenait. J'avais encore de la famille là-bas, Trijn y habitait toujours. Même si je ne l'avais pas vue depuis des années, j'étais sûre qu'elle accepterait de m'aider. Je pourrais loger chez elle quelque temps et réfléchir posément à mon avenir. Cette pensée m'a mis du baume au cœur, je me suis endormie.

Dès le lendemain, je me suis rendue au pied de la Montelbaenstoren en quête d'un bateau qui me conduirait à Edam. Je n'ai pu trouver de batelier qui s'y rendait directement, mais on m'a proposé de m'avancer jusqu'à Monnickendam. Je n'ai pas hésité. Chargée de mes affaires, je me suis hissée à bord, où d'ailleurs je n'étais pas la seule passagère payante. J'ai réussi de justesse à trouver une place assise au milieu de la cargaison. J'étais à peine installée que le batelier larguait déjà les amarres. Les genoux repliés, mon sac bien calé dans le dos en guise de coussin, j'ai regardé s'éloigner Amsterdam. Nous avons longé le champ des supplices avant de quitter la ville. Les vagues impétueuses de l'IJ s'écrasaient contre la coque du bateau, giclant très haut, comme pour nous empêcher de partir. Les yeux secs, aux prises avec un immense sentiment de vide intérieur, je voyais passer les murs derrière lesquels j'avais été si heureuse. Je me rappelais le jour de mon arrivée, mes espoirs et ma confiance en l'avenir, et j'ai souri avec amertume. Ces huit dernières années ne m'avaient pas apporté grand-chose, puisque je revenais pour ainsi dire à la case départ.

Enfin, pas tout à fait. En fouillant dans mon sac de voyage, j'ai sorti la bourse de cuir qui contenait la bague à la rose. Dans la lumière du soleil j'ai fait étinceler ses diamants. L'un des passagers m'a remarquée et j'ai vite rangé la bague dans le sac. J'ai tiré l'un des rubans tressés dans mes cheveux, j'y ai fait glisser la bague, puis je l'ai attaché autour de mon cou comme un collier, que j'ai soigneusement dissimulé sous mon carcan.

À Monnickendam, je suis partie en quête d'un autre bateau qui me conduirait à Edam. L'affaire a été vite réglée, car toutes les embarcations ou presque s'y rendaient.

J'ai choisi la moins chère, puis je me suis ménagé une place entre les mannes et les coffres.

Toute la première partie du voyage, je suis restée plongée dans mes pensées sans prêter attention au paysage qui défilait sous mes yeux. Puis je me suis redressée dès que j'ai reconnu des routes familières. Envahie d'émotion, j'ai soudain pris conscience du temps qui s'était écoulé depuis que j'avais laissé Edam derrière moi.

Le bateau est passé juste à côté du chantier de charpentier où se trouvait la maison de mes parents. Même si d'autres habitants l'occupaient désormais, j'ai failli crier au batelier que je voulais descendre là. Cependant l'embarcation a continué jusqu'à la porte de Middelijer, par où nous sommes entrés dans la ville. Nous avons accosté le long de la Schepenmakersdijk, tous les voyageurs sont descendus. J'ai payé le batelier, ramassé mes affaires et sauté sur le quai, où j'ai pris le temps de respirer profondément. Certaines pensées noires qui m'avaient accompagnée jusque-là se sont dissipées, chassées par une bouffée de légèreté. J'étais chez moi.

Trijn habitait dans la Grote Kerkstraat, près de la place de Damplein. Je m'y suis dirigée sans me presser, profitant de chacun de mes pas dans ma ville natale. Personne ne semblait me reconnaître, ce qui n'était pas pour me déplaire, car je n'avais aucune envie de rencontrer de vieilles connaissances et de raconter les péripéties de ma vie. Je réservais l'histoire pour Trijn, et rien que pour elle.

Dans la Grote Kerkstraat, devant la boucherie, un homme d'une trentaine d'années était en train d'égorger un cochon. L'animal était pris de convulsions, le sang coulait à flots par sa gorge et s'écoulait dans une rigole. J'ai attendu que la bête ne bouge plus pour demander où se trouvait Trijn.

Sans un mot, d'un mouvement du menton, il m'a indiqué la boutique. Je suis entrée et j'ai trouvé les lieux vides.

« Il y a quelqu'un ? » ai-je crié.

De longues secondes se sont écoulées avant qu'une petite fille, âgée de quatre ans tout au plus, passe la tête dans l'entrebâillement de la porte.

« Bonjour, ai-je dit. Qui es-tu ?

— Geertje », a répondu la fillette.

J'ai écarquillé les yeux.

« C'est amusant, ça ! Je m'appelle aussi Geertje. Ta maman est à la maison ? »

La fillette a hoché la tête avant de disparaître. Je l'ai entendue crier et, quelques instants plus tard, Trijn est apparue dans le couloir, stupéfaite.

« Geertje ? Mon Dieu, c'est bien toi ? »

En quelques pas, elle m'avait rejointe. Nous sommes tombées dans les bras l'une de l'autre.

« Que fais-tu là ? Quelle merveilleuse surprise ! Pourquoi ne m'as-tu pas informée de ta venue ? »

Elle n'avait pas relâché son étreinte, me frottait le dos, m'embrassait sur la joue. Nous nous sommes écartées et j'ai vu ses yeux remplis de larmes.

« Disons que c'était un voyage improvisé, je suis aussi surprise que toi… », ai-je dit.

Elle a passé la tête à l'extérieur, a crié à l'homme occupé devant la boutique qu'elle avait de la visite et m'a entraînée.

« Viens, allons dans la cour. Krijn va tenir le magasin. »

Nous avons pris place sur un banc du jardin entouré de murs. Un châtaignier nous apportait un peu d'ombre, des oiseaux chantaient, le ciel était d'un bleu azur. J'ai pris une profonde inspiration, éprouvant le plaisir d'être là.

Trijn est allée chercher un cruchon de petite bière, puis s'est replacée à côté de moi.

« Alors, dis-moi tout ! Que se passe-t-il ?

— Toi d'abord ! Cette fillette, Geertje, c'est ta petite dernière ?

— Oui, je lui ai donné ton prénom ! J'ai déjà eu une autre Geertje, mais elle nous a quittés à l'âge de deux mois.

— Quel malheur… Combien d'enfants as-tu ?

— Cinq, mais nous devrions en avoir sept. Et toi, tu en as ? »

J'ai secoué la tête. Trijn m'a regardée d'un air compatissant.

« Ça va, avec le peintre ?

— Nous avons rompu. Et toi, avec ton mari ?

— Je suis veuve depuis un an. Mais j'ai repris la boucherie en engageant un bon apprenti, Krijn, qui m'apporte une aide précieuse. Les choses ne vont pas trop mal.

— Tu as quand même perdu un mari et deux enfants. J'en suis désolée, Trijn.

— C'est la vie, a-t-elle répondu en haussant les épaules d'un air résigné. Pourquoi as-tu rompu avec Rembrandt ? Il ne voulait pas se marier avec toi ? »

Je lui ai tout déballé. À la fin de mon récit, nous sommes restées silencieuses un instant.

« Je comprends pourquoi tu t'es réfugiée ici, a-t-elle observé. Ce salaud t'a brisé le cœur. Je suis vraiment navrée pour toi… Moi aussi, j'ai eu le cœur réduit en miettes à la mort d'Albert, mais je savais qu'il m'aimait.

— Rembrandt m'a aimée, moi aussi. Du moins je le crois. Mais il semblerait que, parfois, l'amour reparte comme il est venu.

— Surtout lorsqu'une souris de vingt-trois ans traîne dans les parages. Enfin, je doute que l'on puisse vraiment parler d'amour dans ce cas. »

Elle a avalé une gorgée de bière.

« Et maintenant ? Que vas-tu faire ?

— Je n'en sais fichtre rien. Peut-être m'installer en ville. Ou bien aller à Ransdorp, en espérant que mon frère ne me cloue pas au pilori.

— De quoi comptes-tu vivre ?

— J'ai quelques économies. Assez pour tenir un peu, mais je vais devoir trouver un travail. »

Trijn a levé un sourcil.

« À ton âge ? Ce ne sera pas simple, ma chérie.

— Je trouverai bien… Peut-être faudra-t-il que je retourne à Amsterdam. Là-bas, le travail ne manque pas.

— Et ce Rembrandt ? Il ne te donne rien ?

— Il m'a promis cinq florins par mois.

— Cinq florins ? Tu crois pouvoir vivre avec ça ? Tu devrais exiger beaucoup plus. C'est ton droit, Geertje !

— Mon droit ?

— Bien sûr. Vous avez vécu tous les deux des années comme mari et femme. Tu as droit à une aide financière.

— Nous n'étions pas mariés !

— Aucune importance. J'imagine que tu attendais une demande en mariage d'un jour à l'autre ?

— Pour être honnête, pas vraiment. Le testament de Saskia lui interdisait de se remarier, sous peine de perdre la gestion de son héritage.

— Donc il a sciemment choisi de ne pas se remarier. Est-ce qu'il t'a fait une promesse ?

— Non, mais il m'a simplement dit, les yeux dans les yeux, qu'il me considérait comme sa femme, et pour moi ces mots suffisaient.

— Ils ne suffisent plus aujourd'hui. Est-ce que tu te rends compte que, devant un tribunal, tu pourrais même l'obliger à t'épouser ? »

J'ai posé mon gobelet sur la table.

« Tu en es sûre ?

— Sûre et certaine. Une affaire similaire s'est produite à Edam, il y a quelques années. Jacob Wouters, marchand de fourrures de son état, s'est mis à fréquenter une certaine Sara, la fille du notaire. Ils ont vécu quelque temps ensemble, puis il a rompu. Sur les conseils de son père, Sara a porté l'affaire devant le juge, qui s'est prononcé en faveur de la jeune fille, parce que leur relation avait valeur de promesse de mariage. Jacob a soutenu qu'il n'avait jamais eu l'intention de se marier, d'autant qu'il était tombé amoureux de quelqu'un d'autre. Mais le tribunal l'a obligé à épouser Sara et ils sont toujours ensemble aujourd'hui. »

J'avais en effet déjà entendu dire que la loi pouvait, en théorie, imposer le mariage, que le cas s'était déjà produit.

« Rembrandt ne m'a jamais promis le mariage.

— Pas nécessaire qu'il en ait exprimé la volonté verbalement. Sara avait reçu de Jacob un bracelet en or. Le tribunal a vu là une preuve suffisante de son engagement et a estimé que Sara avait légitimement pu compter qu'il l'épouserait. Rembrandt t'a-t-il jamais offert quelque chose ? Un cadeau que tu pourrais utiliser comme preuve devant un juge ? »

Au ton de sa voix, elle ne semblait pas envisager plus qu'un bout d'étoffe ou un tableau ordinaire.

J'ai sorti la bague à la rose de mon carcan et la lui ai montrée. Trijn en a eu le souffle coupé.

« Quelle splendeur ! Ce sont de vrais diamants ?

— Oui, elle a appartenu à la première femme de Rembrandt.

— Il te l'a offerte ensuite ? »

J'ai hoché la tête.

Trijn m'a pris la main et l'a serrée.

« Tu as ta preuve, Geertje. Cette bague vaut une promesse de mariage. »

20

Je suis restée une semaine chez Trijn, le temps nécessaire pour nous retrouver, parler et resserrer notre lien d'amitié, autrefois si fort. J'avais déjà décidé de retourner à Amsterdam, car Edam ne m'offrait aucune possibilité de retrouver mon emploi précédent. Au pire, il serait toujours temps de revenir nettoyer les poissons au port.

Suivant l'avis de Trijn, j'ai demandé un rendez-vous avec le notaire Claes Keetman, qui m'a apporté son conseil dans le litige avec Rembrandt. J'avais la ferme intention de l'obliger à me fournir un soutien financier. Il me le devait et le notaire était bien de cet avis.

Une promesse de mariage écrite aurait été un argument imparable, mais les bijoux constituaient déjà une preuve de poids, d'autant qu'ils avaient appartenu à la première épouse du peintre. Selon le notaire, le montant de la pension que Rembrandt m'avait promise était bien trop bas. Après toutes ces années, une pension de dix florins lui paraissait plus convenable.

J'ai remercié et payé le notaire. En rentrant chez Trijn, je sentais se réveiller mes forces d'antan et mon caractère volontaire. Je devais aller à Amsterdam m'entretenir avec Rembrandt. Peut-être était-il perdu pour de bon, mais je n'avais pas encore renoncé à mon avenir. Plus vite cette histoire serait réglée, mieux ce serait. Après, je quitterais la ville et m'installerais à Edam.

De retour chez Trijn, je lui ai relaté ma discussion avec le notaire.

« Tu vois, qu'est-ce que je t'avais dit ? Tu retournes à Amsterdam, alors ? Tu as raison, Geertje, ne te laisse pas faire. »

Elle m'a aidée à rassembler mes affaires, m'a donné un pain, un morceau de fromage et un cruchon de bière. Puis elle m'a accompagnée jusqu'à la Schepenmakersdijk, où nous nous sommes dit au revoir.

« Courage ! Bonne chance, Geertje. Ne laisse pas ce peintre s'en sortir aussi facilement. »

J'ai agité la main en direction de Trijn jusqu'à ce que le bateau passe les portes de la ville et que mon amie sorte de mon champ de vision.

En chemin, j'ai pensé que je pourrais m'arrêter brièvement à Ransdorp pour saluer ma mère. Elle me manquait, mais je n'aspirais pas à me retrouver nez à nez avec mon frère Pieter. Cependant, notre dispute remontait à des années… Devais-je le laisser m'empêcher de voir ma propre mère ?

Une heure plus tard, lorsque nous sommes entrés dans Ransdorp, j'ai demandé à être débarquée sur la berge, à la hauteur du Weersloot.

Je n'étais jamais allée dans la nouvelle maison de ma mère, mais elle m'avait expliqué où elle se situait : en plein cœur du village, juste en face de l'église. Tant mieux : Pieter habitait un peu à l'extérieur, ce qui réduisait fortement le risque d'une rencontre fortuite.

Par précaution, j'ai tout de même demandé à un passant de m'indiquer l'adresse exacte de Jannetje Jans.

Sur place, j'ai frappé doucement à la porte, elle s'est ouverte aussitôt.

« Geertje », a dit ma mère avant de se mettre à pleurer.

Je l'ai prise dans mes bras, elle aussi m'étreignait avec force. Puis je me suis un peu écartée.

« Comment vas-tu, maman ? Bien ?

— Oui, tout va bien. J'ai été un peu malade dernièrement, mais je me sens beaucoup mieux. Et toi ? Tu as l'air fatiguée, ma chérie. »

Elle m'a caressé la joue. Son geste m'a fait fondre en larmes. Elle a passé un bras sur mes épaules et nous sommes rentrées. Je me suis laissée tomber sur le premier tabouret venu. Assise près de moi, elle m'a consolée sans m'interroger sur la cause de ma peine, comme elle le faisait lorsque j'étais petite.

Je me suis calmée et les mots sont venus naturellement. Je lui ai tout raconté, Rembrandt, Hendrickje, ma récente visite chez Trijn.

« Tu as bien fait d'aller la voir. Trijn est une fille intelligente et de bon conseil. Mais es-tu sûre de ce que tu dis ? Maître Van Rijn t'a vraiment promis de t'aider ?

— Oui, maman, j'en suis certaine. Il m'a promis cinq florins par mois.

— Cinq florins par mois ? Pour le restant de tes jours ? Vraiment ? »

Ma mère paraissait incrédule, comme s'il était question d'un montant faramineux.

« D'après le notaire, ce n'est pas assez.

— Si j'étais toi, j'essaierais déjà d'obtenir ça », a conseillé ma mère.

Sa méfiance a semé le doute dans mon esprit. Rembrandt avait-il vraiment promis de me donner cette somme tous les mois ou avais-je interprété ses propos dans le sens qui m'arrangeait ? Était-il disposé à tenir cet engagement alors que je ne lui avais pas rendu les bijoux de Saskia ?

« Je ne veux pas t'inquiéter, a repris ma mère, qui semblait se rendre compte de ma nervosité, mais mon expérience m'a appris à ne jamais compter sur la bonté des gens ni sur leurs promesses. Surtout lorsque rien n'a été écrit et qu'il n'y a aucun témoin. En définitive, tu n'étais que sa… »

Elle n'a pas fini sa phrase.

« Sa quoi ? Sa putain ?

— Non, sa servante, sa gouvernante ou je ne sais quel titre il a pu te donner. Comment as-tu pu croire que cet homme t'offrirait réellement le mariage ?

— En tout cas, je ne m'attendais pas qu'il me congédie de la sorte !

— Je ne connais pas grand-chose à ce genre d'affaire, mais je connais la nature humaine. Et ce que j'ai entendu dire au sujet de ce monsieur Van Rijn ne me rassure pas. Il a la réputation d'être difficile, surtout lorsqu'il s'agit d'argent.

— Il m'a aimée, maman. Je vais aller lui parler. Tout ira bien, ne t'inquiète pas.

— Je l'espère. »

La maison de ma mère était plus que modeste. Pour y vivre à deux, il valait mieux être en bons termes ! Mais elle était parfaite pour une personne seule, probablement juste ce que ma mère pouvait s'offrir.

Cette nuit-là, nous avons partagé son lit-clos. Pieter ne s'est pas montré ; sans doute le bruit de ma présence en ville n'était-il pas encore arrivé jusqu'à lui. Ma mère et moi ne nous en plaignions pas. Profitant de ces retrouvailles, nous avons passé la moitié de la nuit à bavarder.

Mes affaires étaient prêtes aux premières lueurs de l'aube. Je l'ai serrée dans mes bras.

« Si tu as besoin de moi, je serai au Rafiot noir, sur le Rapenburg à Amsterdam. C'est une auberge où j'ai logé dernièrement. J'espère qu'il y aura encore une chambre libre. Si ce n'est pas le cas, j'irai de temps en temps vérifier l'arrivée d'un message pour moi.

— Parfait, a répondu ma mère. Bonne chance, ma chérie. Utilise tout ton tact ! On attrape plus de mouches avec du miel qu'avec du vinaigre. »

Par chance, ma chambre au Rafiot noir était toujours disponible. Elle n'avait pas été louée en mon absence, je pouvais en reprendre possession sur-le-champ. Peut-être aurais-je pu y rester définitivement ? Cette solution ne m'aurait pas déplu, car l'endroit était très bon marché… mais ce n'était pas sans raison.

Précédemment, dès ma première nuit à l'auberge, j'avais eu des doutes sur le genre d'endroit dans lequel je me trouvais. Mon pressentiment était devenu certitude. On voyait là toutes sortes de jeunes filles, à l'allure plus ou moins frivole ; elles adressaient des sourires séducteurs aux clients et ne semblaient pas s'offusquer que l'un d'eux passe de temps en temps la main sous leur cotte ou les invite à s'asseoir sur leurs genoux.

La prostitution était interdite à Amsterdam, et le proxénétisme lourdement puni. Mais ce détail ne semblait pas déranger outre mesure Korst, le propriétaire des lieux.

Le jour de mon retour, une jeune femme à la tignasse blonde, en vêtements plutôt excentriques, est entrée dans l'auberge. Difficile de dire pourquoi j'ai d'emblée compris qu'il s'agissait d'une fille de joie. Peut-être à cause des couleurs criardes de sa tenue.

Korst s'est précipité vers elle, l'a prise par le coude et l'a emmenée dans la cage d'escalier.

« Commande d'un client, a commenté Marritgen, l'une des serveuses, sans interrompre sa besogne.

— Il y en a souvent ? ai-je demandé.

— Assez, mais il faut être rapide et discret. »

À Edam, autrefois, j'avais déjà repéré, lors de la kermesse annuelle, quelques courtisanes. Mais elles ne se montraient généralement pas au village. Sans doute était-ce une profession faite pour la ville, si tant est qu'on puisse parler de profession.

« Lorsqu'un client décrit le genre de fille qu'il cherche, Korst se charge de lui trouver la personne adéquate, a expliqué Marritgen. Mais, que les autorités de la ville l'apprennent, et nous serons tous les dindons de la farce. Donc motus et bouche cousue ! »

Je me demandais à qui j'aurais pu raconter une chose pareille, d'autant que j'avais bien d'autres chats à fouetter.

Le lendemain matin, pleine d'appréhension, je me suis rendue à la maison de Rembrandt. C'est une nouvelle servante qui m'a ouvert la porte avant d'aller chercher le maître. Elle m'a invitée à attendre sur le perron, telle une mendiante. Rembrandt ne m'a pas davantage proposé d'entrer.

« Geertje, s'est-il contenté de dire.

— J'aimerais te parler. De l'aide financière que tu m'as promise.

— Et moi, des bijoux de Saskia.

— De mes bijoux, tu veux dire. »

Rembrandt a poussé un long soupir.

« Oui, tant que nous avions une relation. Tu peux tout de même le comprendre, non ? Il n'a jamais été dans mon intention de te les laisser pour toujours.

— Pourquoi me les avoir donnés, dans ce cas ?

— Parce que tu en avais besoin, comme preuve que je prenais notre couple au sérieux.

— Oui, on a bien vu à quel point tu le prenais au sérieux ! »

Agacé, il s'est détourné pour saluer un voisin qui passait devant la maison, puis m'a regardée de nouveau.

« Les circonstances changent, les sentiments aussi. Es-tu incapable d'évoluer toi aussi, de changer ? »

L'agacement montait en moi.

« Rembrandt, c'est toute ma vie qui a changé, toute ma vie que tu as mise sens dessus dessous ! Mon monde s'est écroulé. Je t'ai perdu, toi, j'ai perdu Titus, j'ai tout perdu. Et voilà que tu me demandes de te rendre la seule chose qu'il me reste ?

— Mais quelle importance ces bijoux ont-ils pour toi ? » Il avait élevé la voix. « Tu ne peux rien en faire, hormis les porter.

— Ce que je ne fais même pas. Je veux les garder en souvenir des bons moments, et pour me rappeler que, du jour au lendemain, tout peut basculer. Et je veux les garder aussi pour être sûre que tu tiendras parole.

— Tu sais que tu peux compter sur moi ! Nous ferons établir les dispositions par acte devant notaire. Comment pourrais-je les ignorer ?

— Je ne sais pas. Peut-être que les circonstances peuvent changer, tu viens de le dire. »

Il me fixait comme s'il ne me connaissait pas ou venait à peine de me rencontrer. Il a poussé un soupir.

« Reviens demain après-midi, vers 2 heures. Nous pourrons en parler à ce moment-là », a-t-il sèchement conclu et, sans rien ajouter, il a fermé la porte.

Le lendemain, à 2 heures précises, je me tenais au même endroit. C'est Rembrandt en personne qui est venu m'ouvrir, cette fois. Il m'a fait entrer et m'a précédée jusque dans la cuisine, où se trouvait, hormis Hendrickje, une autre personne : Catharina Harmens. Je la connaissais bien, elle habitait le quartier. Elle était assise à table à côté de Hendrickje et me regardait d'un air désapprobateur.

« Hendrickje et madame Harmens sont ici en qualité de témoins, a expliqué Rembrandt. Assieds-toi, je te prie. »

J'ai pris place, ignorant délibérément les deux témoins. Rembrandt a abordé directement le fait.

« J'ai une proposition. Je suis disposé à te verser en une fois une compensation de cent soixante florins, puis un montant annuel de soixante florins. Si la somme ne te suffit pas, par exemple en cas de maladie ou en toute autre circonstance, je pourrai ajouter un appoint. Mais à une condition : tu ne pourras pas modifier le testament que tu as fait établir l'an dernier. Je veux être certain que tu ne vendras pas les bijoux de Saskia. Sinon, notre accord financier sera caduc. »

Le silence s'est fait dans la pièce, tous les yeux étaient rivés sur moi. J'ai pris le temps de réfléchir. Cent soixante florins en une seule fois ! C'était beaucoup d'argent. Plus soixante florins chaque année, qui correspondaient aux cinq florins par mois qu'il m'avait promis précédemment. Ce n'était pas la lune, mais ça valait toujours mieux que d'être réduite à la mendicité. Si je trouvais du travail pour compléter ce revenu, je pourrais m'en sortir. L'idée d'un revenu garanti était très attrayante…

Rembrandt me regardait, ses doigts tambourinaient sur la table. C'est lui qui a brisé le silence :

« Tu les as toujours, au moins ? a-t-il demandé, avec une soudaine méfiance.

— Bien sûr.

— Bon. Je ne te ferai cette proposition qu'une seule fois, Geertje. Si tu la refuses, il n'y en aura pas de meilleure. Tu n'auras peut-être même rien du tout.

— Je dois réfléchir. Je n'y arrive pas, avec vos regards braqués sur moi.

— À quoi dois-tu réfléchir exactement ? Je t'offre la sécurité financière à vie. Qu'espères-tu de plus ? »

J'ai plongé mes yeux dans les siens. J'aurais voulu lui prendre les mains, ces grandes mains solides qui maniaient le pinceau avec tant de dextérité, qui avaient caressé ma peau. *Toi*, aurais-je voulu lui répondre. Apparemment, l'expression de mon visage m'a trahie, car cette main, il l'a avancée et posée sur la mienne. Elle était chaude, familière.

« Je sais ce que tu penses, a-t-il dit d'une voix douce et intime, comme si nous étions tous les deux seuls dans la pièce. Je sais ce que tu ressens. Je regrette de t'avoir causé tant de chagrin, Geertje. Ce n'est pas ce que je voulais, et c'est aussi la raison pour laquelle je te fais cette généreuse proposition. »

Je me suis mordu la lèvre, essayant de retenir mes larmes, ma main toujours sous la sienne.

« Tu pourras compter sur moi en cas de coup dur. Je ne te laisserai jamais tomber, je ne veux que ton bonheur. »

Je me suis réfugiée dans la chaleur de ses yeux, soulagée et heureuse qu'il subsiste en lui quelques sentiments pour moi. Peut-être qu'un jour prochain, tout rentrerait dans l'ordre, qu'il se lasserait d'elle.

Je manquerais à Titus, à Rembrandt. Ce n'était pas si improbable, au fond.

« Tu es d'accord ? » a demandé Rembrandt en exerçant une légère pression sur ma main.

J'ai hoché la tête.

21

« Tout va bien ? » m'a lancé Korst à mon retour au Rafiot noir.

Il s'était déjà inquiété plusieurs fois de savoir si j'avais des soucis, aussi ai-je décidé de me confier à lui.

« Quelle histoire ! s'est-il exclamé en passant la main dans ses cheveux grisonnants. Qui s'attendrait à une chose pareille de la part de maître Van Rijn ! Il faut reconnaître, c'est sûr, qu'il n'est pas aussi admiré qu'on pourrait le penser. Il a vécu sur le Vlooienburg, tu le savais ? Avec Saskia, juste après leur mariage. Il sillonnait le quartier, muni de son calepin. Il dessinait sans cesse, surtout les gens ordinaires et les mendiants. Par contre, il ne fallait pas espérer le voir donner l'aumône ! »

Il le faisait pourtant, de temps à autre, mais j'ai préféré ne pas contredire Korst.

« En tout cas je ne me suis pas laissé faire.

— Très bien ! a-t-il approuvé en frottant son comptoir avec un chiffon. Seulement je suis d'avis que tu as accepté un peu vite. Soixante florins par an, comment comptes-tu vivre décemment avec si peu ?

— J'y arriverai si je trouve un travail.

— Et si tu n'en trouves pas ? Ou si tu tombes malade ?

Il faudra que tu m'expliques comment tu envisages de gagner ta vie tout en étant souffrante. Tu n'as même pas d'enfants pour s'occuper de toi en cas de nécessité. Mais peut-être d'autres membres de ta famille… ? »

Une sueur froide m'a envahie. Il avait raison. J'étais partie du principe que je n'aurais qu'à compléter mes revenus en travaillant, mais que se passerait-il si j'en étais incapable ?

« Il a promis de me venir en aide en cas de coup dur. C'est stipulé noir sur blanc dans le contrat.

— Voilà une bonne chose ! A-t-il pris la peine aussi de préciser ce qu'il entend exactement par "coup dur" et combien tu obtiendrais en ce cas ? Sinon, cette clause ne vaut pas grand-chose ! »

Un peu abattue, j'ai murmuré :

« Qu'aurais-je dû faire, selon toi ?

— Demander plus, évidemment ! Tu tiens ce peintre par les bourses, ma fille. Pourquoi crois-tu qu'il se donne tant de mal ? Il est pétrifié à l'idée d'être traîné devant un tribunal, car il sait qu'il perdra à coup sûr. Sans cette bague, je n'aurais pas donné cher de ton cas, mais avec ça en ta possession… »

Il hochait vigoureusement la tête, convaincu par ses propres paroles.

Je ne lui avais pas montré la bague à la rose. Il pensait sans doute à un simple anneau en argent, peut-être en or. Il n'avait pas à connaître sa valeur, personne ne devait la connaître. Je portais aussi les autres bijoux sur moi en permanence car je ne faisais confiance à personne, surtout dans ce quartier.

Mais Korst disait vrai : j'aurais dû demander plus. J'aurais dû exiger une somme qui m'aurait permis de vivre sans redouter la maladie ou mes vieux jours. Le notaire Keetman avait mentionné le chiffre de dix florins. J'ai poussé un soupir. Il fallait exiger au moins cent vingt florins par an, ce qui n'était encore pas énorme. Un artisan en gagnait trois cents par an.

Korst m'a regardée avec gravité.

« Tu as déjà signé ?

— Oui…

— Mais pas devant notaire, ni aucun document officiel.

— Non, tout s'est fait chez Rembrandt, sur la base d'un document qu'il avait lui-même établi. »

Korst a hoché la tête, apparemment satisfait.

« Ce document ne vaut rien. Seul un acte passé et signé devant notaire est valable en droit.

— C'est certain, ce que tu dis ?

— Tu peux me croire, hélas, j'ai déjà une certaine expérience en matière de tribunaux. Fais-moi confiance, retourne là-bas et annonce que tu as changé d'avis. »

Le conseil de Korst me paraissait plein de bon sens. Après tout, mon testament n'était devenu légal, effectivement, qu'après notre passage devant notaire. Une lueur d'espoir s'est ravivée en moi, à laquelle se mêlait la colère d'avoir été assez bête pour laisser Rembrandt me mener en bateau.

Sous un ciel menaçant, gorgé de pluie, je me suis rendue aussi vite que j'ai pu à la Breestraat, où je suis arrivée juste avant l'ondée.

Hendrickje m'a ouvert la porte.

« Geertje ! » s'est-elle exclamée, surprise.

Sans doute pensait-elle que tout était définitivement réglé et qu'elle était enfin débarrassée de moi. Entretemps la pluie avait commencé à tomber. Je n'avais pas l'intention de rester plantée là jusqu'à ce qu'elle daigne me faire entrer, alors je me suis faufilée dans le vestibule.

« Que veux-tu ? m'a-t-elle demandé en refermant la porte dernière nous.

— Je dois parler à Rembrandt.

— Il travaille.

— Je sais, il est dans son atelier, comme toujours. Mais il va devoir en sortir un instant. »

Elle m'a lancé un regard perplexe et peut-être a-t-elle décelé des signes inquiétants sur mon visage, car l'instant d'après elle a rassemblé ses jupes pour grimper l'escalier.

Je suis restée dans le vestibule, comme si j'étais pour la première fois dans cette maison où j'avais vécu des années. Comme si je n'avais pas épousseté avec soin et délicatesse les tableaux qui étaient accrochés là, comme si je n'avais jamais reçu de clients, jamais embrassé le propriétaire des lieux à l'endroit où je me tenais à ce moment même.

Alors que je tentais de contenir la vague d'émotion qui montait en moi, une voix d'enfant m'a fait sursauter.

« Geertje ! » Titus est accouru se jeter dans mes bras. « Tu es revenue ! »

Je l'ai serré de toutes mes forces, j'ai humé son odeur, j'ai embrassé ses cheveux.

« Bonjour, mon grand garçon ! Comment tu vas ?

— Tu m'as tellement manqué ! »

Il ne relâchait pas son étreinte, pas plus que je ne desserrais la mienne. Pourtant, il devenait trop lourd et j'ai dû le reposer à terre. Je me suis accroupie devant lui.

« Je suis désolée de ne pas avoir pu te dire au revoir, mais il fallait que je parte et je ne savais pas où tu étais.

— Au marché, avec Hendrickje. Quand je suis revenu, elle a dit que tu n'étais plus là et qu'elle allait s'occuper de moi. » Des larmes perlaient dans ses yeux.

« C'est vrai. Mais Hendrickje le fera très bien. Elle est gentille avec toi, n'est-ce pas ?

— Oui, mais je ne veux pas qu'elle s'occupe de moi. Je veux que tu reviennes ! »

Il a enroulé ses bras autour de mon cou et pressé sa joue contre la mienne. C'est à ce moment que Rembrandt est entré dans la pièce.

Même si j'éprouvais une compassion sincère et sans borne pour Titus, si je peinais à rester maîtresse de mes émotions, l'arrivée de l'enfant était tombée à point nommé.

« Tout ira bien, mon cœur, lui ai-je dit en ignorant la présence de Rembrandt. Je t'aime et je t'aimerai toujours. Je pourrai peut-être même venir te voir de temps en temps. »

La méfiance dans le regard de Rembrandt a fait place à une sorte de peine.

« Titus », a dit le peintre.

L'enfant s'est retourné sans lâcher ma cotte, qu'il tenait toujours d'une main.

« Je veux que Geertje revienne, a-t-il annoncé sur le ton impérieux dont est capable un enfant de son âge.

— Je sais, mais ce n'est pas possible. Je t'ai déjà expliqué, tu te souviens ? Va voir Hendrickje, je dois parler à Geertje. »

Titus a levé les yeux vers moi, j'ai hoché la tête. Après un long câlin, il est parti, non sans s'arrêter de nouveau dans l'ouverture de la porte. Il a regardé son père d'un air accusateur et a dit :

« Tu vois bien que Geertje n'est pas du tout fâchée contre moi ! »

À ces mots, il s'est éclipsé, laissant place à un silence pesant, que j'ai rompu :

« Tu as osé lui dire que j'étais fâchée contre lui ? »

De guerre lasse, Rembrandt s'est passé la main dans les cheveux en secouant la tête.

« Pas contre lui en particulier. J'ai juste dit que tu étais en colère. Il a dû mal comprendre.

— Je compte sur toi pour clarifier les choses.

— Je crois que tu viens de le faire, mais je te promets de lui parler. Il a déjà assez souffert de cette situation, inutile d'en rajouter. »

Il a marqué une pause avant de reprendre :

« Que puis-je faire pour toi ? Tu as encore des questions au sujet de notre arrangement ?

— En effet. Je me demande comment je vais pouvoir vivre avec ce que tu m'as promis. »

L'expression sur le visage du peintre s'est aussitôt durcie.

« Je ne comprends pas.

— C'est pourtant très simple : la pension que tu m'as promise ne suffit pas pour me garantir une vie décente. Je peux m'en sortir avec un travail supplémentaire, mais si je tombe malade ? J'ai quarante ans, ma santé n'est déjà pas très bonne. Dans quel état serai-je dans cinq ou dix ans ? J'ai besoin de plus d'argent, Rembrandt.

— Encore plus ? a-t-il demandé entre ses dents.

— Ce que tu me proposes est très modique si on pense à ce que j'ai fait pour Titus et toi pendant toutes ces années.

— Tu as été logée, nourrie, blanchie. Tu as pu porter des vêtements somptueux et garder tout ce que je t'ai offert. Tu as même emporté les bijoux de ma première femme. Ce n'est pas suffisant ? Que veux-tu de plus, Geertje ?

— Assez pour mes vieux jours. Assez pour ne plus avoir à m'inquiéter de mon avenir. Je ne crois pas que j'en demande trop. Et je te promets de garder les bijoux pour Titus. »

Rembrandt a poussé un profond soupir.

« Quelle somme te semblerait raisonnable ?

— Trois cents.

— Tu as perdu la raison ? Où irais-je chercher un pareil montant ?

— Tu pourrais peindre un portrait de temps en temps. Que l'exercice te plaise ou non, il rapporte beaucoup d'argent. »

Nous nous toisions en silence. Il a encore soupiré, puis hoché la tête.

« J'augmenterai ta pension. Pas à trois cents florins, mais à la hauteur du montant que je t'aurais donné si tu étais tombée malade. Cette fois, nous signerons un accord officiel devant notaire.

— Combien me proposes-tu au juste ?

— Je dois y réfléchir. Tu auras très bientôt de mes nouvelles. »

Irritée, j'ai croisé les bras.

« Pourquoi ne pas le dire maintenant ? Tu y as déjà réfléchi, j'imagine ? J'aimerais régler cette question le plus rapidement possible, pour pouvoir passer à autre chose.

— Ce ne sont pas des décisions qui se prennent à la légère, Geertje. Où habites-tu en ce moment ?

— Au Rafiot noir, sur le Rapenburg.

— Très bien. Je te tiens au courant. Promis ! »

Rembrandt m'a accompagnée jusqu'à la porte.

« Et, s'il te plaît, ne débarque plus ici à l'improviste, tu mets Hendrickje mal à l'aise et tu perturbes Titus. »

Je me suis retournée et lui ai adressé un regard glacial.

« Je le ferai pour Titus, mais certainement pas pour elle. J'espère que sa conscience l'empêchera de dormir le restant de ses jours.

— Laisse Hendrickje en dehors de tout cela », a-t-il répondu, et, avant que je puisse répliquer, il a fermé la porte.

J'avais besoin d'argent, mais manquais de temps pour chercher un travail. Korst m'avait proposé de l'aider à l'occasion derrière le comptoir, mais ce n'était pas suffisant. J'étais désespérée, au point de ne plus me soucier des réactions de Rembrandt. Sans attendre, je me suis rendue directement au mont-de-piété, dans la Uilenburgerstraat. Je n'ai eu aucun mal à mettre en gage deux des bracelets de Saskia, la dame qui m'avait accueillie s'est tout de suite montrée très intéressée.

Quelques minutes plus tard, un sac en tissu rempli de pièces à la main, je n'éprouvais aucune culpabilité. C'était même un certain soulagement qui l'emportait, celui de savoir que j'aurais un toit et de quoi manger pour les prochains mois. Je garderais les bijoux les plus précieux pour Titus, comme je l'avais promis, mais en attendant, je devais bien vivre de quelque chose.

« Alors ? » a demandé Korst quand je suis rentrée à l'auberge.

Je me suis appuyée contre le comptoir, soudain exténuée. « Il va y réfléchir. »

Korst a hoché la tête en signe d'approbation.

« Courage, ma fille. Je suis avec toi. Tiens bon, tu te bats pour ton avenir, penses-y.

— J'y pense à chaque seconde, et je n'en peux plus. »

Korst a fait glisser un gobelet de bière dans ma direction, puis un morceau de fromage.

« Va avaler tout ça dans ta chambre. C'est la maison qui régale. »

Avec un sourire, je me suis engagée dans l'étroite cage d'escalier. Affectée par la froideur inhospitalière de ma chambre, je me suis étendue sur le lit et j'ai regardé le plafond, trop lasse pour manger, vidée par la tension accumulée au cours de la journée. Korst avait raison, je devais tenir bon et continuer de me battre. J'avais désormais de bonnes chances de voir mon avenir enfin assuré ; dès qu'un contrat serait signé, tout rentrerait dans l'ordre.

Un violent mal de tête me vrillait les tempes. Les yeux fermés, je me suis massé le front. Je me sentais si seule, si misérable que j'aurais aimé fondre en larmes. Mais même pour pleurer, j'étais trop fatiguée.

J'ai dû m'endormir, car un coup à ma porte m'a réveillée en sursaut. Je me suis redressée brusquement, j'ai regardé autour de moi. Oui, j'avais dormi, il commençait déjà à faire nuit.

« Geertje ? a demandé la voix de Korst. Tu as de la visite. »

J'ai passé les jambes par-dessus le bord du lit et me suis levée.

« Qui est-ce ?

— Maître Van Rijn. »

Je me suis fait la réflexion qu'il se montrait soudain plus respectueux que les jours précédents, où il avait traité le peintre de tous les noms d'oiseau. Rembrandt se tenait-il vraiment près de lui derrière la porte ?

J'ai ouvert prudemment. Il était bien là, à côté de Korst. L'aubergiste a fait un pas en arrière tandis que Rembrandt s'avançait dans la chambre. J'ai tout de suite compris que quelque chose n'allait pas.

Il a claqué la porte et s'est posté devant moi, grand et menaçant.

« Tu as vendu les bracelets de Saskia ? »

Je suis restée muette, sous le choc. Comment avait-il pu être informé aussi vite ?

« Une certaine Jacomijn Baltens est venue à la maison cet après-midi. Elle a dit qu'elle t'avait rencontrée plus tôt dans la journée et que tu avais mis les deux bracelets de Saskia en gage. Elle t'a reconnue et elle est venue aussitôt me trouver. »

J'ai fait un pas en arrière.

« Je n'avais pas le choix, j'avais besoin d'argent.

— Je t'avais promis d'augmenter ta pension, tu te souviens ? Je me souciais de toi, mais je me demande à présent pourquoi. Tu savais à quel point je tiens à ces bijoux, mais tu en as tout de même vendu deux ! Dis-moi que tu as encore la bague ! Dis-le ! »

Il m'a forcée à reculer, jusqu'à ce que je me retrouve dos au mur. Il m'a attrapée par le bras. Il ne me faisait pas mal, mais j'ai commencé d'avoir peur.

« Je l'ai toujours ! me suis-je empressée de dire.

— Montre-la-moi !

— Si tu me lâches… »

Sa main a glissé le long de mon bras. J'ai sorti la bague de mon carcan, la lui ai agitée sous le nez, puis l'ai remise à sa place.

« Tu la portes au bout d'un ruban ? a-t-il crié. Et si tu la perds ?

— Aucun risque, elle est bien attachée. Même si le nœud venait à se défaire, elle tomberait dans mon carcan. Elle est plus en sécurité à cet endroit qu'à mon doigt ! Dans ce quartier, je me la ferais voler dans la seconde si on me voyait la porter. »

Rembrandt s'est calmé, mais il a plaqué sa main contre le mur pour me faire barrage avec son bras et m'immobiliser.

« Je veux récupérer ces bracelets », a-t-il ordonné. Son visage touchait presque le mien. « Tu vas aller les chercher. Sur-le-champ.

— Je n'ai pas l'argent pour les racheter. Ils sont à l'abri au mont-de-piété, ils restent ma propriété. Dès que tu auras doublé ma pension, j'irai les récupérer.

— Ta propriété ? C'est Titus le propriétaire ! Tu n'avais pas le droit de les vendre !

— D'après le testament, ils sont à moi. Sinon, comment pourrais-je les lui léguer ? De plus, je n'ai pas vendu ces deux bracelets, je les ai mis en gage. J'ai toujours eu l'intention d'aller les rechercher. »

J'ignore où j'ai trouvé la force de rester aussi calme et déterminée. Sans doute était-ce la conviction qu'il ne pouvait rien contre moi. Il avait beau me mettre dos au mur au sens propre, c'est lui qui était acculé.

« Pas d'ennuis ? »

Deux hommes étaient apparus dans l'encadrement de la porte ouverte, Korst et un autre individu que je n'avais encore jamais vu. Korst est entré dans la chambre d'un pas décidé.

« Je crois que vous feriez mieux de partir.

— De quoi je me mêle ? a rétorqué Rembrandt, avec des éclairs dans les yeux.

— Vous êtes ici dans mon auberge, je ne veux pas d'histoires. Donc, soit vous quittez les lieux, soit je vais chercher le prévôt qui se chargera de vous faire débarrasser le plancher », a menacé Korst, les mains sur les hanches.

L'autre homme est venu se poster à côté de Korst, les bras croisés.

« Très bien, j'ai compris. » Rembrandt a tourné les talons. Avant de quitter la pièce, il m'a lancé un dernier regard assassin. « Je compte sur toi pour récupérer les deux bracelets. Et fais attention à cette bague. Sinon tu risques d'avoir de sérieux ennuis. »

22

Assise au bord de mon lit, je commençais à me remettre de ma frayeur. Korst et son ami avaient tiré une chaise et prêtaient une oreille attentive à mon récit des faits. La figure du jeune homme me semblait vaguement familière. Je me suis souvenue de lui dès qu'il s'est présenté.

« Octaeff, ai-je dit. Tu étais témoin lorsque j'ai fait établir mon testament devant le notaire Lamberti.

— Exact, a répondu Octaeff. Je suis cordonnier, mais j'interviens aussi régulièrement comme témoin lorsque les notaires en ont besoin. Cette fonction m'a permis d'en apprendre beaucoup sur le système juridique. Ce que monsieur Van Rijn vient de faire n'est autre qu'une violation de domicile, doublée de menaces à ton encontre. Voilà qui pourrait lui valoir une condamnation.

— Octaeff m'a apporté plusieurs fois une aide précieuse grâce à ses connaissances. Je lui ai demandé de bien vouloir t'aider, si tu le souhaites évidemment. Ses services ne coûtent pas cher. »

J'ai regardé Octaeff.

« Combien demandes-tu ? »

En fait, le montant qu'il a indiqué était exorbitant,

mais j'étais prête à bien des sacrifices en échange de bons conseils.

« Surtout, ne pas confondre vitesse et précipitation, a-t-il repris. Maître Van Rijn va s'entourer des meilleurs avocats, il est primordial de ne pas te lancer seule tête baissée dans ce combat. Si j'étais toi, je porterais sans hésiter l'affaire devant un tribunal. »

J'ai décidé de suivre son conseil. Il me semblait impossible de renouer la discussion avec Rembrandt, qui ne me laissait guère de choix.

Octaeff m'a expliqué le fonctionnement du système judiciaire et a précisé à quels échevins nous aurions affaire. Pour le non-respect d'une promesse de mariage, le tribunal concerné était la Chambre des affaires matrimoniales.

Les présidents de ce tribunal n'étaient pas des juristes, mais des notables de la ville, qu'on appelait commissaires. C'étaient eux qui statueraient sur mon cas. Dans la mesure où le nouvel Hôtel de Ville était encore en construction, le tribunal était pour le moment hébergé dans l'église Oude Kerk.

Nous n'avons pas attendu pour lancer la procédure. Le 25 septembre 1649, Rembrandt a été cité à comparaître devant les commissaires aux affaires matrimoniales. Au lieu d'accepter la convocation, Rembrandt m'a proposé de nous revoir pour discuter.

Le jour du rendez-vous, le 3 octobre, j'étais extrêmement nerveuse. Heureusement, la présence d'Octaeff me rassurait. Sur le chemin de la Breestraat, tandis que je marchais en silence, la bouche sèche et la gorge nouée, il m'encourageait.

Une fois sur place, Octaeff a laissé tomber le heurtoir sur la porte. Rembrandt est venu ouvrir lui-même, il nous a salués d'un ton sec et neutre et nous a précédés dans la cuisine. Qu'il ne daigne pas nous recevoir dans la pièce à vivre était en réalité un affront, mais je n'en ai pas pris ombrage. Tout ce que je voulais, c'était mettre un terme à cette histoire et sortir de là en ayant la certitude de ne pas avoir été lésée.

Hendrickje se tenait debout à côté de la table, un bras posé sur le dossier de la chaise. Elle était très belle avec ses cheveux tressés et sa coiffe en dentelle. J'ai tout de suite remarqué que son bliaud jaune pâle, au col échancré et bordé de fourrure, était neuf.

« Asseyez-vous », a dit Rembrandt.

Chacun de nous a tiré une chaise, Octaeff et moi nous sommes installés en face de Rembrandt et de Hendrickje. Personne ne nous a proposé à boire. Rembrandt a pris la parole pour venir directement au fait.

Il a d'abord offert de me payer deux cents florins pour que je puisse récupérer les deux bracelets mis en gage au mont-de-piété. Ensuite, il s'est déclaré disposé à me verser une pension annuelle, non plus de soixante, mais de cent soixante florins, et ce, aussi longtemps qu'il me serait donné de vivre.

« Trois cents », ai-je répliqué avec fermeté.

Il m'a lancé un regard sombre.

« Je ne suis pas Crésus ! J'ai plus de dettes que de biens, j'arrive à peine à payer cette maison ! »

Je savais qu'il disait vrai, mais c'était désormais le cadet de mes soucis. Il n'avait qu'à accepter une ou deux grosses commandes et tous ses problèmes seraient résolus, tandis que j'étais condamnée à vivre de la même somme pour le restant de mes jours.

« Geertje, voilà une offre intéressante, est intervenu Octaeff. Maître Van Rijn m'a laissé voir ses comptes et ce qu'il dit est vrai : il croule sous les dettes. »

Je n'en revenais pas.

« Je rêve ou vous vous êtes mis d'accord sans me consulter ?

— J'ai voulu m'informer à l'avance de la situation, comme je le fais toujours.

— Comment ça, "comme je le fais toujours" ? Tu n'es pas avocat, à ce que je sache ? Qu'avez-vous manigancé tous les deux ?

— Du calme, Geertje. Octaeff et moi nous sommes simplement entretenus de la meilleure façon de régler cette histoire sans devoir passer devant le tribunal. Vraiment, je ne peux pas faire plus. Mes finances ont leurs limites. »

Sa voix retrouvait soudain un soupçon de bienveillance. J'ai lu dans ses yeux la douleur qu'il ressentait, lui aussi. Était-il sincère ? Essayait-il vraiment de réparer les pots cassés ? Je ne demandais qu'à le croire.

J'ai de nouveau observé Octaeff.

« À ta place, j'accepterais. Normalement, ce genre de pension n'est accordé qu'en cas d'enfant illégitime. Si tu portes l'affaire devant la Chambre, tu risques d'obtenir moins. »

Rembrandt m'a tendu la main au-dessus de la table et m'a souri.

« Enterrons la hache de guerre, Geertje. J'admets que mon offre précédente était un peu chiche, et je suis vraiment navré de t'avoir rudoyée comme je l'ai fait à l'auberge. Alors, qu'en dis-tu ? Es-tu d'accord ? »

L'argument de l'absence d'enfant illégitime a été déterminant. Un tribunal aurait en effet pu buter sur cet élément. J'ai donc fait la seule chose qu'il me restait à faire : j'ai accepté.

Le contrat devait être établi par le notaire Laurens Lamberti et signé le 10 octobre. On aurait pu penser que je passerais de meilleures nuits maintenant que tout était réglé, mais pas du tout. Je me tournais et me retournais dans mon lit, refaisant mes comptes, imaginant tous les cas possibles. J'étais régulièrement envahie par le doute, que je m'efforçais de réprimer. Cent soixante florins par an était une belle somme, certes, mais serait-elle suffisante ? Telle était la question. Sans doute juste, si je restais en bonne santé. Mais je devrais quand même continuer à travailler, et jusqu'à la fin de mes jours. Je n'avais personne sur qui compter.

J'ai demandé à Korst s'il pouvait m'embaucher. Il m'a confié le service au comptoir et le ménage.

Le matin du 10 octobre, il faisait un temps exécrable, de sorte que j'étais très occupée à passer la serpillière dans l'auberge. Chaque fois qu'un client ouvrait la porte, le vent soufflait des feuilles mortes à l'intérieur et le sol se couvrait de nouvelles traces de boue.

Tandis que je nettoyais, je ne pouvais m'empêcher de contrôler l'heure à l'horloge. J'hésitais encore. Avais-je raison d'accepter cet accord ? Aurais-je les moyens de m'en sortir ?

J'ai aperçu Marritgen qui m'observait d'un regard hésitant.

« Qu'y a-t-il ? » ai-je demandé.

Elle s'est mordu la lèvre inférieure, a balayé la pièce des yeux, puis s'est décidée : « J'ai intercepté une conversation qui te concernait.

— Ah bon ? De quoi s'agit-il ?

— De ce contrat que tu vas signer cet après-midi. Je dois te le dire, je ne peux pas faire autrement : Octaeff a arrangé un accord avec maître Van Rijn. »

Mes cheveux se sont hérissés sur ma tête.

« Quoi ?

— J'ai entendu Octaeff rapporter mot pour mot à Korst que, si tu acceptais ce contrat, il toucherait une belle commission. Korst a demandé de qui, et il a répondu : "De maître Van Rijn." Korst ne voyait pas la chose d'un très bon œil, mais Octaeff a soutenu qu'un tribunal ne t'accorderait de toute façon pas davantage et qu'il était dans ton intérêt de tirer un trait sur toute cette histoire. C'est ce que Rembrandt veut aussi, il n'a aucune envie d'aller au tribunal. »

Tous les muscles de mon corps se sont raidis.

« Voilà donc pourquoi Octaeff a argumenté en faveur de sa proposition ! Le traître !

— Korst semblait se réjouir que tu puisses enfin passer à autre chose, car il s'inquiète de ton état de santé. Il te trouve pâle et amaigrie.

— Je le remercie de se soucier de moi, mais ça va très bien ! Je suis tout à fait capable d'affronter un procès. »

Appuyée sur mon balai, j'ai réfléchi à la meilleure manière d'agir. Je sentais grandir en moi une rage intérieure, comme un feu qui reprenait vigueur, et même si j'avais bien envie de la laisser éclater, je me suis retenue. Je devais préparer une stratégie.

« Qu'est-ce que tu comptes faire à présent ? m'a demandé Marritgen.

— Me rendre cet après-midi chez Rembrandt, ai-je répondu en l'embrassant sur la joue. Je te remercie, Marritgen, de m'avoir informée. »

Bouleversée, je me suis présentée une heure plus tard à la Breestraat, ma cape fermement enroulée autour de moi, comme si je devais me protéger de dangers autres que le seul froid de l'automne. Sans attendre Octaeff, j'étais arrivée la première sur place. Le notaire Lamberti venait d'entrer. Hendrickje m'a adressé un signe de tête un peu gauche tout en l'aidant à ôter sa houppelande. Titus était de nouveau introuvable. Le tenait-elle volontairement à distance ?

Nous avons descendu l'escalier jusqu'à la cuisine et, pendant que nous prenions place, Octaeff est arrivé. Il avait l'air de s'être dépêché et m'a lancé un regard à la fois étonné et interrogateur. J'ai détourné la tête.

Lamberti, assis à la table, a ouvert la réunion. Il s'est saisi de la première mouture du contrat et s'est adressé aux membres de l'assistance.

« Je me réjouis de constater que vous êtes parvenus à un accord amiable, sans intervention du tribunal. C'était en effet le meilleur dénouement possible, a-t-il commencé. Vous êtes des adultes doués de raison, capables de résoudre vos différends. Recevez mes compliments. Dans le projet de contrat établi ensemble, il est stipulé que madame Dircx ici présente recevra une pension de cent soixante florins par an, ainsi qu'une somme unique de deux cents florins pour récupérer les bijoux qu'elle a mis en gage. Comme condition préalable à cet arrangement, monsieur Van Rijn exige que madame Dircx se garde de toute demande supplémentaire à l'avenir et qu'elle s'abstienne de modifier son testament. En particulier, elle ne pourra vendre ou mettre en gage la bague à la rose sertie de diamants, qui est aujourd'hui en sa possession. »

À ces mots, l'homme de loi a levé la tête et nous a observés pour s'assurer que nous étions d'accord. Puisque nous restions silencieux, il a poursuivi.

« Très bien. Dans ce cas, je vais retranscrire le contrat dans son intégralité, puis vous le signerez.

— Épargnez-vous cette peine », ai-je dit sèchement.

Toutes les têtes se sont tournées vers moi.

« Je vous demande pardon ? a dit le notaire.

— Il est inutile de retranscrire le contrat, car je n'ai aucune intention de le signer.

— Geertje…, a tenté Rembrandt, mais je ne lui ai pas laissé l'occasion de poursuivre.

— Tu croyais vraiment pouvoir m'évincer de cette façon ? En passant un accord dans mon dos avec lui ? »

Du menton j'ai désigné Octaeff, qui a détourné les yeux.

« Vous m'avez trahie, tous autant que vous êtes ! Je refuse de signer ce contrat. Je veux trois cents florins ou je révoque mon testament ! »

L'assemblée me regardait, effarée, dans un silence de cathédrale. Je me suis levée et j'ai ajouté à l'intention de Rembrandt : « Je te laisse y réfléchir. Nous nous retrouverons au tribunal. »

Sans attendre les réactions, j'ai quitté la cuisine et gravi l'escalier à la hâte. Dans le vestibule, j'ai attrapé ma cape au vol et je suis sortie en claquant la porte.

Personne ne m'a suivie. Ils étaient tous sans doute en train de se regarder en chiens de faïence, frappés de stupeur. L'idée a failli me faire pouffer de rire. Ils s'étaient imaginé pouvoir me manipuler mais c'était mal me connaître. Je me suis promis de gérer dorénavant moi-même mes affaires, d'autant qu'Octaeff m'avait expliqué toutes les étapes de la procédure.

J'ai marché d'un bon pas en direction de l'Oude Kerk, déterminée à ne pas perdre une minute de plus.

23

Rembrandt ne s'est pas présenté à la première citation, pas plus qu'à la seconde. À en croire le visage des commissaires, son absence ne jouait pas en sa faveur. Ils l'ont condamné à une amende de trois florins et ont reporté l'audience au 23 octobre. Si le peintre brillait de nouveau par son absence, le jugement serait rendu sans lui.

Il n'a pas laissé les choses aller aussi loin. Le 23, nous nous sommes retrouvés ensemble au tribunal. Rembrandt connaissait tous les commissaires, mais je ne m'en inquiétais pas. Il aurait pu en tirer avantage si leurs rapports avaient été bons, ce qui était loin d'être le cas.

J'ai expliqué, pendant l'audience, que Rembrandt m'avait promis à plusieurs reprises de se marier avec moi. C'était faux, et je le voyais me lancer des regards pleins de dégoût, mais je n'y prêtais pas attention.

« Qu'avez-vous à dire pour votre défense, monsieur Van Rijn ? a demandé Jacob Hinlopen.

— Rien, a répondu Rembrandt avec un haussement d'épaules. Hormis que tout ce discours n'est que de la foutaise, mais ce n'est pas à moi de le démontrer. Demandez-lui donc de prouver ce qu'elle avance. »

Les commissaires se sont adressés à moi.

« Des témoins pourraient-ils confirmer votre version des faits, madame Dircx ? a demandé Hinlopen.

— Non, mais j'ai une autre preuve. »

Je leur ai montré la bague à la rose, dont les diamants scintillaient dans la lumière du soleil que laissaient passer les vitraux de l'église. Les commissaires se sont penchés en avant pour l'examiner.

J'ai tendu le bijou à Jacob Hinlopen, qui l'a étudié minutieusement avant de le remettre à ses collègues. Tandis qu'ils examinaient l'objet d'un regard critique, Hinlopen a demandé à Rembrandt :

« Est-il vrai, monsieur Van Rijn, que vous avez donné cette bague à madame Dircx ? »

Rembrandt a hoché la tête d'un air contraint.

« Cette bague, ainsi que bien d'autres bijoux, monsieur. Tous appartenaient à la première épouse de maître Van Rijn, Saskia », ai-je ajouté.

Cornelis Abba m'a rendu la bague et les commissaires ont échangé des regards évocateurs.

« Je pense qu'il est inutile que nous nous concertions pour trancher cette affaire, a dit Jacob Hinlopen. Il est clair, monsieur Van Rijn, qu'en offrant à madame Geertje Dircx ici présente la bague et les bijoux de votre épouse défunte, vous lui avez fait part de votre intention de vous marier avec elle. Madame Dircx est donc en droit d'exiger que le mariage soit effectivement prononcé. Cela étant, dans la mesure où vous êtes tous deux déjà parvenus à un arrangement financier, dont nous avons ici le projet, nous vous exhortons à vous y tenir. Madame Dircx recevra chaque année la somme de cent soixante florins, pour le restant de ses jours, ainsi qu'un unique montant fixe de deux cents florins. Cette somme servira à récupérer les deux bracelets mis en gage. Il lui est par ailleurs interdit de se débarrasser des bijoux qu'elle a en sa possession ou de les mettre en gage. Tel est notre jugement, ferme et ultime. »

La rage a fait place au vide. Pendant des semaines, je m'étais accrochée à ma colère. Mais une fois le verdict connu, il ne me restait plus que mes larmes pour pleurer. Pas dans la salle d'audience. J'ai attendu d'être rentrée dans ma chambre. Arrivée à l'auberge, je suis montée directement, ignorant Korst derrière son comptoir, qui avait fait un pas vers moi. Je n'avais plus rien à dire à ce traître.

Je me suis laissée tomber sur mon lit, envahie de tristesse. Et maintenant ? J'avais eu l'intention de retourner vivre à Edam, mais les commissaires avaient ajouté au jugement que je devrais toucher ma pension tous les mois chez Rembrandt, ce qui m'obligeait à rester à Amsterdam pour l'éternité. Ou bien à Ransdorp, chez ma mère.

Pourquoi pas ? Je pourrais me lancer dans la production de lait et de fromage, et venir vendre ma marchandise en barge laitière à Amsterdam. La maison de ma mère n'était pas grande, mais nous trouverions nos marques. Peut-être pourrais-je même, après quelque temps, louer une habitation plus spacieuse si les affaires marchaient bien.

Le désespoir et l'absence de perspectives se dissipèrent. Je me suis levée, me suis avancée vers la fenêtre d'où j'ai observé l'activité sur le port et la Montelbaenstoren, qui se dressait fièrement au-dessus des bateaux.

J'avais de l'argent, je pouvais me permettre d'acheter quelques vaches ou quelques chèvres, de louer un lopin de terre où les faire paître. Je devrais aussi acheter le matériel nécessaire à la fabrication de mon fromage : des seaux, une baratte, des moules. Ma mère avait toujours produit son beurre et son fromage, elle accepterait certainement de m'aider.

Soudain mon avenir ne me semblait plus aussi morose. J'aurais voulu partir sur-le-champ à Ransdorp, mais j'avais encore quelques affaires à régler ici. D'abord, aller chercher mon dû chez Rembrandt, car le paiement avait pris cours avec effet rétroactif à partir du 28 juin. Il me devait donc déjà de l'argent, sans compter la somme destinée à récupérer les bijoux de Saskia que j'avais mis en gage.

La somme serait la bienvenue pour lancer mon activité… Je me doutais néanmoins que Rembrandt ne me donnerait pas l'argent avant d'avoir vu les bijoux. J'en étais même convaincue.

J'ai pris ma bourse cachée sous ma cotte et j'en ai étalé le contenu sur la table. Les bagues de Saskia étincelaient dans la lumière déclinante.

Que pouvaient-elles valoir ? Une année entière de salaire ? La moitié m'aurait aussi bien tirée d'affaire.

J'ai poussé un soupir, puis j'ai tout rangé dans le petit sac de cuir. Je n'ai cessé d'y penser toute la journée.

Je n'ai quitté ma chambre qu'en fin d'après-midi, pour aller manger un morceau. En bas, j'ai reconnu au comptoir un visage familier : Pieter.

Il était en grande conversation avec Korst, le premier à s'apercevoir de ma présence. « Quand on parle du loup… »

Lentement, je me suis avancée vers mon frère. Il était plus vieux que dans mon souvenir. La peau de son visage était burinée par toutes les journées passées dehors et ses mains présentaient plusieurs cicatrices.

« Pieter, ai-je dit avec réserve.

— Geertje… comment vas-tu ? »

Il ne s'est pas avancé vers moi pour m'embrasser, ce qui était tant mieux, car je l'aurais évité s'il avait essayé.

« Pas trop mal. Que fais-tu ici ?

— Je suis venu te chercher. Maman m'a dit que tu avais maille à partir avec ce peintre. Chaque fois que je viens en ville, les gens m'en parlent. »

Je l'ai entraîné dans un coin de la pièce principale et j'ai fait signe à Korst de nous servir à boire. « Sur son compte », ai-je ajouté en désignant mon frère du menton.

Il n'a pas protesté. Il s'est assis, a posé son bonnet sur la chaise à côté de lui et a gardé le silence quelques instants.

« Vas-y, raconte-moi tout. »

J'aurais préféré qu'il me présente d'abord ses excuses pour le comportement qu'il avait eu la dernière fois que nous nous étions vus, mais ce n'était apparemment pas dans ses intentions.

« Tu es au courant, j'imagine que maman t'a expliqué, ai-je dit d'un ton froid.

— Ça s'est terminé comment ? Le procès a déjà eu lieu ?

— Ce matin même », ai-je confirmé, avant de lui expliquer comment il s'était déroulé et quel jugement avait été rendu. Il écoutait avec attention.

« Bien joué. Ce peintre était en faute, tu as bien fait de le traîner devant le tribunal. Et maintenant, quels sont tes projets ?

— Je pensais rentrer à Ransdorp, chez maman.

— Rien ne pourrait lui faire plus plaisir. Tu lui manques énormément.

— Comment va-t-elle ?

— Elle a été en meilleure forme. Elle se fait vieille et tombe souvent malade. Le taudis où elle vit n'arrange pas les choses, les murs sont couverts de moisissures. Marij et moi avons envisagé de l'accueillir à la maison, mais nous n'avons pas assez de place. Ce serait idéal si tu pouvais trouver un endroit plus approprié, où vous pourriez vivre toutes les deux. »

Telle était donc la raison de sa venue. J'avais de l'argent et il avait besoin de moi. Puisque j'avais moi aussi besoin de lui, j'ai acquiescé.

« C'était justement dans mes intentions. J'ai songé à lancer une petite activité, à vendre du beurre et du fromage, mais je dois d'abord acheter un peu de matériel. Je vais chez Rembrandt demain, prendre possession de deux cents florins qui me serviront à récupérer les bracelets de Saskia. Je crois qu'il ne me donnera le reste que quand il aura les bijoux en main.

— Je peux te prêter un peu d'argent pour acheter ton matériel. Tu auras aussi besoin de bêtes, et d'une habitation avec de l'herbe à brouter, car cette ruine ne restera plus debout très longtemps. Quand je trouverai une minute, j'irai y faire quelques réparations… Si seulement tu pouvais utiliser ces deux cents florins pour…

— Impossible, ai-je coupé. Si je ne rends pas les bracelets, je n'aurai pas ma pension. Je viens de te l'expliquer.

— Tu n'as plus d'autres bijoux ?

— De Saskia ?

— Oui. Tu les as sur toi ? »

J'ai hoché la tête et je lui ai montré la petite bourse décorée de perles. J'en ai étalé sur la table le contenu, dissimulé derrière nos gobelets de bière : quelques bagues en argent et en or, des bracelets, des boucles d'oreilles.

Pieter regardait l'ensemble avec intérêt.

« Il y en a pour une petite fortune ! Quelle bague as-tu utilisée comme preuve de sa promesse de mariage ? »

Je lui ai indiqué la bague à la rose. Il s'est penché vers elle et a sifflé.

« Ce sont de vrais diamants ?

— Oui, bien sûr.

— Geertje, j'ignore combien vaut cette bague, mais je suis sûr que tu pourrais l'échanger contre une maison.

— Elle n'est pas à moi. Mon testament stipule que je dois tout léguer à Titus.

— Donc elle est à toi, sinon comment pourrais-tu la lui léguer ? Rembrandt n'a rien à dire, tu peux en faire ce que tu veux. C'est pour cette raison qu'il a tellement peur de toi, qu'il t'a fait signer ce stupide testament. Si tu vends les bijoux ou si tu les mets en gage, tu ne devras plus jamais te soucier d'argent. Encore moins si on y ajoute cette pension, évidemment.

— Je dois aller la chercher tous les mois chez lui et il exigera de voir les bijoux.

— Nous pourrions en faire faire des répliques. »

Cette idée eut pour effet de me rendre nerveuse.

« Ce serait de l'escroquerie…

— De l'escroquerie ? Et promettre monts et merveilles à une femme pendant des années pour la jeter à la rue dès qu'une minette pointe le bout du nez, tu appelles ça comment ? »

Je me suis frotté les mains l'une contre l'autre, elles étaient froides.

« Tu as raison. Mais si l'affaire vient à se savoir ?

— Si quoi vient à se savoir ? Que tu as vendu ce qui t'appartenait ? Tu en as quand même le droit, non ? Est-il écrit quelque part dans le contrat que tu dois lui montrer les bijoux tous les mois ?

— Je ne crois pas.

— Tu vois ! Tu sais quoi ? Je vais moi-même aller chez le peintre chercher ta pension pour toi. Nous mettrons en gage quelques-uns des bijoux les moins précieux, tu pourras ainsi toujours les récupérer si les choses tournent mal. Ta nouvelle vie commence aujourd'hui, Geertje, et ce peintre n'aura que ce qu'il mérite. »

Mon frère arborait un large sourire, j'ai souri timidement en retour.

À vrai dire, son plan ne me disait rien qui vaille, mais d'un autre côté je ne savais quelle attitude adopter. En outre, il avait raison, ces bijoux étaient à moi. J'ai finalement décidé d'attendre quelques mois avant de les mettre en gage, de façon à pouvoir les montrer les premières fois à Rembrandt si celui-ci demandait à les voir. Ensuite, je pourrais les rembourser un par un. Car j'avais beau avoir d'urgence besoin d'argent, l'idée de gaspiller l'héritage de Titus ne me plaisait pas.

Quelque temps plus tard, en mars 1650, j'ai déménagé à Ransdorp, ce qui a rendu ma mère folle de joie. Je n'en ai pas parlé à Rembrandt, mon déménagement ne le regardait pas.

À la fin du mois, je suis retournée à Amsterdam toucher ma pension. Nous sommes restés dans le vestibule. Rembrandt m'a demandé de lui montrer les bijoux, mais n'y a jeté qu'un bref regard. Il m'a tendu une lourde bourse : « Ce sont les deux cents florins qui te serviront à racheter les deux bracelets. Vas-y tout de suite. Et voici ta pension. »

J'ai pris la deuxième bourse, dont j'ai recompté le contenu.

« Où est Titus ?

— Au marché avec Hendrickje. Je crois qu'il est préférable que tu ne le voies plus.

— Pourquoi ?

— Parce que toutes ces histoires le perturbent beaucoup. »

Mes yeux ont glissé vers le portrait de lui, exposé dans le vestibule.

« Il me manque.

— Je sais », a dit Rembrandt, sur un ton qui signifiait qu'il n'y avait rien à y faire. Puis il a interprété mon expression et, après un temps d'hésitation, il est allé dans l'antichambre et en a rapporté une esquisse, qu'il m'a remise. Le dessin représentait le visage du jeune garçon encadré de boucles. L'émotion m'a saisie. Rembrandt m'a raccompagnée jusqu'à la porte, où nous nous sommes salués brièvement.

Je suis allée à pied jusqu'à l'Uilenburgerstraat, j'ai récupéré les deux bracelets, que j'ai rapportés aussitôt à la Breestraat. Un franc sourire s'est dessiné sur le visage de Rembrandt quand je lui ai remis les bijoux ; pour la première fois depuis bien longtemps, il avait l'air heureux.

« Merci », a-t-il dit. Puis il a refermé la porte.

J'avais déjà exploré les alentours de Ransdorp pour trouver un logement et j'étais tombée amoureuse d'une toute petite ferme, un peu en dehors du village. Elle comportait une cour, un verger et une étable. Elle n'était pas très grande, juste assez pour ma mère et moi. Le prix étant raisonnable, je mourais d'envie de l'acheter.

Fin avril, je suis allée à Amsterdam recevoir ma

pension. C'est Hendrickje qui m'a ouvert, Rembrandt n'était pas à la maison.

Elle a demandé à voir les bijoux, qu'elle a examinés les uns après les autres.

Ce qui aurait pu tourner à l'humiliation s'est finalement transformé en triomphe : je détenais une chose que Rembrandt et elle désiraient profondément. Qu'elle possède l'homme que j'avais aimé ne me faisait plus ni chaud ni froid. Ce que j'avais éprouvé un jour pour Rembrandt avait disparu dans toutes les complications qui avaient émaillé notre séparation. Je ressentais même de la compassion pour Hendrickje. Moi, au moins, j'avais été mariée, même si mon union avait été de courte durée, et je pouvais prétendre au titre de veuve, qui sonnait tout de même mieux que celui de vieille fille, auquel elle aurait droit.

Mon argent bien caché dans ma cotte, j'ai traversé la ville à pied pour rejoindre le nouveau quartier en construction. Rembrandt ne s'y rendait jamais.

Sur le Korte Prinsengracht, j'ai demandé à un passant s'il y avait un mont-de-piété dans les environs. Il m'a indiqué celui de Giertge Nanninghs, dans le Claes Medemblicxgang.

Le bureau était bondé et j'ai dû attendre mon tour. Alors j'ai étalé les bijoux sur le comptoir.

Giertge a examiné les pièces, puis a levé les yeux sur moi. J'avais certes perdu mon statut social, mais je portais toujours des étoffes de bonne facture et une coiffe en dentelle très fine. Mon apparence a semblé la mettre en confiance, car elle a repris avec intérêt l'examen des bijoux. Elle les mirait à la lumière naturelle, les mordillait, hochait la tête. Quelques instants plus tard, j'étais dans la rue, une petite fortune en poche.

24

J'ai acheté la fermette, j'ai chargé mes effets personnels et ceux de ma mère sur une charrette et nous avons déménagé. Le mois de mai approchant, les fleurs sur les arbres fruitiers transformaient le verger en jardin d'agrément rose et blanc. J'y ai mis à paître deux vaches et une chèvre, des poules picoraient dans la cour. Je me levais tôt le matin pour m'occuper des animaux et travailler dans le potager. Ensuite, je préparais le petit déjeuner pour ma mère et moi, que nous mangions en contemplant les champs qui s'étendaient derrière la maison.

J'avais établi une procuration qui permettait à Pieter de récupérer ma pension tous les mois chez Rembrandt, de sorte à ne plus devoir le croiser.

Le peintre remettait l'argent à mon frère sans rechigner ni demander à voir les bijoux. Il n'avait pas appris que je les avais mis en gage. J'avais été beaucoup plus futée cette fois, en optant pour un mont-de-piété situé de l'autre côté de la ville. J'avais l'intention de récupérer les bagues les unes après les autres, dès que mon activité aurait pris son envol.

Le mois de mai était chaud et ensoleillé. Je trayais les vaches et les chèvres, barattais le lait et fabriquais le fromage. J'en conservais une partie dans ma cave pour notre consommation personnelle et je vendais le reste. Ma mère nourrissait les poules, avec lesquelles elle avait de longues conversations. Je me demandais si elle avait encore toute sa tête. Il lui arrivait de me fixer d'un air totalement hébété, de me vouvoyer et de me demander le chemin pour rentrer chez elle. Et puis, soudain, elle revenait à elle et mon inquiétude se dissipait.

Nous avons eu un été magnifique. L'air devait être irrespirable en ville, à cause de la chaleur et de l'eau nauséabonde des canaux, mais, à la campagne, la nature resplendissait.

J'allais blanchir mon linge dans le pré avec les autres femmes du village, je récoltais mes légumes dans mon potager, je ne manquais pas d'admirer le bleu du ciel et laissais le soleil me réchauffer la peau.

J'étais heureuse.

Le bonheur n'est pas éternel. Dès que vous commencez à vous y habituer, que vous le considérez comme naturel, prenez garde : il vous échappe déjà. Je le sais à présent, mais je l'ignorais encore à l'époque, considérant ces quelques mois passés à Ransdorp comme le début d'une nouvelle vie. Je sais désormais que Dieu me les a offerts en guise de compensation, bref moment de répit avant de m'infliger la punition qu'Il me réservait.

Il est peut-être injuste de ma part de pointer sur Lui un doigt accusateur, mais il est manifeste qu'Il a – à tout le moins – toléré ce qui est arrivé le 5 juillet.

Tandis que je marchais tranquillement le long du chemin, mon panier au bras, j'ai soudain entendu un tonnerre de sabots martelant le sol sablonneux. Je me suis retournée et j'ai vu le véhicule foncer sur moi. D'un bond, j'ai sauté sur le bas-côté en espérant sauver ma peau. La voiture a ralenti et s'est arrêtée à ma hauteur.

J'ai retroussé l'ourlet de ma cotte et me suis dirigée, furieuse, vers le cocher pour lui faire connaître ma façon de penser. Je n'en ai pas eu le temps : les portières se sont ouvertes et deux hommes ont surgi. Aux couleurs de leur costume et aux plumes de leur chapeau, rouge et noir, j'ai tôt compris que j'avais affaire à des sergents de justice d'Amsterdam.

« Geertje Dircx ? » m'a demandé l'un d'eux.

J'ai deviné ce qui se préparait et j'ai voulu courir pour leur échapper, mais je n'avais aucune chance. Les deux sergents m'ont rattrapée et m'ont entraînée *manu militari*.

« Vous êtes en état d'arrestation. Au nom de la magistrature d'Amsterdam, nous avons l'ordre de vous conduire à la maison de correction de Gouda. »

J'ai résisté de toutes mes forces, mais je ne faisais pas le poids face à ces deux hommes. Ils m'ont passé les menottes, m'ont contrainte à entrer dans le coche avant d'y monter à leur tour, tandis que je hurlais en donnant des coups de pied.

Le véhicule s'est mis en branle en faisant un demi-tour si brusque que je me suis violemment cogné la tête. Comme j'étais sonnée par le choc, ils m'ont attaché les chevilles. Je ne pouvais plus bouger. Je me suis remise à crier, et l'un des hommes m'a fourré un bâillon dans la bouche.

Le cocher a fait claquer les rênes et nous sommes partis à travers la campagne.

25

Juillet 1654

Je me conduis bien. Toutes celles qui contreviennent aux règles sont enfermées dans une pièce que l'on appelle ici « l'empire des ténèbres ». Je n'y suis jamais allée. Ce serait une sorte de cabane posée sur des poutres en chêne, juste au-dessus du canal qui longe la maison de correction.

Je passe mes jours dans l'atelier de confection à filer, tisser et tricoter, en compagnie de femmes coupables de vol, d'agression, de violences, de mendicité ou de prostitution. J'ai eu tout le temps de réfléchir aux événements, de penser à ma famille. Les visites sont autorisées. Voilà aujourd'hui quatre ans que je suis ici, et je n'en ai encore reçu aucune. Où sont ma mère et mon frère, où est Trijn ? Pourquoi m'abandonnent-ils à mon sort ? Quand je me dis que j'en ai encore pour huit longues années, je tremble, ma gorge se noue. Aussi j'essaie de ne plus y penser. Mieux vaut vivre au jour le jour sans réfléchir à l'avenir.

Aucune des détenues n'est condamnée à une lourde peine. Les meurtriers et les sodomites finissent sur le gibet, puisqu'ils n'ont aucun espoir de rédemption.

Dans la maison de correction sont enfermées les personnes confuses et les retardées mentales qui ne sont pas jugées assez folles pour être envoyées à l'asile, de même que les délinquantes qui ont besoin d'être reprises en main à la suite de petits délits.

Ordre et discipline sont les maîtres mots. La mère gouvernante peut se montrer très dure, allant parfois jusqu'à frapper les détenues avec un bâton, mais cela ne m'est encore jamais arrivé. Les régentes ne sont pas adeptes des châtiments corporels, qui vont à l'encontre des principes fondateurs des maisons de force. Nous devons apprendre à lire et à écrire, étudier la Bible et travailler.

Chaque jour, je remercie Geertruida de m'avoir appris à lire. La lecture m'aide à surmonter l'ennui des soirées, en tout cas l'été. L'hiver, je suis dépendante de la lueur des bougies que je dois payer de ma poche. Je ne peux pas me permettre de gaspiller mon argent ; si je sors un jour d'ici, j'en aurai grandement besoin.

Il est déjà arrivé qu'on libère plus tôt les femmes qui obéissent sans discuter, travaillent dur, lisent la Bible, se montrent calmes et repentantes de leurs méfaits. J'observe donc toutes ces règles à la lettre et ne m'abaisse jamais à prendre part aux bagarres fréquentes par lesquelles mes codétenues évacuent leur frustration. Dans mon temps libre, je ne fais rien d'autre que lire la Bible, d'ailleurs pleine de récits de vengeance et de violence, qui constitue pour moi une formidable source d'inspiration. De l'extérieur, je ne suis que décence et repentir.

Je sais que la mère gouvernante, Selichje, croit en mon innocence. Elle l'a d'ailleurs dit aux régentes qui doivent statuer sur mon sort. Elles ont le pouvoir de diminuer ma peine sans intervention du tribunal des échevins. Il arrive parfois qu'une condamnation soit réduite de moitié, ce qui voudrait dire dans mon cas que je pourrais être libre dans deux ans. Libre ! Cette seule pensée me donne le vertige. Je me vois reprendre ma vie d'antan, profiter du soleil et du vent, décider moi-même de la façon dont je passe mes journées. Alors que ce mode de vie me paraissait jadis d'une totale banalité, je sais aujourd'hui que la liberté est le bien le plus précieux dont nous puissions disposer. Mais je ne m'autorise pas à rêver, la vie m'a joué trop de mauvais tours, j'ai appris à me méfier. En attendant, j'ai toujours une partie des bijoux. Les régentes les conservent jusqu'à ma libération. Rembrandt a beau me haïr, il n'est pas plus avancé depuis que je suis enfermée.

Selichje m'a donné des détails sur mon arrestation, à l'occasion d'une promenade dans la cour intérieure. Le jugement stipulait que j'étais enfermée à la maison de correction « à la demande de connaissances ». Ces « connaissances » n'étaient pas nommément mentionnées, mais Cornelia Jans lui avait glissé que Rembrandt Van Rijn avait pris en charge tous les frais, aussi bien pour le transport que pour mon enfermement.

« C'est étonnant, a dit Selichje. Rien que le transport a déjà coûté cent quarante florins, auxquels s'ajoutent les frais relatifs au prévôt et à la maison de correction. Qu'as-tu pu lui faire pour qu'il t'en veuille à ce point ? »

Alors je lui ai raconté toute l'histoire, sans omettre mes propres erreurs, que j'essayais tout de même de justifier.

« Je n'aurais jamais dû mettre ces bijoux en gage. Si je ne l'avais pas fait, je ne serais pas ici.

— Je me le demande, a répondu Selichje. L'interdiction était en effet stipulée dans le contrat, mais la violation de cette clause ne peut en aucun cas justifier une peine aussi lourde. Maître Rembrandt a été mis au courant, il a dû prendre ses renseignements pour savoir comment provoquer ton arrestation. L'acte d'accusation fait état d'une vie dissolue, ce qui est généralement perçu par les juges comme bien plus grave qu'une rupture de contrat.

— Mais que me reproche-t-il exactement ? Il m'accuse de m'être donnée à d'autres hommes ? C'est complètement faux. J'ai loué une chambre au Rafiot noir, et il est vrai que ce n'était pas l'endroit le plus recommandable de la ville. Mais je ne faisais qu'y dormir, rien de plus.

— Oui, mais les apparences étaient contre toi ! Il ne lui restait plus qu'à soudoyer quelques personnes pour qu'elles fassent une déclaration à charge.

— Mais qui ? Qui a témoigné contre moi ?

— Je l'ignore, l'acte ne le précise pas. Ces pièces se trouvent chez le notaire Crosse, où elles ont été établies. »

Dissimulée derrière sa coiffe blanche, Selichje m'a regardée intensément.

« Il ne faudra pas t'étonner si tu apprends que tu connais à peine les témoins à charge. On trouve toujours de bonnes âmes prêtes à signer une fausse déclaration en échange de quelques florins. »

Rembrandt aurait donc soudoyé des témoins ? Korst en faisait-il partie ? Et Octaeff ? Ou quelques filles aux mœurs légères qui travaillaient au Rafiot noir ? Tout était possible.

« Et ma famille ? ai-je demandé. S'est-elle manifestée ? Mon frère n'a pas essayé de me faire sortir d'ici ? »

Selichje a secoué la tête.

« Mais pourquoi ? Pieter est tout aussi coupable que moi, c'est même lui qui a eu l'idée !

— Voilà pourquoi il a disparu dans la nature. »

Elle avait raison, bien sûr. Pieter devait avoir eu une peur bleue de se faire arrêter, lui aussi. Peut-être Rembrandt l'avait-il menacé de représailles ? Ou même obligé à témoigner contre moi ?

Je n'en revenais pas. Les choses pouvaient-elles vraiment s'être passées de cette façon ? Pieter et Rembrandt étaient-ils de mèche ? J'avais peine à le croire, mais c'était la seule explication logique à son silence.

Penchée sur mon ouvrage de couture, je sentais ma tête éclater. J'étais frappée de plein fouet par une douloureuse réalité. Pieter avait une excellente raison de ne pas se montrer, ce qui valait aussi pour le reste de ma famille, qu'il n'avait certainement pas informée. Il naviguait sans doute sur des mers lointaines à l'heure qu'il était, pendant que ma famille et Trijn se demandaient probablement pourquoi ils n'avaient plus de mes nouvelles. Ils ignoraient que je croupissais ici et, comme nous n'étions pas autorisées à écrire des lettres, je n'avais aucun moyen de prévenir l'extérieur.

La vie à la maison de correction est dure, même pour ceux qui se comportent bien. On occupe la dépendance décrépite du couvent Sainte-Catherine, sur le Groeneweg. D'un côté se trouve la *rasphuis*, la maison de force des hommes, et de l'autre la *spinhuis*, celle des femmes. Si les vastes pièces sont appropriées au travail des détenus, elles le sont beaucoup moins à un enfermement jour et nuit. Les courants d'air y sont permanents, la grande salle est impossible à chauffer en hiver. En fait, ce bâtiment aurait dû être démoli depuis belle lurette. Les nonnes ont refusé d'y rester, mais l'endroit est apparemment jugé assez confortable pour des prisonniers.

Étrange, le constat que je passe mes journées là où des religieuses prenaient jadis leurs repas. La salle à manger de l'ancien couvent a été aménagée en salle de travail, tandis que les gardiens de la maison de correction vivent dans l'église même. Là aussi se trouve, de façon un peu paradoxale, « l'empire des ténèbres » : la cellule d'isolement.

La plupart des femmes incarcérées ne restent que quelques semaines ou quelques mois. Il faut vraiment avoir fait fort pour se voir condamner à une peine de plusieurs années… sauf si quelqu'un offre de prendre en charge les frais de votre hébergement. Rembrandt semble vraiment très désireux de me maintenir ici, car il paie ma pension avec une régularité de métronome.

En définitive, envoyer quelqu'un en maison de correction n'a rien de compliqué. Le prisonnier n'a même pas besoin de s'être rendu coupable d'un délit ou d'un crime : moyennant l'aval du bourgmestre, n'importe quel comportement considéré comme répréhensible peut conduire à un enfermement. De façon générale, ce sont surtout les femmes qui sont touchées par cette procédure. Il existe même une aile spéciale réservée aux filles enfermées à la demande de leurs parents ou de leur tuteur : elles ont fait honte à leur famille en se faisant engrosser avant d'être mariées, ou par un quelconque acte de désobéissance. Elles se trouvent alors incarcérées quelques jours ou quelques semaines, le temps de méditer sur leurs péchés. Elles ne sont pas exposées au monde extérieur, comme nous y sommes contraintes.

Au début de mon incarcération, en effet, je n'ai pas compris ce qui était en train de se produire. Une partie de l'atelier de confection est délimitée par des barrières de bois. Je n'avais pas encore eu le temps de me demander à quoi elles étaient destinées, quand des gens sont venus se poster derrière elles.

« Qui sont ces gens ? ai-je demandé à Jacomijn.

— Des visiteurs », m'a-t-elle répondu simplement en continuant son ravaudage, apparemment indifférente aux doigts pointés dans notre direction, aux commentaires à voix basse et aux rires.

« Il faut croire que la *spinhuis* est un lieu de sortie populaire. Le dimanche, les gens se groupent ici toute la journée, en famille. Ils sont toujours prêts à débourser quelques florins pour venir nous voir et, s'ils peuvent assister en prime à quelques injures ou prises de bec, c'est encore mieux. »

J'ai regardé les barrières, vers lesquelles se dirigeaient quelques détenues. La première a engagé la conversation avec des visiteurs, la deuxième a soulevé sa cotte pour montrer les traces de coups de bâton qui marquaient son postérieur. Quand une troisième femme, Maria, a passé la main par l'une des ouvertures pour quémander une pièce, un jeune garçon a sursauté en la voyant faire et a sauté en arrière. Arrivée en courant, Selichje a flanqué une gifle à la femme, sur quoi le public a applaudi.

« Selichje donnera une pièce à Maria ce soir, a expliqué Jacomijn. Plus on cause d'incidents, plus on gagne. »

J'ai hoché la tête. « La *spinhuis* surtout y gagne…

— Exact. Toute cette mascarade attire le public. Les

gens veulent en avoir pour leur argent, rien de plus normal. En septembre, pendant la kermesse, on dirait un asile de fous. L'entrée est gratuite, les visiteurs se bousculent. »

Je n'avais pas l'intention de m'abaisser à de telles bouffonneries pour quelques pièces, et Jacomijn encore moins. Nous avons continué calmement notre ouvrage, ainsi que quelques autres détenues. Mais la plupart avaient choisi de participer à la mise en scène. Honteuse pour elles, je les observais discrètement.

« J'ai entendu parler de châtiments publics appliqués dans d'autres villes, a dit Jacomijn. Il paraît qu'on enferme les femmes dans des cages qu'on fait tourner à toute vitesse, jusqu'à ce que les prisonnières vomissent. On peut s'estimer heureuses d'être à Gouda. »

« Heureuses » était un bien grand mot, mais je me réjouissais en effet de ne pas avoir été incarcérée à Amsterdam. Si je m'étais retrouvée face à des gens que je connaissais, je n'aurais pas supporté l'humiliation. Ici, les visiteurs étaient des étrangers, une masse sans visage, où personne ne se souciait de mon sort.

Selon Jacomijn, dans d'autres maisons de force, le public avait même le droit de jeter toutes sortes de détritus sur les détenues, et on pouvait la croire, car elle n'en était pas à sa première peine. Ma nouvelle amie était coupable de vol et d'escroquerie, et selon elle je l'étais aussi. La seule différence entre nous était qu'elle serait libérée au bout de quelques mois, tandis que j'en avais encore pour des années. On reprochait à Jacomijn d'avoir effectué plusieurs achats en les faisant facturer sur le compte d'autres personnes, car son magasin d'étoffes ne fonctionnait pas bien.

« Je n'avais pas le choix, expliquait-elle. J'étais

enceinte, mon mari n'avait pas de travail et l'hiver approchait. Il fallait bien qu'on mange. »

Ella a été condamnée à quelques mois de maison de correction à Rotterdam, a accouché là-bas de son premier enfant – qui est mort deux jours après sa libération – puis elle a découvert que son mari la trompait. Elle a voulu lui fracasser la tête avec une bouillotte en métal, si bien que les voisins ont appelé le prévôt, et elle a été de nouveau arrêtée.

« La maison de correction de Rotterdam était pleine, alors j'ai été emmenée à Haarlem. Mais je n'y suis restée que quelques semaines.

— Et te voilà à Gouda.

— Oui, parce que j'ai volé. Tu sais, Geertje, une fois que tu as connu la maison de correction, il devient impossible de trouver du travail. Plus personne ne veut de toi. Il ne te reste plus qu'à voler ou à travailler dans un bordel. J'ai choisi la première option. »

Notre amitié se renforçait de jour en jour. La nuit, il arrivait que l'une réveille l'autre à cause d'un cauchemar, et nous nous consolions lorsque la solitude et le désespoir devenaient trop lourds à porter. Dans l'obscurité oppressante, nous attendions, serrées l'une contre l'autre, l'arrivée de la lueur grise du jour.

« Écoute, me disait alors Jacomijn, le couvent nous parle. »

Au début, je l'ai crue dérangée, mais j'ai appris à guetter le craquement des charpentes, le vent qui s'engouffrait comme un soupir dans les interstices. Des bruits réconfortants dans le silence de la nuit.

Après avoir littéralement tout partagé avec moi pendant six mois, Jacomijn a été libérée. Elle m'a promis de me rendre visite régulièrement, mais je ne l'ai jamais revue.

Elles partent toutes avant moi. Chaque fois qu'une nouvelle pensionnaire prend la place de la précédente, je me promets de garder mes distances, mais c'est quasiment impossible. Surtout lorsqu'on partage la même couche. Aucune des détenues ne dort seule. Ce fut peut-être le plus grand choc, quand je suis arrivée ici il y a quatre ans : apprendre que j'allais non seulement devoir partager la même cellule qu'une autre femme, mais aussi le même lit.

Je m'y suis à peu près habituée désormais, comme je me suis faite aux démangeaisons provoquées par les poux, et à la sensation permanente de faim qui me serre l'estomac. Ma petite vie confortable de jadis a des allures de rêve, et je regrette aujourd'hui de ne pas en avoir profité davantage.

À la *spinhuis*, pas d'oreiller garni de duvet de canard, pas de draps lisses, de couverture propre à remonter sur vos épaules quand vous grelottez la nuit. Votre oreiller est rempli de paille, dont les fétus transpercent le tissu et vous piquent la tête, et votre paillasse de coton nauséabonde a l'épaisseur d'une feuille de papier. Pour vous réchauffer, vous n'avez d'autre choix que de vous blottir contre votre compagne de cellule, que cela vous plaise ou non. Dans un tel contexte, il vaut mieux nouer des amitiés, car il est impossible d'affronter seule la désolation d'une telle existence.

Tous les matins, à 8 heures, le vantail de la porte s'ouvre et un gardien glisse une assiette en bois à l'intérieur : deux tranches de pain noir avec du beurre et du fromage pour chacune. Le midi, nous mangeons dans la salle de travail : de la bouillie au petit-lait avec du pain, du chou cuit ou des feuilles de bette, et encore du pain de seigle. Le tout accompagné de mauvaise bière, la pire qui soit. Je connais bien mon sujet : lorsque je travaillais à la Morriaenshooft, nous fournissions des tonneaux à l'orphelinat de Hoorn.

Le soir, vers 8 heures, nous avons droit à de la soupe et du pain noir. Le dimanche ne se distingue des autres jours que par le fait que les portions sont un peu plus copieuses.

Les semaines passent dans un enchaînement monotone de travail, de lectures de la Bible, de prières, ponctué par le sacrement de pénitence. Deux fois par semaine, un prêtre vient à la *spinhuis*, le dimanche à 9 heures et le mercredi à midi, pour catéchiser les détenues.

Marmonnant mes prières dans la chapelle glaciale, je n'ai jamais le sentiment d'avoir le Seigneur à mes côtés. Mais, comme d'habitude, le froid, la faim m'accompagnent. Et la rage.

La seconde place de ma cellule ne reste jamais très longtemps inoccupée. Je ne sais plus exactement combien de femmes ont partagé ma paillasse. Si j'en ai apprécié certaines, la plupart me tapaient sur les nerfs avec leurs crises de larmes, leurs cauchemars et leur haleine fétide.

Dès le début, je me suis comportée en maîtresse des lieux, exigeant la meilleure place. En hiver, je me mets contre le mur, où il fait moins humide et un peu plus chaud. En été, c'est l'inverse, je préfère le côté ouvert, où je peux profiter de la fraîcheur des courants d'air. Les rares fois où je suis seule, je dors comme une princesse, étendue de tout mon long en travers de la couche.

Malgré la discipline de fer et le peu de droits qui nous sont accordés, les régentes ont pris conscience que nous aussi, les détenues, avons grandement besoin de quelques minutes d'air frais par jour.

Je saisis l'occasion des promenades dans la cour pour garder les yeux rivés sur le ciel. Peu importe le temps qu'il fait, la vue est toujours magnifique. Tantôt l'azur infini s'étend comme une voûte au-dessus de ma tête, tantôt sa masse grise pèse de tout son poids sur les toits des maisons. De toute façon, c'est le plein air, un goût de liberté. Les oiseaux qui nous survolent me confirment que le monde extérieur existe toujours, que la vie suit son cours au-delà de ces murs, et que la mienne y reprendra un jour le sien.

26

« Geertje ? »

J'ai sursauté. Je n'avais pas entendu Selichje arriver.

« Suis-moi. »

Même si nous sommes en été, il fait toujours froid dans l'atelier de confection, et j'ai besoin d'un peu de temps pour m'habituer à la chaleur du bureau de Selichje. Je tire ma chaise dans la lumière du soleil et je laisse mes muscles engourdis se réchauffer.

« Tu sais que ton cas m'occupe depuis longtemps, a-t-elle commencé. J'ai encore réfléchi dernièrement à ce que je pourrais faire pour t'aider. Ma marge de manœuvre est réduite, sauf si nous arrivons à prouver que les témoins contre toi ont menti dans leur déposition. J'en ai reparlé avec les régentes. »

Son attention me touche profondément.

« Vous avez vraiment fait ça pour moi ?

— Toutes s'accordent à dire que ta peine est lourde, exagérément lourde, même. » Selichje se concentre un instant, puis reprend : « Madame Vroesen est venue me voir pour me demander de te passer un message : tu peux déposer un recours en grâce auprès du consistoire. »

Une bouffée d'espoir me traverse.

« Comment dois-je m'y prendre ?

— Les régentes peuvent s'en charger pour toi. Souhaites-tu que je le leur demande ? »

J'ai envie de m'agenouiller devant elle et de lui embrasser les mains, mais je me contente de sourire et de cligner mes yeux emplis de larmes.

« Je vous en serais très reconnaissante, madame. »

Selichje sourit aussi, puis reprend d'un air grave :

« Je vais faire de mon mieux, mais ne crions pas victoire trop vite. Le consistoire examinera encore plus sévèrement que le tribunal l'accusation de vie dissolue pour laquelle tu as été condamnée. Cependant, les prostituées ne sont jamais incarcérées plus de quelques semaines ou quelques mois. On peut donc raisonnablement envisager qu'une peine de quatre ans et demi lui paraîtra suffisante. »

On peut en effet l'envisager. L'introduction de ma demande de libération est suivie d'une longue et douloureuse période d'incertitude. Une dizaine de jours s'écoulent avant qu'on vienne de nouveau me chercher dans l'atelier. Je suis attendue dans la chambre des régentes.

Mon cœur tape violemment dans ma poitrine, comme s'il voulait s'échapper. J'ai la gorge sèche. Malgré la chaleur, mes mains sont gelées.

Les régentes sont assises autour d'une table ronde, Selichje debout derrière elles. Elle semble éviter mon regard, mais je m'empêche d'en tirer une conclusion hâtive, même si je sens mon corps se raidir. Pour contenir ma nervosité, je scrute les visages, où je ne perçois aucune hostilité, mais non plus aucun autre indice.

« Geertje, commence Margaretha Vroesen. Nous avons interpellé en ton nom le consistoire de l'Église réformée d'Amsterdam, qui a invité l'un des prêtres à se rendre à Edam pour obtenir des déclarations à décharge auprès de ta famille. »

Je hoche nerveusement la tête.

« Malheureusement, les nouvelles ne sont pas bonnes. Le consistoire nous a fait savoir que le bras séculier avait décidé de ton incarcération par voie de justice, et qu'il n'est donc pas de son ressort de statuer sur ta libération. »

Un étau glacial m'enserre la poitrine.

« Mais… et les déclarations de ma famille, alors ? Qu'a-t-elle dit de moi ? La justice ne doit-elle pas tenir compte de leur contribution ?

— En effet, les déclarations plaident en ta faveur, mais elles sont indépendantes des accusations formulées à ton encontre. Nous avons bien insisté, arguant de ton comportement exemplaire, mais rien n'y a fait. »

Margaretha a beau me regarder avec compassion, à l'évidence elle est impuissante.

« Combien de temps ? dis-je dans un murmure. Combien de temps encore dois-je rester ici ? Ne me dites pas que je vais devoir purger ma peine dans son intégralité ? Que je vais réellement perdre douze ans de ma vie ?

— Hélas, oui, pour le moment. Mais nous pourrons introduire une nouvelle demande dans quelque temps. Tu as encore des questions ?

— Rembrandt… est-ce qu'il a parlé à ce prêtre ?

— Je l'ignore, mais l'hypothèse me semble peu probable.

— Pas à moi ! Je suis sûre que le consistoire l'a mis au courant et qu'il a soudoyé le prêtre. »

Un torrent de larmes m'empêche de poursuivre. Je dois avoir l'air très misérable pour que toutes me regardent avec une telle pitié.

« Nous sommes navrées, mais il n'y a rien à faire. Tu dois accepter ton sort. Cherche du soutien dans la prière, Geertje. Dieu se chargera d'alléger ta peine », dit Margaretha en faisant un geste de la main pour signifier la fin de la séance. Je sors, escortée de Selichje.

« Je suis sincèrement navrée, me dit-elle en posant une main réconfortante sur mon bras.

— Comment est-ce possible ? Que s'est-il passé ? dis-je d'une voix brisée.

— Rembrandt. Il a envoyé quelqu'un à Edam pour obtenir d'autres déclarations à charge. Il veut que tu purges ta peine intégralement.

— Comment le sais-tu ?

— Une des régentes me l'a confié.

— Mais si elles sont de mon côté, elles pourraient… »

Selichje m'interrompt :

« J'ai bien peur qu'elles ne fassent rien, Geertje. Rembrandt, sache-le, finance généreusement ton enfermement. Au fond, personne n'a intérêt à ta libération. »

Le coup est dur à encaisser, mais j'ai tout de même marqué un point : à Edam, on sait désormais où je suis. J'ai de la famille et des amis là-bas, qui pourront peut-être me venir en aide.

Les régentes m'autorisent, à titre exceptionnel, à envoyer des lettres. Ma mère ne sait ni lire ni écrire, mais Trijn l'aidera.

J'achète deux feuilles de papier à Selichje et je me mets aussitôt à l'œuvre. Je rédige la première lettre à l'intention de Trijn, la deuxième pour Geertruida et Pieter, mes anciens patrons. J'hésite à envoyer celle-ci, car le fait est que je n'ai plus aucun contact avec eux depuis des lustres. Cependant, ce sont des citoyens aisés et respectés qui pourront peut-être changer les choses.

Après un long mois d'attente, je reçois enfin un courrier en provenance de Hoorn. Les mains tremblantes, je déplie la lettre, puis je la repose, désappointée. Geertruida et Pieter se disent sous le choc et infiniment désolés d'apprendre ce qu'il m'arrive. Ils ont décidé de ne pas en informer les enfants, et surtout pas Trijn, qu'ils veulent éviter de perturber. Ils me souhaitent beaucoup de force et de courage, voilà tout. Pas un mot sur l'aide éventuelle qu'ils pourraient m'apporter ni sur des gens influents qu'ils pourraient alerter, rien. J'en déduis qu'ils ne m'écriront plus.

La lettre de Trijn, en revanche, est porteuse d'espoir. Avec une indignation palpable elle m'explique qu'une dame répondant au nom de Cornelia Jans s'est un jour présentée à sa porte.

« Elle m'a assaillie de questions à ton sujet, écrit-elle. Elle voulait tout savoir sur toi, ton caractère, tes habitudes. Elle m'a demandé si tu t'étais adonnée aux plaisirs de la chair ou montrée agressive envers qui que ce soit. Je lui ai répondu que ce n'était pas du tout le cas et lui ai demandé à quoi rimaient ces suspicions. Elle m'a expliqué enfin que tu étais enfermée à la *spinhuis*, et que Rembrandt Van Rijn l'avait envoyée à Edam pour rassembler des témoignages à charge contre toi. Furieuse, je l'ai flanquée à la porte. Lobberich et tous ceux qu'elle a rencontrés ont eu la même réaction, si bien qu'elle est rentrée bredouille. Pieter t'a joué un sale tour en omettant de nous mettre au courant. Je ne comprends pas pourquoi il a disparu. Si je l'avais su plus tôt, j'aurais pu essayer de te venir en aide. »

De tous les ennuis qui me sont arrivés, c'est bien la trahison de Pieter qui me fait le plus mal. Rembrandt, au fond, je peux encore le comprendre. Même s'il m'a profondément blessée, je ne suis pas exempte moi-même de tout reproche. Si je n'avais pas mis les bijoux en gage, je serais à Ransdorp à l'heure qu'il est. Probablement pauvre et aigrie, mais libre.

Pieter, lui, est mon propre frère. Que vous reste-t-il, si vous ne pouvez même plus compter sur les membres de votre famille ? Il est vrai que plusieurs fois déjà il m'a déçue. Il n'a reparu dans ma vie que par intérêt. Comment ai-je pu être assez naïve pour lui accorder ma confiance ?

« Je ne t'abandonne pas, Geertje, a écrit Trijn. Je vais tout faire pour te libérer. »

Malheureusement, je suis sans nouvelles depuis. Les régentes ont-elles lu nos échanges ? Ont-elles décidé d'y mettre fin ? Trijn a-t-elle renoncé à me venir en aide après quelques tentatives infructueuses ?

Les jours défilent, de plus en plus longs, les semaines, les mois… On pourrait croire qu'on s'habitue à la captivité comme on s'habitue au reste, mais il n'en est rien. Quand je pense à toutes ces heures qu'il me reste à vivre ici, à coudre et à ravauder, alors que les extrémités de mes doigts sont couvertes de piqûres, que mon dos me brûle à force de rester assise dans la même position des journées entières, que la privation de nourriture m'a amaigrie plus que jamais, que celles qui partagent ma paillasse ne cessent de soupirer, de se retourner, et m'empêchent de dormir… avec une violence à couper le souffle, le désespoir me submerge.

Durant ces longues nuits blanches passées à me tourmenter, je prends conscience que la certitude de n'avoir personne pour penser encore à moi est sans doute le stade ultime de la solitude.

27

Janvier 1655

Nous sommes en hiver, il fait très froid. Une lumière blafarde traverse les vitraux. Aucun feu n'est assez vigoureux pour réchauffer l'atelier de confection, mes doigts sont trop engourdis pour tenir correctement mon aiguille et mon fil.

Nous sommes moins nombreuses que d'habitude. En raison de la température, les détenues commencent à tousser les unes après les autres, et aboutissent, fiévreuses, à l'infirmerie quelques jours plus tard. Elle se trouve juste au-dessus de nous, on entend distinctement, à travers le plafond, les malades tousser, cracher, renifler.

« C'est toi, la maîtresse du peintre, n'est-ce pas ? me demande la jeune femme assise à côté de moi. La maîtresse de Rembrandt Van Rijn ? »

Elle chuchote, car il est interdit de parler pendant le travail, sous peine de recevoir des coups de bâton.

Je soupire intérieurement. Combien de fois ai-je entendu cette question au cours des quatre dernières années ? On aurait pu croire que, avec le temps, les gens trouveraient un autre sujet de commérage, mais il semble que la vie amoureuse de Rembrandt passionne toujours autant, même à Gouda.

Ma voisine s'appelle Lena Minne, elle a été enfermée ici il y a deux jours pour vol et prostitution. Elle avait repéré un homme qu'elle a fait boire dans une auberge, puis elle est sortie avec lui. Ils traversaient une ruelle quand l'homme s'est écroulé et Lena en a profité pour le dépouiller. Elle a même pris son pantalon, son pourpoint, sa houppelande et ses souliers ! Elle l'a ensuite traîné, nu, jusqu'au bout de la ruelle pour qu'on le retrouve plus vite. Un témoin a dû la voir, car très vite elle a été arrêtée.

Voilà bien longtemps que je ne me formalise plus de ce genre d'histoires, encore que la brutalité de certaines femmes m'impressionne toujours.

« Inutile de répondre, poursuit-elle. Je sais qui tu es, Geertje Dircx. Les gens parlent beaucoup de toi. »

Je lance un regard à Selichje, qui travaille non loin de nous. Elle nous tourne le dos.

« Les gens parlent de tout le monde.

— C'est vrai, reprend-elle, mais certains sujets de conversation déchaînent plus de passion que d'autres. Toutefois, au cas où tu te poserais la question, sache que, dehors, tout le monde est de ton côté. On pense unanimement que Rembrandt est une ordure.

— Peut-être. En attendant, il peint bien tranquillement dans son atelier, pendant que je moisis ici, depuis déjà plus de quatre ans.

— Quatre ans ! » Lena siffle doucement entre ses dents. « C'est insensé ! Je n'ai écopé que d'un an ! Pourquoi si longtemps ? »

Je hausse les épaules. Elle reprend :

« Je viens d'Amsterdam. J'ai habité dans le quartier de Rembrandt. Enfin, pas très loin, sur l'île de Rapenburg.

Je crois que tu y as vécu aussi, non ? Là-bas, les gens parlent toujours de toi. Et de Hendrickje, évidemment. »

À présent, je l'écoute avec attention. Je me hasarde à lui demander :

« Hendrickje ? Qu'as-tu à me dire à son sujet ?

— Elle a été entendue par le consistoire pour fornication illégitime. Mais elle a refusé de faire amende honorable parce qu'elle était enceinte. Elle ne pouvait pas quitter Rembrandt. Enfin si, elle le pouvait bien sûr, mais pour aller où ?

— Hendrickje est enceinte ? »

Une douleur ancienne, oubliée, renaît violemment en moi.

« Était, corrige Lena. Elle a accouché d'une petite fille. Cornelia. »

La troisième à porter ce prénom. Les deux filles que Rembrandt avait eues avec Saskia se prénommaient déjà toutes les deux Cornelia.

« Quand est-elle née ?

— L'année dernière, en octobre, je crois. »

Selichje se retourne, nous nous interrompons. J'essaie de me concentrer sur mon ouvrage, mais les pensées se bousculent dans mon esprit.

La fille de Hendrickje n'a donc que quelques mois. Je l'imagine, son enfant dans les bras, assise au coin du feu dans la pièce à vivre, où je me suis moi aussi si souvent installée. Les bras vides. J'essaie de m'imaginer Rembrandt en père irradiant le bonheur et la fierté, mais je crois moins à cette vision. Il doit plutôt travailler à longueur de journée dans son atelier, comme toujours, et passer à côté des meilleurs moments avec sa fille, comme il a raté la jeunesse de Titus.

Titus… Quel âge a-t-il à présent ? Treize ans ? Ce n'est plus un petit garçon, ni un enfant unique : il est désormais grand frère. Est-il heureux de l'arrivée de sa petite sœur ? Quels sont ses rapports avec Hendrickje ?

Ma plus grande souffrance ne tient pas au fait que je n'ai pas d'enfants ni à la perte de Rembrandt, que je n'aime plus, mais à la parfaite et totale inutilité de mon existence. Même ceux que j'ai jadis tant aimés m'ont oubliée du jour au lendemain.

« Elle est à plaindre, poursuit Lena, qui, je m'en rends compte, ne m'a pas lâchée des yeux. Une amie m'a dit avoir vu des coffres empilés devant chez eux. Ils ont de gros problèmes d'argent. Rembrandt va vraisemblablement faire faillite. Il vend sa collection d'objets d'art aux enchères pour payer ses créanciers, mais il n'est pas impossible qu'il doive quitter sa maison. À mon avis, Hendrickje peut se faire du mauvais sang. D'autant qu'avec sa fille, elle est désormais coincée. Elle sera la putain de Rembrandt pour le restant de ses jours. Une putain sans le sou, de surcroît. »

Elle a raison. Rembrandt ne se mariera jamais avec Hendrickje. Tout comme moi, son honneur perdu, elle sera toujours traitée avec mépris. En outre, l'opprobre ne la touche pas seulement elle, mais atteint aussi sa fille, qui devra supporter toute sa vie de s'entendre traiter de bâtarde. Rembrandt ne s'en offusquera probablement pas ; par contre, il doit s'inquiéter de ne plus recevoir de commandes et de ne plus être capable de subvenir aux besoins de sa famille.

Je sais que je devrais leur pardonner, compatir, mais je ne ressens aucune pitié. Exactement comme eux n'en ont eu aucune à mon égard quand j'ai été traînée de force dans ce coche, il y a quatre ans et demi. Savoir qu'ils sont dans les ennuis est une maigre consolation, un infime rayon de soleil dans la grisaille de mon existence.

28

Mai 1655

Je tombe de plus en plus souvent malade, je m'affaiblis de jour en jour. Par moments, je souhaite m'enfoncer plus profondément dans mes délires fébriles, sombrer au fond de l'oubli, loin de cette vie. Mais le Seigneur est manifestement d'avis que je dois purger ma peine jusqu'à son terme, car chaque fois je guéris de ces affections qui me ravagent.

Le printemps s'est installé. Par belle journée de mai, toutes les filles sont sorties dans la cour intérieure – j'entends leurs voix joyeuses – alors que je suis de nouveau alitée à l'infirmerie, en sueur. Tout mon corps souffre, ma gorge brûle. Déglutir est un supplice, je m'efforce de l'éviter. J'ai sans doute de la fièvre, car les parois du lit-clos semblent se rapprocher de moi, puis s'éloigner, dans un mouvement incessant de va-et-vient.

Parfois, j'ai l'impression d'entendre la voix de Trijn, mais je ne vois que l'infirmière, Elsje. Elle éponge mon front brûlant avec un chiffon d'eau froide et dit des choses que je ne comprends pas. Elle m'aide à me redresser et porte à mes lèvres un bol contenant une boisson épicée.

Avec difficulté, j'en avale quelques gorgées. Ensuite, prise de vertiges dus à l'effort, je me laisse retomber contre l'oreiller.

« Essaie de dormir », me conseille Elsje.

Je ferme les yeux.

Le temps s'étire. Quand je me réveille, il fait nuit. Je referme les paupières. Je les rouvre, et c'est la pleine journée. Je ne pourrais pas dire si nous sommes le matin ou l'après-midi, mais quelle importance ? J'ai moins mal à la gorge et la fièvre semble être tombée, car les parois du lit-clos ne bougent plus. J'ai soif, horriblement soif.

Je vois Elsje près de la fenêtre, le regard tourné vers l'extérieur. Ma voix refuse de m'obéir, alors je frappe le bois du lit pour attirer son attention.

Elle se retourne et c'est Trijn qui apparaît ! En deux pas rapides, elle me rejoint et prend place sur le bord du lit. Est-ce un rêve ?

« Trijn... » Ma voix n'est qu'un murmure imperceptible. Je tends le bras vers elle.

« Bonjour, ma chère Geertje, dit-elle en prenant mes mains dans les siennes. Tu as été très malade. Comment te sens-tu ? »

C'est Trijn, c'est bien elle ! Sa voix, ses gestes... Pourtant, je continue de la dévisager sans y croire.

« Soif... »

Trijn se lève et verse du liquide dans un gobelet. Elle m'aide à boire, c'est de la petite bière, délicieuse. Je bois tout d'une traite.

« Encore ? » me demande-t-elle.

Je secoue la tête.

« Je n'ai plus mal à la gorge ni à la tête, mais je me sens encore terriblement fatiguée.

— Rien d'anormal, je crois. La fièvre est tombée, tu te sentiras bientôt mieux. »

J'ai peur d'être en train de délirer, peur que Trijn ne soit pas vraiment là.

« Qu'est-ce que tu fais ici ?

— Je suis venue te chercher, Geertje. J'ai réussi ! Ta libération a été approuvée, c'est pourquoi on m'a autorisée à venir à ton chevet. »

Pétrifiée, je ne comprends pas.

« Tu m'as entendue ? Tu es libre ! Fantastique, non ? » s'exclame-t-elle, rayonnante.

Je n'arrive pas à y croire. Ce doit être un effet de la fièvre, je délire. Pourtant, la joie de Trijn semble sincère, elle ne cesse de répéter que je suis libre.

« Vraiment ? Je peux partir ? » dis-je d'une voix faible.

Elle hoche la tête.

« Dès que tu auras repris suffisamment de forces pour voyager. »

J'essaie de me lever, mais je suis prise de vertiges. Trijn m'aide à me recoucher.

« Pas aujourd'hui. C'est trop tôt. Dans la chaleur de l'été, tu ne supporterais pas un voyage de plusieurs jours en coche ou en bateau. Ce serait ton arrêt de mort.

— Mais si les autorités se ravisent et que je doive finalement rester ici ? Je veux partir maintenant, avant qu'elles ne changent d'avis, dis-je d'une voix rauque.

— Écoute, j'ai ici ta levée d'écrou, il est écrit noir sur blanc que tu es libre. Regarde par toi-même. »

Elle me tend une feuille de papier, couverte de gribouillages indéchiffrables.

« C'est vraiment ce qui est écrit ? Comment est-ce possible ?

— Je t'expliquerai plus tard. Cet après-midi, quand je reviendrai te voir. Essaie de te reposer, à présent. »

Me reposer ? Comme si j'allais pouvoir fermer l'œil ! Je l'implore en lui attrapant le bras :

« Trouve-moi un coche aujourd'hui ! »

Trijn pose une main sur ma joue et me regarde avec tendresse.

« Très bien. Aujourd'hui ou demain au plus tard. Je vais aller acheter quelques provisions pour le voyage. Essaie de te reposer en attendant. »

Un accès soudain de fatigue m'ôte toute envie de protester. Je ferme les yeux et je me sens partir presque instantanément.

« Merci », dis-je à voix basse.

J'entrouvre à peine les yeux : Trijn a quitté la pièce.

Je ne pensais pas réussir, mais j'ai dormi plusieurs heures. Je me sens mieux, à présent. Toujours fatiguée et affaiblie, certes, mais je n'éprouve aucune douleur. Où est Trijn ? Ai-je rêvé ?

Soudain angoissée, je me redresse d'un coup. Elsje entre justement dans l'infirmerie, un pot de chambre à la main. Comme j'esquisse un mouvement pour sortir du lit, elle me retient.

« Reste couchée, ne bouge pas. Pas sans aide.

— Où est Trijn ? Où est mon amie ? dis-je d'une voix tremblante.

— Elle discute avec les régentes. Elles viendront tout à l'heure, avec le docteur, s'assurer que tu es assez forte pour partir. »

Forte ou pas, je ne resterai pas une minute de plus ici.

« Je me sens très bien. Où sont mes vêtements ? »

Je balance mes pieds nus par-dessus le bord du lit-clos. Elsje me retient de nouveau.

« Attends, je vais chercher Selichje. »

En quelques minutes, tous sont là : Selichje,

Margaretha, le médecin. Trijn les accompagne, un peu en retrait. Il faut attendre que le médecin m'examine pour recevoir son approbation. Enfin, Elsje accepte de m'apporter mes vêtements.

Je peux partir !

Trijn m'aide à m'habiller. Même si je ne me sens pas aussi bien que je voudrais le paraître, je tiens à partir avant que ma libération soit annulée.

Les jambes encore chancelantes, mes quelques effets personnels rassemblés, je prends congé de Lena, de Selichje et des régentes. Bien que j'aie conscience de vivre un grand moment, j'expédie les adieux sans scrupule. J'ai tellement hâte ! Je récupère mes effets personnels, dont les bijoux. Accrochée au bras de Trijn, je traverse les couloirs, le vestibule et passe la haute porte de l'entrée. Enfin dehors ! Je marque un temps d'arrêt, regarde alentour, observe la rue étroite et animée : passants, porteurs, hommes et femmes tirant leur charrette, servantes en route pour le marché. Un troupeau d'oies nous croise en cacardant… L'agitation est oppressante en ce jour de semaine.

Sous le ciel légèrement nuageux, le souffle du vent me caresse la peau. Deux nuages s'écartent comme pour laisser passer le soleil, qui vient me frapper en plein visage. Je ferme les yeux, éprouve sa chaleur qui picote mon visage blême, réchauffe mon corps affaibli qui en redemande. Je suis libre. Libre !

Trijn passe son bras autour de mes épaules.

« Tu viens ? J'ai réussi à trouver un coche, il nous attend. »

Bien installée derrière la fenêtre, je bois les alentours des yeux. Je ne cesse de me répéter intérieurement le mot « libre » ! Je pars avec Trijn, je rentre à Edam !

Même si je sais que tout est vrai, je peine encore

à m'y faire. Une partie de moi est restée à la maison de correction. Elle y restera peut-être toujours, je ne serai plus jamais la même.

« Ma mère ? Pieter ? Comment vont-ils ?

— Ton frère sillonne toujours les océans.

— Et maman ? »

Le regard hésitant de Trijn suffit à me laisser deviner la réponse.

« Elle nous a quittés. Sa santé était déjà précaire il y a cinq ans… »

Je ferme les yeux pour résister à l'onde de douleur qui me submerge.

« Quand… ?

— Peu après ton arrestation. Elle n'a jamais su que tu avais été arrêtée. »

Voilà tout de même une consolation. Et une réponse à mes interrogations sur son silence pendant toutes ces années.

Trijn s'installe à côté de moi, le cocher referme la portière derrière elle.

« Nous ferons la première partie du chemin en voiture, puis nous prendrons un coche d'eau. Ce sera plus rapide et moins cher. »

Je pose ma main sur la sienne.

« Merci infiniment, Trijn. Pour tout. Tu m'as sauvée, tu m'as vraiment sauvée ! »

Elle me sourit avec chaleur.

Nous ne partons pas encore car le cocher est en train de harnacher le cheval, apparemment pas très docile. Ce délai nous donne l'occasion de discuter posément, sans le tumulte des roues et des sabots.

« Comment as-tu fait ? J'étais sûre de passer dans ce trou le restant de mes jours.

— J'ai essayé plusieurs fois avant de parvenir enfin

à te faire libérer. J'ai écrit des courriers, je suis venue à la *spinhuis* pour discuter avec les régentes.

— Elles ne m'en ont rien dit !

— Peut-être n'ont-elles pas voulu te donner de faux espoirs. Elles m'ont conseillé d'aller voir les bourgmestres de Gouda, ce que j'ai fait, sans résultat. »

La voix de Trijn trahissait une certaine irritation. Elle a continué.

« Puis, juste au moment où j'allais baisser les bras, j'ai reçu une lettre de la mère gouvernante.

— Une lettre de Selichje ? »

Elle a hoché la tête.

« Elle m'a expliqué que ta santé déclinait à vue d'œil, que tu ne pouvais plus travailler et que c'était généralement là une raison suffisante pour justifier une libération anticipée. Elle m'a donc invitée à reprendre contact avec les bourgmestres, disant qu'elle plaiderait de nouveau ta cause auprès des régentes. »

Je n'en crois pas mes oreilles.

« Et dire que pendant ce temps j'étais sûre que tout le monde m'avait oubliée !

— Bien au contraire ! J'espérais que la colère de Rembrandt serait un peu calmée et qu'il accepterait de retirer sa plainte. Honnêtement, je n'avais pas beaucoup d'espoir, mais je pouvais toujours essayer. Je suis donc d'abord allée le voir à Amsterdam.

— Quoi ? Tu as été chez Rembrandt ?

— Il s'est mis dans une colère folle quand je lui ai fait part de mon intention de te sortir de la maison de correction. "Ne t'avise pas d'essayer ! Tu le regretteras !" m'a-t-il lancé.

— Et ? dis-je en retenant mon souffle. Qu'est-ce que tu as répondu ?

— Qu'il ne savait pas à qui il avait affaire et qu'il

n’avait pas intérêt à me menacer, car je pouvais moi aussi soudoyer quelques malheureux pour obtenir de fausses déclarations sur sa personne. »

J’éclate d’un rire nerveux.

« Ensuite je suis rentrée à Gouda. Rembrandt avait déjà écrit aux bourgmestres, qui étaient donc au courant de mes projets. Mais cette fois, j’ai été reçue par quelqu’un qui venait juste d’être nommé. Ce bourgmestre m’a fait savoir que Rembrandt lui avait demandé de te tenir captive jusqu’au retour de ton frère. Il espérait sans doute de Pieter une nouvelle déclaration à charge contre toi. »

Une bouffée de tristesse m’envahit.

« Ils étaient de mèche ! Je n’arrive pas à imaginer que Pieter ait pu me faire un coup pareil.

— Il avait le couteau sous la gorge. Pieter ne voulait pas l’aider à te faire enfermer, mais Rembrandt l’avait menacé de le faire incarcérer lui aussi, s’il ne se montrait pas coopératif. »

Je m’en doutais, cependant sa trahison n’en reste pas moins décevante.

Trijn me regarde avec douceur.

« Je ne lui cherche pas d’excuses, mais ton frère devait subvenir aux besoins de sa femme et de ses enfants, Geertje. S’il avait été placé en maison de correction…

— Je sais. Peu importe, je ne veux plus jamais le revoir. Il aurait au moins pu vous prévenir, ma famille et toi. Mais continue. Comment le nouveau bourgmestre a-t-il réagi ?

— Selon lui, on ne pouvait pas attendre le retour de Pieter. Il trouvait aussi très étrange que tu aies été condamnée sur la base d’une seule et unique déclaration à charge de la part d’un membre de ta famille. Il a donc réexaminé le dossier et a constaté qu’en dehors de ton frère, personne ne savait que tu avais été enfermée à la *spinhuis*. Personne non plus n'avait souhaité témoigner pour que tu y restes plus longtemps. Je lui ai alors expliqué que tu étais souffrante et lui ai demandé s'il accepterait de te gracier. Les autres bourgmestres se sont ensuite concertés et ont approuvé ta libération anticipée. Je suis venue te chercher dans la seconde. »

Je suis en larmes. Trijn semble émue, elle aussi. Elle cligne des yeux, se frotte les paupières, fait mine de regarder par la fenêtre.

« Nous partons », dit-elle alors que le coche se met enfin en mouvement.

Nous nous cramponnons l'une à l'autre tandis que la voiture fait demi-tour. Nous quittons la Groeneweg, passons devant les maisons à pignon à redents. Des servantes balaient le perron, d'autres bavardent en regardant passer une charrette remplie de pain que tire un vendeur ambulant à la langue bien pendue. Des enfants prennent en chasse une poule en fuite.

Nous tournons à droite au bout de la rue, les portes de la ville apparaissent. Le coche s'engage dans le passage sombre et ressort de l'autre côté, produisant un bruit sourd en traversant le pont de bois. Tout autour de nous, la campagne dévoile ses teintes vertes inondées de soleil. Les ailes des moulins à vent tournent sous la brise fraîche, de petits nuages moutonneux se font la course dans le ciel d'un bleu printanier.

Bouleversée, je prends la main de Trijn. Elle se tourne vers moi : « C'est fini, Geertje. On rentre à la maison. »

31 mai 1655

Geertje Dircx est relaxée de la maison de correction de Gouda.

DOSSIER

POSTFACE

La réhabilitation de Geertje

Étrangement, le nom de Geertje Dircx est inconnu du grand public, contrairement à ceux de Saskia et de Hendrickje. Il est aussi frappant de constater qu'aucun auteur n'a pris la peine, jusqu'ici, de la choisir comme personnage principal d'un roman. Son histoire est pourtant remarquable, et elle illustre magnifiquement le combat des femmes au XVIIe siècle. Geertje brille par son absence lors des expositions et des commémorations, et les rares fois où on prend la peine de la citer, c'est généralement en termes négatifs.

Peut-être est-ce dû au rôle douteux que Rembrandt, indétrônable héros national aux Pays-Bas, a joué dans ce drame. Il n'est pas dans mes intentions de le dénigrer, et je reste parfaitement consciente que le roman que vous tenez entre les mains n'est qu'une interprétation d'une réalité que nous ne connaissons pas. Nous ignorons si Geertje aimait sincèrement Rembrandt ou si elle n'était qu'une opportuniste, et nous ne savons pas davantage si Rembrandt l'aurait épousée s'il l'avait pu. Nous ne savons rien de leurs pensées profondes ni de leurs sentiments, mais nous connaissons les faits. Eux ne mentent pas.

Ces faits n'ont été mis au jour que récemment. L'œuvre et la vie de Rembrandt déchaînent les passions depuis des centaines d'années, mais ce n'est qu'en 1965 que le grand public a pu avoir accès à tous les actes et documents traitant de son litige avec Geertje.

Il est frappant de constater à quel point les écrits sur Geertje étaient négatifs avant la mise à disposition de ces archives. Tant la littérature que les pièces de théâtre la dépeignaient comme une arriviste, une mégère vindicative qui avait jeté son dévolu sur Rembrandt et faisait tout pour l'escroquer. Le pauvre homme n'aurait eu d'autre choix que de la faire enfermer dans une institution pour femmes déséquilibrées.

Nous savons aujourd'hui que la vérité est bien différente, mais seulement depuis peu, dans la mesure où les archives notariales d'Amsterdam n'étaient autrefois pas ouvertes au public.

Comme l'écrit H. F. Wijnman dans son ouvrage *Un épisode de la vie de Rembrandt : l'histoire de Geertje Dircks*[1] (avec *ks*), les historiens qui avaient accès à ces archives se sont montrés plus que sélectifs dans leur interprétation des faits, ne choisissant que les passages en faveur du peintre et faisant fi du reste.

Cependant, tous n'ont pas fermé les yeux. En 1920, le documentaliste haarlemois C. J. Gonnet a publié un acte notarié sur Geertje datant de 1656. Il démontre, pour reprendre la formule de Wijnman, « avec quelle véhémence et quel manque de retenue il [Rembrandt] pouvait agir lorsqu'on avait éveillé sa colère ».

1. Ouvrage non traduit en français, traduction libre. (Titre original : *Een episode uit het leven van Rembrandt : de geschiedenis van Geertje Dircks*).

Dans les années qui ont suivi, aucun biographe de Rembrandt n'a pris la peine d'utiliser cette information, préférant ignorer cette pièce d'archive.

On ne peut donc pas reprocher aux romanciers de la première moitié du XXe siècle d'avoir dépeint Geertje comme une mégère hystérique et adepte du chantage, étant donné que les documents complets n'ont été divulgués que dans les années soixante.

Dirk Vis a réexaminé les pièces du procès et quelques autres actes notariés concernant Geertje encore jamais dévoilés. Grâce à lui, nous avons enfin pu nous faire une idée assez précise du conflit qui l'a opposée à Rembrandt.

On peut s'étonner aujourd'hui encore que de nombreux historiens et musées refusent des faits pourtant sans équivoque. Dans diverses expositions sur le peintre et ses amis, sa famille et ses relations, Geertje est purement et simplement ignorée, ou, quand elle ne l'est pas, présentée de façon négative. Dans sa biographie de Rembrandt [1], l'historien Jonathan Bikker qualifie Geertje de « manipulatrice qui fait ressortir ce que le peintre a de pire en lui ».

Dans une publication du Rijksmuseum d'Amsterdam, parue comme supplément dans plusieurs quotidiens, Jane Turner, directrice du Cabinet des estampes des Pays-Bas, explique qu'« elle [Geertje] a ensuite fait chanter Rembrandt en faisant figurer dans son testament que Titus serait son héritier, mais qu'il ne pourrait entrer en possession de ses biens, y compris les bijoux de Saskia, qu'en cas de mariage ».

J'ai bien étudié le testament de Geertje : cette condition ne se trouve nulle part. Il semble plutôt que ce soit Rembrandt qui ait emmené Geertje, alors souffrante,

1. Non traduite en français. Titre original : *Biografie van een rebel.*

chez le notaire pour lui dicter les dispositions de son testament et préserver ainsi l'héritage de Titus. Si Geertje avait succombé à la maladie, les bijoux de Saskia seraient revenus à la famille de cette dernière, chose que Rembrandt voulait sans doute éviter à tout prix.

Tous les historiens ne se sont pas rangés du côté de Rembrandt. L'historien et biographe Gary Schwartz parle ainsi d'« une sinistre histoire, à l'origine de nombreuses dissensions au sein de la communauté des historiens d'art. Certains d'entre eux, dont je fais partie, avancent que Rembrandt avait des côtés sombres et vindicatifs qui pouvaient prendre des formes extrêmes ». Christoph Driessen explique également dans un ouvrage consacré aux conquêtes du peintre que Rembrandt a été mêlé, au cours de sa vie, à quelque vingt-cinq litiges juridiques, dont un procès contre Geertje au cours duquel il se serait montré impitoyable. « Il doit l'avoir haïe pour se comporter ainsi, et même après cinq ans d'enfermement à la *spinhuis*, sa haine ne semblait pas s'être atténuée », écrit ainsi Christoph Driessen.

Autant de raisons qui m'ont poussée à vouloir réhabiliter Geertje, près de quatre siècles plus tard.

Ce que nous savons de Geertje

J'adore fonder mes romans sur des personnages historiques, car j'ai alors une grande quantité de documents d'archives à ma disposition. Il me suffit de me laisser guider par les événements. L'inconvénient est que je dois me limiter à la réalité. C'est en tout cas ma vision des choses.

Que savons-nous de Geertje ? À vrai dire, pas tant de choses. Nous ne connaissons pas sa date de naissance, mais en faisant le calcul à rebours à partir de l'année de son mariage, on peut en déduire qu'elle doit être née vers 1610. Fille de Dirck Pieters d'Edam et de Jannetje (Jenneke) Jans de Kwadijk, elle a un seul frère, prénommé Pieter.

D'après un document d'archives, ses parents habitent à Edam, « à l'extérieur » de la *Middelijer Poort*, qu'on appelle aussi la porte du Ponant (*Westerpoort*). La route qui part de cette porte conduit au village de Middelie, puis à Hoorn. Bien sûr, j'ai cherché à savoir ce que signifiait exactement l'« extérieur » et j'ai donc consulté une carte d'Edam datant des XVIe-XVIIe siècles. J'ai ainsi constaté que des habitations avaient en effet été construites en dehors de l'enceinte de la ville, à hauteur de la *Middelijer Poort*, le long de la grande rue extérieure du Ponant (*het Groot Westerbuiten*) et de la petite rue extérieure du Ponant (*het Klein Westerbuiten*). À gauche de cette dernière se trouvait au XVIIe siècle, le long de la Purmer Ringdyck, un chantier de construction navale. À l'époque, les charpentiers vivaient avec leur famille sur le chantier, et dans la mesure où le père de Geertje exerçait ce métier, il me semble plausible que Geertje ait vécu dans la petite rue extérieure du Ponant.

Un jour, Geertje décide de quitter Edam et s'installe à Hoorn, où elle travaille à l'auberge Het Morriaenshooft. Celle-ci se trouve dans la Oude Noort, une rue commerçante aujourd'hui rebaptisée Grote Noord. J'ai cherché à connaître l'emplacement exact de l'auberge, avec l'aide précieuse de l'historien John Brozius, qui a consulté des actes de propriété de l'époque. Il a découvert qu'elle occupait le septième bâtiment à partir de la rue Geldersesteeg, soit l'actuel numéro 35 de la rue Grote Noord. En janvier 1642, il appartient à une certaine Aecht Carstens ; une agréable découverte, qui m'a permis d'utiliser le vrai nom de la patronne de

Geertje. Le 26 novembre 1634, Geertje se marie avec le trompette Abraham Claeszoon. Voici un extrait de leur acte de mariage :

(1602-1634/35)
Abraem Claesz Jongesel, résident à Hoorn, sur l'Oostende du port & Geertje Dircx Jongedochter d'Edam, résidente à la Moerijaenshooft sur l'Oude Noort.

Par-devant moi se sont mariés à Swaegh le 26 du mois de novembre de l'an de grâce de Notre Seigneur 1634.

Hélas, leur union est de courte durée : Abraham meurt en mer peu de temps après. Geertje est engagée plus tard par la famille Beets. Pieter Beets est marchand de bois sur la Luijendijk et vit avec sa famille à l'extrémité est de la rue d'Oude Doelen. Geertruida Groot-Beets s'appelle en réalité Geert, mais j'ai préféré ne pas utiliser ce prénom pour éviter la confusion avec Geertje. (Il se pourrait d'ailleurs qu'elle soit de ma famille, car j'ai moi-même des ancêtres ayant vécu dans les environs de Hoorn, et ma mère s'appelle aussi Geertruida Groot. Mes recherches sont toujours en cours.)

Hélas, on ne sait rien du passage de Geertje dans la famille Beets. On peut toutefois supposer qu'elle s'y est plue, car elle y est restée des années. Lorsqu'elle fait établir son testament, elle lègue cent florins et son portrait à Trijn, la benjamine de la famille. Elle finit par partir, pour une raison que nous ignorons, mais vraisemblablement parce que les enfants ont grandi et que la famille n'a plus besoin de gouvernante.

En 1640, nous retrouvons Geertje à Ransdorp, chez

son frère. Elle réside à « Bloemendael dans la région du Waterland ». Bloemendael fait à l'époque partie de Ransdorp, le Waterland étant une région de Hollande septentrionale.

Hormis le fait qu'il était charpentier naval et qu'il a par la suite été engagé dans la Compagnie néerlandaise des Indes orientales, on ne sait pas non plus grand-chose de Pieter, le frère de Geertje. J'ai fait de mon mieux pour savoir s'il avait été marié, mais je n'ai pu trouver aucun document l'attestant. Dans la mesure où il ne me semblait pas improbable qu'il ait eu une femme et des enfants, j'ai pris la liberté de lui en donner.

Vers 1641, Geertje part à Amsterdam, engagée chez Rembrandt Van Rijn comme « nourrice sèche », c'est-à-dire une nourrice qui reste au sein de la famille alors que l'enfant n'a plus besoin d'être allaité. Elle doit y être arrivée peu avant ou après la mort de Saskia, mais compte tenu de la longue maladie de celle-ci et du fait que Rembrandt avait besoin d'aide pour s'occuper de Titus, il m'a semblé plausible que Geertje ait connu l'épouse du peintre.

Le rôle joué par Pieter dans l'histoire des bijoux reste flou. A-t-il incité sa sœur à les mettre en gage ou Geertje en a-t-elle eu l'idée ? Étaient-ils de mèche ?

Impossible de se prononcer avec certitude, mais il semblerait qu'ils l'aient été. Le 2 mars 1656, soit après la libération de Geertje de la *spinhuis*, Rembrandt fait arrêter Pieter sans motif. La seule chose que l'on sait est qu'il doit être interrogé comme « témoin de la vérité ».

Pieter n'a probablement aucune envie de témoigner à charge contre sa sœur. Le navire où il travaille comme charpentier naval est prêt à partir et d'importants revenus risquent de lui passer sous le nez s'il reste à quai. Hélas, tous les actes de l'époque n'ont pas été conservés, et nous ignorons toujours la raison de l'arrestation de Pieter, mais il est possible, et même probable, que Rembrandt ait été au courant du rôle joué par celui-ci dans la mise en gage des bijoux de Saskia, et qu'il ait voulu le contraindre une nouvelle fois à faire un faux témoignage.

La levée d'écrou de la maison de correction de Gouda fait état d'une relaxe de Geertje Dircx au dernier jour de mai de 1655. Geertje et Trijn retournent ensuite à Edam. Trijn Jacobs n'est pas sa seule amie : nous savons qu'une certaine Trijn Outgers s'est également démenée pour obtenir sa libération. Mais c'est bien Trijn Jacobs qui se rend à Gouda, et j'ai préféré me concentrer sur elle parce qu'il y avait déjà plusieurs Trijn dans le livre.

Une fois rentrée à Edam, Geertje entreprend de nouvelles démarches juridiques contre Rembrandt, cette fois pour arrestation illégitime fondée sur des propos calomnieux. Le 6 mai 1656, elle se rend chez le notaire Claes Keetman d'Edam en compagnie de Trijn Outgers et de Trijn Jacobs. Cette dernière fait établir que Rembrandt, par l'entremise de sa complice Cornelia Jans, a tenté de soutirer de fausses déclarations à charge contre Geertje, mais que personne « dans tout Edam » n'y a donné de suite favorable.

Un an plus tard, le 8 août 1656, Geertje fait inscrire son nom sur la liste des créanciers de Rembrandt. Elle n'obtiendra jamais satisfaction, car Rembrandt a fait faillite dans l'intervalle. La santé de Geertje décline rapidement. On retrouve son dernier signe de vie sur une liste de créanciers établie le 19 septembre 1656. Sur la liste suivante, son nom n'apparaît plus. Les historiens supposent qu'elle est décédée entre-temps, mais il est bien sûr possible qu'elle ait décidé de renoncer à sa créance.

Le portrait de Geertje

Je n'ai pas ménagé mes efforts pour savoir s'il existait un portrait de Geertje. J'ai trouvé de nombreuses suppositions de diverses natures, mais aucune certitude. On peut raisonnablement penser que Rembrandt a peint au moins un portrait de la femme qu'il a aimée, ou du moins à laquelle il était très attaché. Cependant, si tel est le cas, le portrait en question n'a pas été conservé. Il se peut également que Rembrandt ait « dissimulé » l'effigie de Geertje dans une ou plusieurs de ses toiles.

Il existe deux esquisses signées de la main de Rembrandt, dont certains prétendent qu'elles représenteraient Geertje. Sur l'une d'elles figure une femme en costume traditionnel de Hollande septentrionale. Elle est exposée au musée Teyler de Haarlem, aux Pays-Bas. L'autre, qui semble représenter la même personne, est conservée au British Museum de Londres.

À l'arrière du premier dessin, on peut lire l'annotation suivante : « Nourrice de Titus, fils de Rembrandt », ce que beaucoup considèrent comme la preuve irréfutable de l'identité de Geertje. Ce texte n'a toutefois pas été écrit par le peintre lui-même et il pourrait très bien s'agir de la nourrice qui a précédé Geertje.

Selon Otto Benesch, grand spécialiste de Rembrandt, le dessin a été réalisé en 1636, soit très peu de temps après la naissance de Titus, mais il est plausible que la personne qui a ajouté cette annotation se soit trompée et ait voulu en réalité désigner la nourrice du premier fils de Rembrandt et Saskia, Rombertus, né en 1635 et décédé deux mois plus tard.

1. *Esquisse, femme en costume traditionnel de Hollande septentrionale, de dos*, par Rembrandt Van Rijn, 1636-1638. À l'arrière, on peut lire : « Nourrice de Titus, fils de Rembrandt », musée Teyler, Haarlem, Pays-Bas © DR.
2. *Esquisse*, par Rembrandt Van Rijn, 1642-1648, British Museum, Londres © DR.

Un certain nombre d'observateurs pensent également que la femme nue allongée sur son lit dans le tableau *Danaé* n'est autre que Geertje, mais dans la mesure où cette toile a été peinte en 1636, alors que Rembrandt ne la connaissait pas encore, nous pouvons écarter cette hypothèse.

Nous sommes toutefois certains qu'il y a eu un portrait de Geertje. Dans son testament, elle fait établir devant le notaire qu'elle lègue son *contrefeijtsel*, c'est-à-dire son portrait, à Trijn Beets, « fille de Pieter Lambertszoon Beets de Hoorn ».

Geertje est manifestement folle de Trijn, à qui elle lègue en plus cent florins Carolus. Mais personne n'a jamais su de quel portrait il s'agissait.

On suspecte Geertje d'avoir posé comme modèle pour la toile *Sarah attendant Tobie*. Quoi qu'il en soit, la datation, vers 1645, concorde. Étant donné que Rembrandt a peint aussi bien Saskia que Hendrickje, on a toutes les raisons de croire qu'il a aussi immortalisé Geertje, ne serait-ce qu'en raison du fait qu'il était évidemment très compliqué au XVIIe siècle de trouver des femmes qui acceptent de poser nues ou presque.

Enfin, il y a bien sûr la toile que nous avons utilisée pour la couverture du livre : *Jeune femme derrière une porte à battant*. Réalisée en 1645, soit à l'époque où tout allait pour le mieux entre Rembrandt et Geertje, elle est exposée à l'Art Institute de Chicago.

Nous n'en connaissons pas l'auteur avec certitude. Pendant longtemps, l'œuvre a été attribuée à Rembrandt, mais elle l'est aujourd'hui à Samuel Van Hoogstraten.

Les deux théories présentent des lacunes. Van Hoogstraten a réalisé une série de portraits similaires où cette toile a tout à fait sa place. Cependant, elle se distingue des autres par sa qualité bien supérieure à celle à laquelle Samuel Van Hoogstraten était habitué.

Comme l'explique Simon Schama dans *Les Yeux de Rembrandt*, la touche personnelle de Rembrandt est indéniable, notamment dans les cheveux de la jeune fille et dans la façon dont la lumière éclaire son visage, en particulier au niveau de la commissure des lèvres et de la paupière droite. Samuel van Hoogstraten n'est pas connu pour de telles finesses.

Un autre point mis en avant par l'historien britannique a trait à la façon dont la jeune femme est représentée. Non pas de face, fixant le spectateur, comme sur les autres peintures de Samuel Van Hoogstraten, mais légèrement de biais, l'air un rien plus « méfiante », une pose caractéristique de Rembrandt, qui était connu pour ses variations.

Selon moi, beaucoup d'arguments jouent en faveur de la thèse de Schama, qui suggère que Van Hoogstraten, alors apprenti de Rembrandt, a commencé la toile, mais que c'est ce dernier qui y a apporté la touche finale. Il est en tout cas évident que le tableau sort de l'atelier de Rembrandt, et il se pourrait donc que les deux peintres, alors maître et élève, y aient travaillé ensemble.

Mais est-ce pour autant le portrait de Geertje ? Le costume traditionnel de la région du Waterland est un indice sérieux. Cependant, le modèle représenté semble très jeune, alors que Geertje devait avoir trente-cinq ans à l'époque. Mais Geertje n'ayant pas eu d'enfants, elle a pu conserver plus longtemps sa silhouette et sa jeunesse.

3. *Jeune femme au collier rouge*, 1645. Metropolitan Museum of Art © CC0 1.0.

4. *Jeune femme derrière une porte à battant*, Samuel Van Hoogstraten/Rembrandt, 1645, The Art Institute of Chicago © Mr. et Mrs. Ryerson Collection/Bridgeman Images.

5. *Sarah attendant Tobie*, Rembrandt, vers 1645, National Gallery, Édimbourg © DR. D'après de nombreux historiens, ce portrait pourrait être celui de Geertje. La date concorde et ce modèle présente de fortes similitudes avec d'autres portraits de cette période.

Rembrandt, Hendrickje, Titus et Samuel

Après la mort de sa mère en 1645, Samuel Van Hoogstraten (1627-1678) retourne à Dordrecht où il fonde une école de peintres dans la maison familiale, L'Éléphant (De Olifant), dans la rue Weeshuisstraat.

Le 18 juin 1656, il épouse Sara Balen. Le couple n'aura pas d'enfants. Samuel devient un peintre célèbre, doublé d'un poète et d'un théoricien d'art.

En 1678, l'année de sa mort, il écrit un essai rempli de conseils pratiques sur l'art pictural, intitulé *Introduction à la grande école de la peinture ; faire voir le monde autrement*[1]. Il y partage quelques souvenirs de son passage chez Rembrandt et écrit notamment : « Un jour où j'ai assailli le maître de questionnements, celui-ci m'a répondu : "Ne crains point de ne point tout savoir, mets à profit ce que tu sais et poursuis ton apprentissage. Tu verras qu'un jour, ce que tu ne sais point encore, et que tu demandes aujourd'hui, se révélera à toi comme une évidence." » Il fait aussi état de l'intransigeance et de la sévérité du maître, qui lui faisait corriger ses erreurs malgré ses larmes et le privait de repas.

Hendrickje et Rembrandt semblent avoir été très heureux ensemble, à en croire les nombreuses fois où le peintre l'a prise pour modèle. Leur relation n'est toutefois pas un long fleuve tranquille. Les tensions avec Geertje ont des répercussions sur leur couple, et Hendrickje fait face au même problème que notre

1. Non traduit en français, traduction libre. (Titre original : *Inleyding tot de hooge schoole der schilderkonst ; anders de zichtbaere werelt.*)

héroïne : le 2 juillet 1654, elle comparaît devant le consistoire pour sa relation illégitime avec Rembrandt. Elle ne se présente pas à la première convocation, ni aux deux qui suivent, mais le 23 juillet, elle est bien présente. Le consistoire concède que son comportement de pécheresse n'a que peu de conséquences et elle admet pour sa part sa culpabilité. Le consistoire lui interdit le sacrement de la Sainte-Cène. Hendrickje est enceinte à l'époque. Le 30 octobre 1654, leur fille Cornelia est baptisée à l'Oude Kerk d'Amsterdam. Rembrandt reconnaît l'enfant, qui reçoit le nom de Van Rijn.

En 1656, Rembrandt fait faillite et déménage avec sa famille à Rozengracht. Deux ans plus tard, Hendrickje y ouvre, avec Titus, une galerie d'art, qui rencontre un franc succès. Ils se font tous deux inscrire comme associés d'affaires dans une entreprise dont ils sont propriétaires, Rembrandt étant leur ouvrier. De cette façon, les créanciers ne peuvent lui saisir ses biens.

Rembrandt et Hendrickje restent ensemble quinze ans, jusqu'à la mort de Hendrickje le 24 juillet 1663, à l'âge de trente-sept ans. Selon toute vraisemblance, elle est une victime de l'épidémie de peste qui éclate en 1663. Rembrandt meurt quelques années plus tard, le 4 octobre 1669, et est enterré à l'église de Westerkerk d'Amsterdam.

Leur fille Cornelia devient ainsi orpheline à quatorze ans. Elle se marie jeune, avant ses seize ans, avec le peintre Cornelis Suythof. Le couple embarque à bord d'un navire de la Compagnie néerlandaise des Indes orientales et part à Java en quête d'une nouvelle vie. Ils ont deux enfants, Rembrandt et Hendrickje, mais aucun d'eux n'atteindra l'âge adulte. Cornelia meurt à Batavia [l'actuelle Jakarta, *N.d.T.*] en 1684 ; elle est alors âgée de trente ans.

Hélas, la suite de l'histoire n'est pas beaucoup plus rose. En 1668, Titus se marie avec une certaine Magdalena Van Loo, mais cette union ne dure pas : alors qu'elle est enceinte de leur premier enfant, Titus meurt de la peste le 4 septembre 1668, soit le mois de ses vingt-huit ans.

Six mois plus tard, le 22 mars 1669, Magdalena accouche de leur fille, à qui elle donne le nom de Titia. La vie de l'enfant ne commence pas de la meilleure des façons : quelques semaines seulement après la naissance, sa mère meurt à son tour. Elle est alors recueillie par son oncle, qui assure son éducation. À l'âge de dix-sept ans, Titia se marie avec François van Bijler. Elle meurt sans enfant en 1725, mettant ainsi un terme à la descendance de Rembrandt.

Néanmoins, le nom de famille du peintre, de même que le nom de tous ceux qui ont joué un rôle important dans sa vie, sont encore bien vivants dans la mémoire collective. La seule à être tombée dans l'oubli se prénomme Geertje.

TESTAMENT DE GEERTJE DIRCX

Le 24 janvier 1648

Au nom de Notre Seigneur, amen. En l'an de grâce de Notre Seigneur mil six cent quarante-huit, à quinze heures, comparaît devant nous Geertje Dircx, veuve de feu Abraham Claesz, lequel faisait de son vivant profession de trompette, bien connue des témoins soussignés ainsi qu'ils l'ont déclaré, de santé délicate mais capable de se tenir debout et de marcher, en pleine possession de sa raison, de sa mémoire, et de toute sa faculté de parole, laquelle désire, anticipant l'heure imprévisible de sa mort, établir ses dispositions testamentaires, cassant, révoquant et annulant à cet effet toute disposition, testament ou volonté dernière antérieurs établis par elle-même, seule ou avec son défunt mari, et désire, après mûre réflexion, faire établir un nouveau testament qu'elle déclare formuler comme suit :

Avant toute autre chose, recommandant son âme au Seigneur tout-puissant et souhaitant pour sa dépouille des obsèques chrétiennes, elle, testatrice, désigne et nomme comme héritière unique et universelle, au cas où elle trépasserait sans descendance légitime, sa mère Jannetje Jans, pour hériter de la part nette qui lui revient légitimement après déduction de tous les frais pouvant lui être imputés de droit.

Attribuant à sa mère, en parfaite considération de ladite part légitime, l'ensemble des vêtements de lin, de laine et d'autres étoffes ayant appartenu à la testatrice de son vivant, et rien de plus, étant entendu par la testatrice qu'elle n'inclut pas dans ses vêtements les (mots raturés : objets d'argenterie) bijoux lui ayant appartenu de son vivant.

Pour tous les autres avoirs, biens meubles et immeubles, valeurs mobilières et créances, et autres droits, sans autre exclusion à part ce qu'elle a laissé ci-dessus à sa mère, ladite testatrice institue et nomme pour son légataire unique, à titre universel, Titus Van Rijn, fils de Rembrandt, afin d'en user, à titre d'héritage et pour l'éternité, comme bon lui semblera et comme s'il s'agissait de son propre bien, à charge pour ledit Titus Van Rijn de consentir à la nommée Trijn Beets, fille de Pieter Lambertsz. Beets de Hoorn, un don de cent florins Carolus, en un seul versement, outre le portrait peint de la testatrice, sans rien de plus.

La testatrice déclare et tient tout ce qui précède pour son testament et dernières volontés qu'elle veut voir considérer comme tels ou, le cas échéant, comme codicille, donation à cause de mort ou donation entre vifs, à titre ferme et irrévocable, et sortir tous ses effets, du moins au plus important de ses articles, nonobstant l'éventuelle inobservance de formalités de droit requises pour en assurer la validité.

Ainsi passé à Amsterdam en l'étude de nous Notaire, sise dans la Molensteeg, en présence de Jan Geurtsz, cordonnier, résidant à l'angle nord de la Minderbroederssteeg et du Voorburghwal, ainsi que d'Octavo [Octav… szoon], vivant sur l'Uijlenburch, témoins de confiance à ce sollicités et requis pour l'occasion.

Signature de Jan Guersen, témoin, cordonnier
Geertje Dircx
Octaef Octaeffszoon, cordonnier
Laurens Lamberti, notaire

Source : Archives municipales d'Amsterdam, actes notariés, n° 21, FO. 15.

Traduction libre faite du moyen néerlandais (XVIIe siècle) en français contemporain (N.d.T.).

ÉBAUCHE DE CONTRAT PASSÉ ENTRE REMBRANDT ET GEERTJE

14 [présumé] octobre 1649

Ont comparu Geertje Dircx, veuve de feu Abraham Claeszoon, assistée de celui désigné en l'occurrence comme son tuteur, d'une part, et l'honorable Rembrandt Van Rijn, peintre réputé, d'autre part, lesquels déclarent et reconnaissent que Geertje Dircx a été la nourrice sèche, dans son jeune âge, du fils dudit Rembrandt dit Van Rijn, qu'elle a ensuite vécu pendant un temps assez long chez ledit Rembrandt, et qu'elle a acquis ses possessions, si maigres et insuffisantes soient-elles pour la nourrir, durant son séjour sous son toit, raisons pour lesquelles elle a décidé, en ce vingt-quatre janvier 1648, de comparaître devant nous notaire afin de léguer les biens qu'elle pourrait être amenée à laisser après elle au susdit fils dudit Rembrandt Van Rijn.

Item, puisque ladite Geertje Dircx, qui loue une chambre depuis qu'elle a quitté le toit de Rembrandt, a constaté qu'il lui est impossible de vivre honnêtement de ses seules ressources jusqu'à la fin de ses jours, et que dans les présentes circonstances, celles-ci seront consommées et épuisées en peu de temps, elle a demandé à son ancien maître Rembrandt de conclure un accord pour assurer sa subsistance, ce à quoi, celui-ci y consentant, ils ont dès lors déclaré aux personnes présentes être parvenus à un accord et convention irrévocable et s'être accordés et convenus de la manière suivante, à savoir :

Premièrement, soit immédiatement, soit d'ici au premier jour de l'an neuf, ledit Rembrandt versera à la susnommée Geertje Dircx, pour lui permettre de récupérer ses objets d'or et d'argent mis en gage, ainsi que pour la secourir, mais après déduction des avances qu'il lui aura consenties, la somme nécessaire pour parvenir à un total de deux cents florins Carolus, et ce, en un seul versement. En outre, pour assurer sa subsistance et sa pension alimentaire, la somme annuelle de cent soixante florins Carolus, à vie mais point davantage, à compter du vingt-huitième jour de juin de l'an mil six cent cinquante, et à régler à la fin de chaque année ; cette somme représentant le paiement intégral de toute somme due et de toute prétention que ladite Geertje Dircx a pu ou pourrait encore avoir à l'encontre de son maître, ainsi que de toute autre prétention connue ou inconnue qu'elle pourrait émettre à l'avenir, pour quelque motif que ce soit, aucune n'étant exceptée.

À cette condition expresse, toutefois, que le testament qu'elle, Geertje Dircx, a passé par-devant nous, notaire, et devant témoins en date du vingt-quatre janvier de l'an mil six cent quarante-huit, au profit du fils de Rembrandt Van Rijn, précité, restera irrévocable, et qu'à cet effet, elle révoque par les présentes toute autre expression de dernières volontés rédigées jusqu'à la date des présentes, et de mettre en œuvre ce que prévoit ledit testament.

Outre plus, ladite Geertje Dircx s'engage à se comporter et à agir en telle honnêteté que la bague en forme de rose sertie de diamants, ainsi que tous les autres biens qu'elle détient encore, ainsi que les sommes précitées, seront laissées par elle libres et quittes de tout gage, à son décès.

Item, il est convenu que ni les cent soixante florins annuels, ni ses autres biens, ne pourront avoir été gagés ou monnayés en regard de dettes contractées ou à contracter ultérieurement aux présentes par Geertje Dircx ; sous cette condition *sine qua non*, Rembrandt se dit prêt à consentir.

En foi de quoi les parties s'engagent à l'égard l'une de l'autre de respecter l'accord, chacune pour sa part, de manière irrévocable, sans jamais plus émettre d'autre prétention à l'égard de l'autre. Et ceci, sous toutes réserves et renonciations comme de droit, sous peine, au cas où Geertje Dircx agirait en sens contraire, de l'annulation immédiate et de plein droit du versement de cent soixante florins annuels, ainsi que du remboursement de toute somme supplémentaire qui aurait pu lui avoir été versée, sans pouvoir y opposer quelque demande quelconque de compensation.

Source : Archives municipales d'Amsterdam, actes notariés, N° 21, FO. 14

Traduction libre faite du moyen néerlandais (XVIIe siècle) en français contemporain (N.d.T.).

DÉCLARATION D'OCTAEFF OCTAEFFSZOON DANS L'AFFAIRE GEERTJE DIRCX

14 octobre 1649

Comparaît devant nous notaire, le nommé Octaeff Octaeffszoon, cordonnier, vingt-six ans, résidant en cette ville, lequel, engageant sa parole d'homme à défaut de prêter serment, a attesté et déclaré à la requête du peintre réputé Rembrandt Van Rijn, et atteste et déclare par les présentes, qu'il est exact que le troisième jour de ce mois d'octobre mil six cent quarante-neuf, il s'est retrouvé en présence d'une certaine Geertje Dircx, veuve de feu Abraham Claesz, à la maison du requérant, et que ladite Geertje Dircx, en sa présence à lui, témoin, s'est accordée avec le requérant sur toutes questions et prétentions résultant de promesses de mariage ou de toutes autres choses qu'ils avaient en suspens entre eux, ainsi que des sommes dues à Geertje Dircx par le requérant. Il était stipulé que ledit requérant, en règlement de tout ce qui précède, devait lui verser et payer, soit immédiatement, soit d'ici au premier jour de l'an neuf, la somme nécessaire pour parvenir à un total de deux cents florins Carolus, et ce, en un seul versement, pour lui permettre de récupérer ses objets d'or et d'argent mis en gage, ainsi que pour la secourir, mais après déduction des avances qu'il lui aura consenties. En outre, pour assurer sa subsistance et sa pension alimentaire, la somme annuelle de cent soixante florins Carolus, à vie mais point davantage, à compter du vingt-huitième jour de juin de l'an mil six cent cinquante, et à régler à la fin de chaque année ; à la condition toutefois que le testament qu'elle, Geertje Dircx, avait fait le vingt-quatrième jour du mois de janvier mil six cent quarante-huit en faveur du fils de la demanderesse n'ait point été rompu.

Qu'en outre, il témoigne avoir été présent, le dixième jour de ce mois d'octobre, outre nous, notaire, et ladite Geertje Dircx, dans la cuisine du requérant, en vue de la signature d'un accord, et que celle-ci s'est emportée, de manière véhémente et déraisonnable, à l'encontre du requérant (lequel était présent lui aussi), refusant d'entendre lecture de l'accord et encore moins de le signer. Et ce, bien que je lui aie précisé verbalement que l'accord ne comprendrait rien d'autre que les stipulations suivantes :

1. Que le requérant lui verserait une somme unique de deux cents florins au titre du rachat de ses biens mis en gage ;

2. Qu'il lui verserait en outre annuellement, pour sa subsistance, la somme viagère de cent soixante florins ;

3. Que son testament passé devant nous, notaire, au profit du fils du requérant, devait rester inchangé et que, par là même, toutes actions en justice et prétentions de l'un à l'égard de l'autre seraient caduques et nulles.

Ladite Geertje Dircx a bien admis que ces conditions avaient été ainsi convenues mais qu'elle refusait de signer l'accord, au prétexte de la nécessité pour elle, en cas de maladie ou de toute autre infirmité, d'engager une servante ou une soignante et que dans ce cas il lui faudrait une somme annuelle supérieure à cent soixante florins annuels. Et malgré l'assurance du requérant, se disant disposé d'ajuster cette somme, à sa discrétion, la susdite Geertje Dircx n'a point voulu signer l'accord ce jour.

Fait à Amsterdam, sans ruse ni malice, à Amsterdam, ce quatorzième jour d'octobre de l'an mil six cent quarante-neuf, en présence de Daniel Beuckelaer et de Gerrit Schuijlenburch, témoins de confiance, dûment sollicités et requis pour cette occasion.

Source : Archives municipales d'Amsterdam, actes notariés, n° 603, FO. 335

Traduction libre faite du moyen néerlandais (XVIIe siècle) en français contemporain (N.d.T.).

ARRÊT DANS L'AFFAIRE OPPOSANT REMBRANDT À GEERTJE

23 octobre 1649

Geertje Dircx, veuve, plaignante
Contre
Rembrandt Van Rijn, défendeur

La plaignante déclare que le défendeur lui a fait promesse verbale de mariage et lui a offert une bague en gage de ladite promesse. Elle déclare en outre que le défendeur a couché avec elle à de nombreuses occasions, qu'elle a exigé qu'il consente à l'épouser ou à subvenir à ses besoins.

Le défendeur nie avoir émis quelque promesse de mariage que ce soit, et déclare n'avoir aucun motif à avouer qu'il a couché avec elle, puisque c'est elle qui profère cette affirmation et qu'il lui appartient donc d'en apporter la preuve. Après que les parties se sont exprimées, les commissaires aux affaires matrimoniales ont statué sur l'affaire et ont jugé, en hommes sages, que le défendeur devra verser à la plaignante non point cent soixante florins, mais bien la somme de deux cents florins Carolus, et cela annuellement tout au long de sa vie, continuant de se conformer pour le surplus au contrat conclu de jure en date du 14 octobre 1649 à l'intervention de Laurens Lamberti, notaire. Acte passé le 23 octobre 1649, en présence de Bernhart Schellinger, Cornelis Abba et Jacob Hinlopen.

Source : Archives municipales d'Amsterdam, registre des litiges matrimoniaux, archives judiciaires 3064

Traduction libre faite du moyen néerlandais (XVIIe siècle) en français contemporain (N.d.T.).

DÉCLARATION DE GIERTGEN NANNINGHS CONCERNANT GEERTJE DIRCX

19 septembre 1656

Aujourd'hui, dix-neuf septembre 1656, comparaît devant nous Henrick Schaeff, notaire, en présence des témoins soussignés, l'honorable Giertgen Nanninghs, cinquante-trois ans, épouse de Jeremias Andries Steijger, batelier, vivant dans l'impasse Claes van Medemblick près l'écluse de Prinsensluis en cette ville. À la demande de Geertje Dircx, veuve de feu Abraham Claeszoon, vivant à Edam, ou du moins y résidant, témoigne, déclare et atteste verbalement, mais point sous serment, qu'il est vrai, qu'il y a plus de six ans environ, l'heure exacte n'étant point connue, la requérante lui a donné en gage une bourse contenant trois bagues d'or et encore des pièces d'argent et d'or, soit seize objets au total, y compris les bagues susdites et une médaille commémorative de mariage en argent non gravée.

Laquelle bourse, avec son contenu de seize objets, bagues et pièces d'argent et d'or, selon son témoignage, a été emportée environ un an plus tard par deux hommes, qui se sont fait connaître d'elle, et se sont présentés à elle comme étant les tuteurs de la requérante ; l'un d'entre eux s'appelant Pieter Dircx, bien connu du témoin, et auxquelles deux personnes elle, le témoin, a restitué ledit sac, à charge de lui rembourser ce qu'elle avait avancé en échange. Le témoin s'est déclaré prêt à compléter son témoignage sous serment si nécessaire.

Rédigé à Amsterdam, en présence de Jan Theuniszoon, cordonnier, et de Willem Oostendorp comme témoins convoqués aux fins des présentes.

Geert Nann
Jan Teunissen
W. Oostendorp
H. Schaef, notaire public (N. P.)

Source : Archives municipales d'Amsterdam, actes notariés, n° 1306, FO. 1361

Traduction libre faite du moyen néerlandais (XVIIe siècle) en français contemporain (N.d.T.).

DÉCLARATION DE TRIJN JACOBS DANS L'AFFAIRE GEERTJE DIRCX

6 mai 1656

Ce jour, 6 mai 1656, a comparu devant nous, Claes Keetman, notaire public : la dénommée Trijn Outger, veuve de feu Gerrit Jacobsz, boucher, âgée d'environ soixante-cinq ans, et Trijn Jacobsdr, veuve d'Albert Jansz, âgée d'environ cinquante-quatre ans, résidant en cette ville. Lesquelles, sur les instances et requête de Geertje Dircx, veuve de feu Abraham Claesz, résidant également en cette ville, déclarent pouvoir en vérité témoigner de ce qui suit : Trijn Outgers, seule, il y a cinq ans, sans se souvenir du jour précis, avoir reçu la visite de Cornelia [Jans], résidant à Amsterdam, de la part de Rembrandt Van Rijn, venue lui demander, à elle, témoin, ainsi qu'à Adriantien Prs et Lobberich Jacobs, respectivement la marraine et la cousine de la requérante précitée, laquelle vivait à l'époque, à l'insu de la soussignée, dans la maison de correction dite du *spinhuis* en la ville du Gouw (Gouda), afin que cette dernière y reste colloquée onze ans de plus, requête que le témoin, de même qu'Adriantien Prs et Lobberich Jacobs, précitées, ont rejetée et à laquelle elles n'ont jamais consenti.

La dénommée Trijn Jacobs, de son côté, déclare s'être déplacée également, en personne, seule, il y a onze mois, en ladite ville de Tergouw (Gouda), non sans avoir rendu visite à Rembrandt Van Rijn, à qui elle a confié son intention de faire relaxer la requérante précitée de ladite *spinhuis*. Rembrandt Van Rijn lui a répondu qu'il ne lui conseillait point d'avoir cette audace, la pointant du doigt et la menaçant que « si vous y allez, vous le regretterez ».

Que ledit témoin, Trijn Jacobs, a cependant poursuivi son voyage, et qu'à son arrivée et pendant son séjour sur place, plusieurs lettres de Rembrant Van Rijn sont parvenues à Son Excellence le Magistrat de la ville, interdisant de libérer la requérante, et enjoignant au contraire de la garder recluse jusqu'au moment du retour de son frère, qui se trouvait à ce moment à l'étranger.

Sur quoi elle, le témoin, a finalement obtenu, au prix de grandes difficultés, l'autorisation dudit seigneur de la relaxer de ladite *spinhuis*, ce qui fut fait.

Déclarant ce qui précède et prête, au besoin, à le confirmer ; fait sans tromperie, au jour, mois et année que dessus

Signé de la main de
Trijn Jacobs
Signé par Trijn en ma présence
C. Keetman, notaire public

Source : Archives de Hollande septentrionale, Haarlem, Archives notariées, n° 502.

Traduction libre faite du moyen néerlandais (XVIIe siècle) en français contemporain (N.d.T.).

LIBÉRATION DE GEERTJE DIRCX DE LA MAISON DE CORRECTION DE GOUDA

31 mai 1655

Lundi, le dernier jour du mois de mai 1655 – Publication signée par les quatre bourgmestres

Maison de correction : Geertje Dircx est relaxée de la maison de correction.

Source : Archives régionales de Hollande septentrionale, Gouda, Archives de Groene Hart, n° 101 Registre des décisions mayorales

Traduction libre faite du moyen néerlandais (XVIIe siècle) en français contemporain (N.d.T.).

REMERCIEMENTS

Au cours des recherches que j'ai menées pour écrire *La Maîtresse du peintre*, j'ai lu de nombreux ouvrages au sujet de Geertje et de Rembrandt, dont les quelques références reprises dans la bibliographie qui suit. J'ai également consulté des pièces d'archives, mises à ma disposition par divers documentalistes, que je remercie chaleureusement.

L'historien John Brozius a épluché les archives de la ville de Hoorn pour dénicher des renseignements sur l'auberge Morriaenshooft et la famille Beets-Groot.

La transcription des documents que je cite en fin d'ouvrage est issue des archives municipales d'Amsterdam.

Pauline van dent Heuvel et Jirsi Reinders m'ont envoyé des copies de documents d'archives abordant le procès qui a opposé Geertje à Rembrandt et ont mis les originaux à ma disposition. Ce n'est pas la première fois qu'ils m'aident dans mes recherches, et je leur en suis de nouveau très reconnaissante. Coretta Bakker-Wijbrans et Maarten de Gids, des archives municipales de Gouda, m'ont remis les documents concernant l'enfermement de Geertje à la maison de correction.

Je tiens à remercier tout particulièrement Epco

Runia, Leonore van Sloten et Martijn Bosch, de la Rembrandthuis, pour la mine d'informations qu'ils m'ont fournies.

Comme toujours, je dois énormément à mon éditrice, Monique Postma, qui m'a aidée à donner forme à ce livre grâce à ses commentaires avisés. En outre, notre collaboration est toujours chaleureuse, ce qui n'est pas dénué d'importance lors de la mise en œuvre d'une pareille entreprise.

Mon autre éditrice, Liesbeth Vries, a aussi contribué à cet ouvrage avec son regard affûté. Merci également à Sabine Mutsaers, qui a préparé méticuleusement le livre pour l'impression, ainsi qu'à Sylvia Beljon, Ko Barhorst et mon mari, Wim, pour la lecture des épreuves. Enfin, j'adresse mes remerciements à toute l'équipe de la maison d'édition Ambo|Anthos. J'ai beaucoup de chance de travailler avec un tel vivier de talents.

SOURCES

Bikker, Jonathan, *Rembrandt. Biografie van een rebel*, Rotterdam, Éditions nai010, 2019.

Driessen, Christoph, *Rembrandts vrouwen*, Amsterdam, Éditions Bert Bakker, 2011.

Kroniek van het Rembrandthuis, 2006/1-2.

Natter, Bert, *Rembrandt mijn vader. Verteld door Titus Van Rijn*, Amsterdam, Thomas Rap, 2005.

Roscam Abbing, Michiel, *De schilder & schrijver Samuel Van Hoogstraten 1627-1678. Eigentijdse bronnen & oeuvre van gesigneerde schilderijen*, Leyde, Primavera Pers, 1993.

Runia, Epco, *Museum Het Rembrandthuis. Rembrandt's social network. Familie, vrienden en relaties*, Zwolle, W. Books, 2019.

Schama, Simon, *De ogen van Rembrandt*, Amsterdam, Éditions Atlas Contact, 1999.

Schwartz, Gary, *Ontmoet Rembrandt. Leven en werk van de meesterschilder*, Amsterdam, Rijksmuseum/ Nieuw Amsterdam Uitgevers, 2009.

Vis, Dirk, *Rembrandt en Geertje Dircx. « De identiteit van Frans Hals », « Portret van een schilder » en « De vrouw van de kunstenaar »*, Haarlem, H. D. Tjeenk Willinck en zoon, 1965.

Wijnman, H. F., « *Een episode uit het leven van Rembrandt : de geschiedenis van Geertje Dircks* », Jaarboek Amstelodamum 60 (1968), p. 103-118.

Zonruiter, P. Joh., *Titus de zoon van Rembrandt*, La Haye, J. N. Voorhoeve.

MIXTE
Papier issu de
sources responsables
FSC® C003309

10/18, une marque d'Univers Poche,
est un éditeur qui s'engage pour
la préservation de son environnement
et qui utilise du papier fabriqué à partir
de bois provenant de forêts gérées
de manière responsable

Imprimé en France par

MAURY IMPRIMEUR
à Malesherbes (Loiret)
en août 2021

10/18 - 92 avenue de France, 75013 PARIS

N° d'impression : 256377
Dépôt légal : août 2021
X07806/03